Gert Hartenau-Thiel

Der Radscha von Negri-Lama
Erlebnisse auf Sumatra

SE**V**ERUS

Hartenau-Thiel, Gert: Der Radscha von Negri-Lama – Erlebnisse auf Sumatra
Hamburg, SEVERUS Verlag 2013
Nachdruck der Originalausgabe von 1924

ISBN: 978-3-86347-354-9
Druck: SEVERUS Verlag, Hamburg, 2013

Der SEVERUS Verlag ist ein Imprint der Diplomica Verlag GmbH.

Bibliografische Information der Deutschen Nationalbibliothek:
Die Deutsche Nationalbibliothek verzeichnet diese Publikation in der
Deutschen Nationalbibliografie; detaillierte bibliografische Daten sind im
Internet über http://dnb.d-nb.de abrufbar.

Gert Hartenau-Thiel

Der Radscha von Negri-Lama

Erlebnisse auf Sumatra

*

Inhaltsverzeichnis

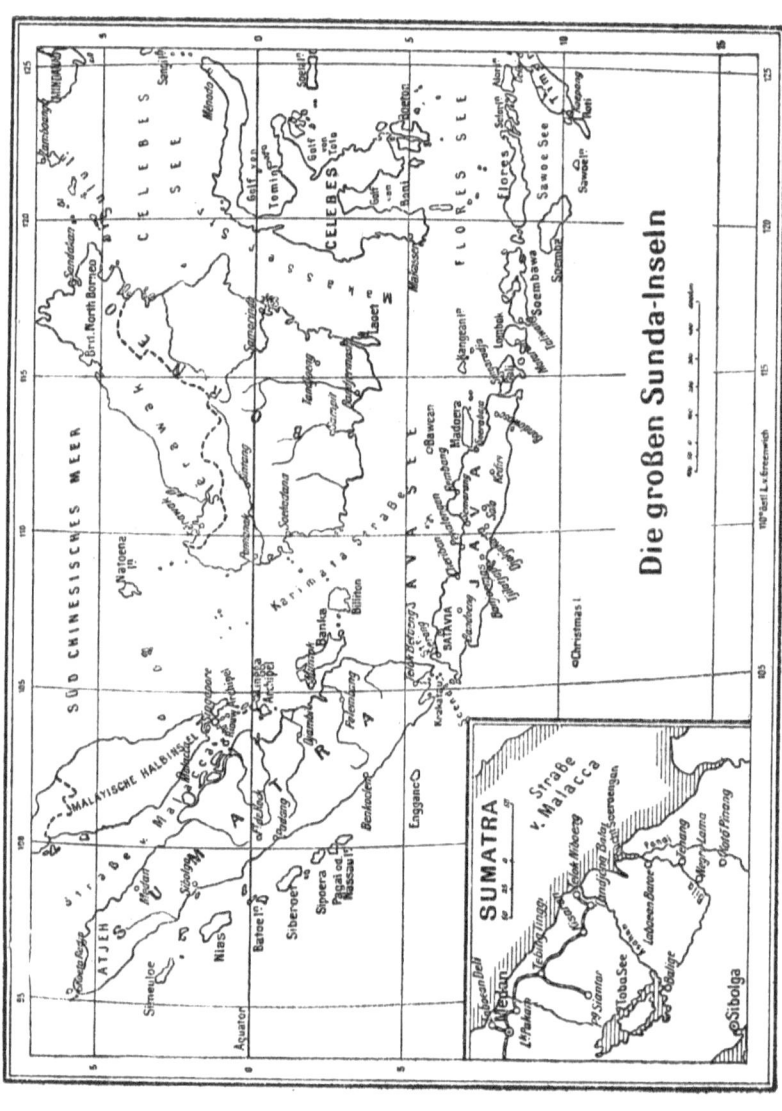

Die großen Sunda-Inseln

An den Leser

"Der Radscha von Negri=Lama" ist eine Fortsetzung der Schilde=
rungen sumatranischer Erlebnisse, mit denen Gert Hartenau=
Thiel im ersten Bande "Im Reiche des Königstigers" begonnen hat.

Wenn es sich auch empfiehlt, den ersten Band zu kennen, bevor
der Leser mit dem zweiten Band beginnt, so liegt eine dringende Not=
wendigkeit dafür nicht vor, weil die Fortsetzung ganz selbständig ihren
Weg verfolgt, so daß also der Leser sehr schnell auf dem Schauplatz
der Begebenheiten sich heimisch fühlt.

Im Auftrage ausländischer Zeitungen bereiste der Autor anfangs der
neunziger Jahre Vorder=, Hinterindien und die chinesischen Küsten=
striche bis Hongkong, bis dann in Tokio (Japan) seine Verträge ihr
Ende erreichten. Er kehrte nach Singapore zurück, von wo aus er
zunächst als Assistent auf einer Tabakplantage in Sumatra engagiert
wurde, um dann in der Folge Offizier der Polizeischutztruppe, Haupt=
assistent und endlich Manager einer Tabakpflanzung und Komman=
dant der Polizeitruppe zu werden.

Ein vielbewegtes und an Gefahren reiches Leben liegt hinter dem
Verfasser, und wenn er jetzt aus den Erinnerungen schöpft, so geschieht
es, um auch dem Leser interessante Stunden zu bereiten und ihn mit
Ländern und Völkern bekannt zu machen, mit denen er wohl in poli=
tisch absehbarer Zeit kaum in Berührung kommen wird.

Hartenau=Thiel führt den Leser an die Ostküste von Sumatra und
dort an die Bila, einen breiten Fluß mit idyllischen Ufern, der in
der Nähe des Toba=Sees entspringt und vor der Straße von Malaka,
dem Kwala=Panei, in das Meer fließt. Er durchschneidet die nieder=
ländische Residentschaft Laboean=Batoe und gibt dem Distrikt den Na=
men "Bila". Aber der schwellende und sinkende Fluß (je nach Ebbe und.
Flut) bespült auch mit seinen grünlichen Wellen viele malaiische Dörfer
und Pflanzungen, führt die abfließenden Wasser des Urwaldes da=

von und bringt den von der Tropenfonne ermatteten Geſchöpfen Er-
friſchung und Lebenskraft.

Und wie im Bande „Im Reiche des Königstigers", ſo iſt der Schau-
platz in dieſem Buche derſelbe. Der Leſer wird bekannt mit des Autors
Tabakpflanzung Tenang, der Reſidenz des Sultans von Bila und
deſſen kleinen Hof in Negri-Lama. Er begleitet den Erzähler auf
Krokodiljagden, aber auch auf ſeinen Reiſen nach Singapore. Bei
dieſer Gelegenheit lernt er die Gefahren eines Kulitransports nach
Sumatra kennen und findet dabei Gelegenheit, über eine alle dieſe
Erlebniſſe überragende Perſönlichkeit nachzudenken, nämlich über den
Radſcha von Negri-Lama! Das geheimnisvolle Käſtchen, das bei den
Thronſtreitigkeiten eine verhängnisvolle Rolle ſpielte, war nach An-
ſicht des Verfaſſers eine Höllenmaſchine mit magnetiſchen Kräften.
Wegen der damit verbundenen Gefahr war es nicht möglich, wiſſen-
ſchaftliche Unterſuchungen in Europa mit ihm anſtellen zu laſſen.

Der Verlag.

Djawi-Djawi

Weit draußen im offenen, unendlichen Meer, dort wo es sich mit dem Himmel zu verbinden schien, stieg noch ein matter, feiner Rauchschleier auf. Der letzte Gruß von scheidenden Freunden, die ich an Bord des Personendampfers begleitet hatte und die jetzt ihre Rückreise nach Europa antraten.

Ein wehes Gefühl erfaßte mich, Abschiedsschmerz und die oft wiederkehrende Sehnsucht nach der Heimat, nach meinem deutschen Vaterlande. Ich neidete den Freunden das Glück, dem sie entgegenreisten.

Doch nicht lange gab ich mich solchen Regungen hin, ich wandte mich und blickte wieder vorwärts, geradeaus, auf Pflichten, die ich übernommen hatte. Trotzig stand ich auf der Kommandobrücke meiner Steamlaunch. Voll Kraft packten meine Hände das Steuer, stahlhart klangen meine Befehle, und der frische Seewind, der mich umfächelte, gab mir den alten, festen Mut wieder. Pfeilschnell schoß mein Schiff, durchschnitt die Fluten der Bila, und immer schneller näherten wir uns dem kleinen malaiischen Hafen und der Landungsbrücke von Djawi-Djawi. Auf meinen Befehl juchzte die Sirene meines Schiffes, ver-

9

kündete meine Ankunft und erfüllte den kleinen Ort mit ihrem Heulen und Pfeifen.

Unter mir an Bord rüsteten meine acht Polizeisoldaten und die malaiische Mannschaft der Launch sich zum Landen, und ich übergab das Steuer dem Steuermann und stieg von der Kommandobrücke herab. Ich schritt in meine Kabine, wechselte den bequemen Schiffsrock mit der goldgestickten Dienstjacke und ließ mir von meinen Dienern den Säbel umgürten. Für gewöhnlich pflegte ich solchem äußeren Glanz schon der Hitze wegen zu entsagen, aber ich hatte bei der Einfahrt die Steamlaunch des Radscha entdeckt, wußte, daß ich ihm begegnen würde, und deshalb mußte ich ihm zu Ehren notgedrungen den äußeren Menschen würdig herstellen.

Das Juchzen meiner Schiffssirene war den Bewohnern von Djawi-Djawi sehr wohl bekannt und löste oft Unbehagen aus, weil leider unter der Bevölkerung auch Leute lebten, die viel auf dem Kerbholz hatten und deshalb den Polizeikommandanten fürchteten. Aber auch harmlose Bewohner zählten heimlich voll Furcht ihre Sünden und sahen mich deshalb lieber gehen als kommen. Es ist in Sumatra genau so wie in Europa, man hat mit Gerichten und Polizei nicht gerne zu schaffen.

Trotzdem war, nachdem mein Dampfer durch Sirenensignal meine Ankunft gemeldet hatte, die Landungsbrücke von vielen Neugierigen belagert, die erwartungsvoll mir entgegenstarrten und mit einem heimlichen Schauder mich bewundern wollten, und die Beamten, die zu meiner Begrüßung und dienstlichen Meldungen herbeigeeilt waren, hatten Mühe, sich einen Weg zu bahnen. Die Launch des Radscha, die unweit der Landungsbrücke angelegt hatte, salutierte durch Flaggenwechsel die holländischen Farben meines Schiffes, worauf ich als Dank, und um den Radscha zu ehren, die Flagge des Radscha auf meiner Launch flattern ließ. Dieses Flaggenspiel löste bei der Menschenmenge ein freudiges Ah! und Oh! aus und wurde mit Beifall verfolgt.

Sobald mein Dampfer angelegt hatte, kamen die Beamten an Bord,

die mich unterwürfig begrüßten und mich dann über die Landungsbrücke an das Land begleiteten. Hinter uns folgten meine acht statt-
lichen Polizeisoldaten in ihren hübschen Uniformen und roten Tur-
banen, dann das neugierige Volk und eine große Schar malaiischer
und chinesischer Kinder. Am Land kam mir ein junger malaiischer
Prinz mit seiner Begleitung entgegen, begrüßte mich grinsend und lud
mich im Auftrage des Thronfolgers — des nächstältesten Bruders des
Radscha — Tounkoe (Prinz) Ristra ein, sein Gast zu sein. Ich nickte
zusagend, schüttelte dem Prinzen dankend die Hand, bat aber um Erlaubnis, zuvor einige dienstliche Dinge ordnen zu dürfen und verabschiedete mich wieder von ihm. Dann schritt ich mit meiner Begleitung
nach der Polizeistation, während der Prinz grüßend sich entfernte.

Wenn ich den Ort Djawi-Djawi einen Hafen nenne, so wird man
sich darunter vielleicht eine Anlage denken, die glänzend eingerichtet
oder ausgebaut ist und wo eine große Anzahl Dampfer und Segel-
schiffe ihre Ruhe halten, Frachten ein- und ausladen oder gar Kohlen
einnehmen; nichts ist davon in Djawi-Djawi zu sehen. Wohl liegen
eine Menge Boote und chinesische Fischerbarken dort, auch legen die
Pflanzer mit ihren kleinen Steamlaunchs hin und wieder an, doch
große Frachtdampfer lassen sich in dem kleinen schmutzigen Fischerhafen
kaum sehen oder passieren nach der Erntezeit ihn vereinzelt mit der
Flut, um die Tabakplantagen zu erreichen und die Tabakballen zu verladen. Auch die Personendampfer legen weit draußen im offenen Meere
an, wenn sie Passagiere oder die Post für die Bilaer Pflanzungen
bringen; kaum einer wagt es, den versandeten, untiefen Hafen aufzusuchen. Bei der Ebbe könnte es den Kolossen auch widerfahren, daß
sie plötzlich auf dem Trocknen sitzen und sich — wie es schon vorgekommen ist — auf die Seite legen. Dadurch graben sie sich derartig
fest in den Schlamm und Morast ein, daß selbst die schwerste Flut
sie nicht wieder flottmachen kann. Das sind große, wenn auch nicht
unüberwindliche Gefahren, denen sich die verantwortlichen Kapitäne
nicht gerne aussetzen.

Trotzdem ist das Leben in dem kleinen Hafen ein sehr interessantes und viel bewegtes, denn er ist der Schlüssel für die Flußschiffahrt, und alle Personen, welche die Plantagen oder Niederlassungen im Distrikt Bila aufsuchen wollen, sind gezwungen, in Djawi-Djawi Station zu machen. Hier liegt auch eine Zweigverwaltung; außerdem gibt es da ein Post- und Telegraphenamt, einige große Tabakspeicher, der Palast (richtiger Landhaus) des Bruders des Radscha von Negri-Lama, der einen kleinen Hof unterhält, dann viele malaiische und ganz besonders chinesische Kaufhäuser. Der Chinese ist überhaupt an der Ost-küste am stärksten vertreten, und der Haupthandel geht durch seine Hände. Die indischen Kaufhäuser, die sich die größte Mühe geben, dem Chinesen Konkurrenz zu machen, können — wie man zu sagen pflegt — dem chinesischen Kaufmann kaum das Wasser reichen. Auch das Hand-werk beherrscht und beeinflußt der Chinese. Er ist der intelligenteste und zuverlässigste Handwerker. Zu Hunderten sitzen die Schuster, Schneider, Drechsler, Friseure und Ohrenreiniger auf der Straße und üben ihr Handwerk aus, und es ist interessant zu beobachten, mit wel-cher Geschicklichkeit und Ausdauer das geschieht. An bestimmte Stun-den binden sich die Leute überhaupt nicht. Sie arbeiten immer und unterbrechen die Arbeit nur, um zu speisen und zu ruhen, sonst fließt sie vorwärts ohne Unterbrechung. Die Leute haben nicht Zeit, müde zu sein, arbeiten immer auf Bestellung oder auf Vorrat. Sie klagen auch nicht, sind in ihren Ansprüchen sehr bescheiden, begnügen sich meistens mit immer derselben einfachsten Kost, die aus Reis, einer Currysauce und getrocknetem Fisch besteht, und selten — nur an Fest-tagen — pflegen sie das Mahl zu ändern und sich auch Fleisch zu gönnen. Dabei sind sie stets leistungsfähig, sind elastisch, kräftig und gesund, voll Humor und besitzen eine Redseligkeit, die unbeschreiblich ist. Das Geschnattere geht ohne Punkt und Semikolon, und in den Hauptverkehrsstraßen, wo die Leute ihr Handwerk und ihren Handel ausüben, kann man kaum sein eigenes Wort verstehen.

Ganz anders sind die indischen Kaufleute und Handwerker, die ebenso ihren Beruf auf der Straße ausüben. Sie sind faul, indolent, sprechen wenig und lassen die Dinge, ohne sich besondere Mühe zu geben, an sich herankommen. Wohl gibt es Ausnahmen, aber im großen ganzen lieben sie die Bequemlichkeit und sind daher gänzlich unzuverlässig. Sie sind entschieden auch sehr geschickt, aber sie halten sich mit Nebendingen zu lange auf und haben Zeit, eine gelungene Arbeit stundenlang zu bewundern und darüber zu philosophieren. Deshalb können sie auch nie eine Arbeit pünktlich erfüllen, und man muß von vornherein bei Bestellungen damit rechnen.

Was ich hier schildere, paßt auf alle größeren Verkehrsorte an der Ostküste von Sumatra. Ob wir also in die Residenz des Radscha nach Negri-Lama oder nach Asahan (Tandjong-Balei) kommen, wir werden überall dasselbe finden, nur ist dafür der Umfang in Djawi-Djawi ein sehr kleiner und beschränkter, während zum Beispiel in Asahan, wo ein größerer Personendampferhafen mit einigen Hotels und vielen Europäerhäusern sich befindet, das Leben und Treiben der Bevölkerung schon viel mehr an Umfang den großen Häfen von Singapore und Penang ähnelt. Das Bild ist aber überall dasselbe. An größeren Orten ist dabei auch für die Unterhaltung, Belustigung und für das Vergnügen gesorgt. Es gibt in Asahan malaiische Theater, japanische und chinesische Teestuben mit hübschen Geishas, Weinhäuser, wo man den Palmwein in der Hauptsache kredenzt erhält. Auch indische Zaubertheater und berüchtigte Opium- und Spiellokale gibt es eine Menge, kurz, es wird überall gesorgt, daß das Geld im Rollen bleibt. Alle diese Dinge gibt es aber in Djawi-Djawi nicht, oder nur in ganz beschränktem Maße. Dazu fehlt dort das Publikum. Der Pflanzer, der nur einige Stunden geschäftlich sich da aufhält, denkt nicht daran, diese primitiven Genüsse aufzusuchen und fährt lieber, wenn ihn die Sehnsucht danach plagt, nach Asahan oder Singapore, wo er sich wirklich einmal mit Vergnügen austoben kann und für sein Geld vollwertige Dinge erhält. Und der Eingeborene besitzt nicht so viel Mittel, um den Unternehmer reich zu machen. Es genügt dort für die Bummelanten, wenn sie wissen, wo sie heimlich ihr Opium rauchen (richtiger „essen") und ihre paar Groschen im Spiel verlieren können. Allenfalls gehen sie auch in die malaiischen Theater, die schon früh acht Uhr beginnen und bis zwei Uhr nachts dauernd dieselbe Vorstellung geben. Dort sitzen die Faulpelze mit ihren Familien — selbst das kaum geborene Kind darf nicht fehlen — und sehen sich dasselbe Stück dreißig- bis fünfzigmal an, speisen ihre Mahlzeiten dabei, säugen die Kinder, schlafen auch hin und wieder zur Abwechslung, kauen ihren Betel, rauchen und verbreiten einen Duft, daß einem angst und übel wird, wenn man solch ein Stinklokal betritt. Wenn wirklich einmal einige Europäer sich den Spaß machen, ein derartiges Theater zu besuchen, dann erhebt sich bei ihrem Eintritt das ganze schmutzige Publikum; der schwarze Herr Direktor kommt freudestrahlend und sich geehrt fühlend den europäischen Gästen entgegen, begrüßt sie mit einem Schwall süßer Worte und geleitet sie — man staune — auf die Bühne, wo für sie am Rande des Proszeniums Stühle aufgestellt werden. Dort haben sie die Schauspieler in handgreiflich nächster Nähe, necken die „Künstlerinnen" oder unterhalten sich ungeniert mit den „Künstlern". Das Publikum amüsiert sich köstlich dabei, und der Herr Direktor erhöht während dieser Zeit die Eintrittspreise um das Doppelte. Denn wo ein Europäer eintritt, da pflegen die Eingeborenen schon aus Neugierde hinzugehen, und die Vergnügungslokale machen das beste Geschäft.

Die chaussierten Straßen von Djawi-Djawi sind hübsch angelegt, und die kleinen Holzhäuschen der Eingeborenen liegen idyllisch versteckt in Palmen und Ranken. Einige größere vornehmere Holzhäuser mit Gartenanlagen und Wirtschaftsgebäuden gehören den halbeuropäischen Beamten (Halfcast), von denen in den Ortschaften, in welchen Zweigverwaltungen liegen, eine große Zahl vorhanden ist.

Diese Bastarde spielen als Vermittler zwischen Eingeborenen und reinrassigen Europäern eine große Rolle, und da sie dem Gesetze nach die Namen ihrer europäischen Väter tragen, findet man unter ihnen

14

Abkömmlinge alter, hochangesehener Adelsgeschlechter. Meistens ist die Erziehung dieser Halbeuropäer schon von Kindheit an darauf zugeschnitten, daß sie später Beamtenstellungen einnehmen sollen, aber es gibt unter ihnen auch viele, die tüchtige, angesehene Pflanzer und Offiziere geworden sind. Sie werden im allgemeinen so geehrt wie der Volleuropäer und werden von diesen auch eines gelegentlichen Verkehrs gewürdigt, aber viele Europäer mögen sie als gleichwertig nicht anerkennen, behandeln sie herablassend, etwa wie man einem braven Diener einmal ein gutes Wort gönnt, doch sonst verachten sie die „Nigger".

Auch der Offizier der Polizeistation, die ich jetzt dienstlich aufsuchte, war ein Halbeuropäer. Groß, stattlich, in blitzender, sauberer Uniform, stand er vor seiner fünfzig Mann starken Polizeitruppe und senkte den Degen salutierend, während die Mannschaft unter Trommelwirbel die Gewehre präsentierte. Ich grüßte und dankte militärisch, und auch meine mich begleitenden acht Polizeisoldaten legten salutierend die flachen Hände an ihre Turbane. Und nachdem ich dem Mynheer Leutnant van Ryk, so hieß der Halbeuropäer, freundlich die Hand geschüttelt hatte und die Mannschaft wieder „Gewehr bei Fuß" stand, trat ich mit dem Offizier und meiner Begleitung in die Polizeistation, um dienstliche Angelegenheiten mit ihm zu ordnen.

Leutnant van Ryk unterstand nur dann meinen Befehlen, wenn ich dienstlich im Hafen anwesend war; für den Orts- und Landdienst war er selbständig und bildete mit seiner Mannschaft eine Schutztruppe für den Thronfolger und die malaiischen Prinzen, die in Djawi-Djawi wohnten. In Wirklichkeit hatte er auch den geheimen Auftrag, auf die Herrschaften ein scharfes Auge zu haben und zu verhüten, daß sie aus langer Weile „Dummheiten" politischer Natur machten. Auch auf den Radscha von Bila, der in Negri-Lama residierte und der oft die Gelegenheit suchte, seinem Bruder, dem Thronfolger, einen Besuch abzustatten, mußte Mynheer van Ryk seine Wachsamkeit ausdehnen. Der dunkle, fette Herr litt an Größenwahn und hätte sehr gern ein großes malaiisches Reich unter seinem Zepter entstehen lassen, wenn das nicht mit zu großen Gefahren und Arbeit verknüpft gewesen wäre. Aber wie alle Malaien haßte auch er jede Arbeit und Unbequemlichkeit, und schon aus diesem Grunde waren seine Versuche nicht ernst zu nehmen. Trotzdem mußte man auf der Hut sein und auch die kleinsten, unbedeutendsten Versuche im Keime ersticken.

Es war heute wieder einmal ein hoher Festtag in Djawi-Djawi, denn wie ich schon eingangs erwähnte, lag die Steamlaunch des Radscha von Bila im Hafen, der seinem Bruder, dem Tounkoe Ristra, einen Besuch abstattete. Solche Besuche sind auch für die Bevölkerung, besonders für die Eingeborenen, Festtage, die sie unter allen Umständen mitfeiern wollen. Daher war auch in den stilleren Straßen der Verkehr lebhafter als gewöhnlich. Viele festlich gekleidete Eingeborene kamen mir entgegen, als ich mit Leutnant van Ryk und meinen Soldaten nach dem Landhaus des Thronfolgers schritt, und verneigten sich tief oder warfen sich auch devot zu Boden, wenn sie den gefürchteten Polizeikommandanten erblickten. Auch die Chinesen, Kaufleute oder Arbeiter, grüßten mich ehrerbietig und zeigten grinsend ihre Zähne. In manchen Straßen, wo nur Fischhändler mit von der Sonne getrockneten Fischen handelten, war die Luft entsetzlich, und ich rügte energisch, wenn zu große Massen Fische lagerten; denn durch die Ausdünstung entstanden und entwickelten sich Keime für schwere Krankheiten. An der ganzen Ostküste ging die Malaria verheerend um, und es gab wohl kaum einen Menschen, der ganz fieberfrei war. Um so mehr mußten die Behörden ein scharfes Auge auf die Bevölkerung und ganz besonders auf die Chinesen haben, um sie zur Sauberkeit anzuhalten, damit nicht noch schwerere Krankheiten entstanden. In Djawi-Djawi graffierte monatelang die Cholera in erschreckender Weise, und es hat unendliche Mühe und Opfer gekostet, um sie auszurotten. Die Eingeborenen pflegten sich nach dem mohammedanischen Ritus zwei- bis dreimal am Tage zu baden und im großen ganzen ihre Körper sauber zu halten, die Chinesen aber liebten das Wasser nicht

Straße in Tandjong=Balei

Batak-Schlafmattenverkäufer auf dem Markte

Batak-Tabakhändler auf dem Markte

sonderlich und jammerten, wenn es durchaus sein mußte. Deshalb waren von der Behörde wöchentlich zwei Waschtage angeordnet, an denen sich die Chinesen unter Aufsicht der Polizeiorgane am Ufer der Bila säubern mußten. Auf diese Weise steuerten die Behörden der Unreinlichkeit unter der chinesischen Bevölkerung, verhüteten Ansteckungen und Krankheiten und erzogen die Leute zur Reinlichkeit.

Ein großes Übel waren die unzähligen chinesischen Fischerbarken, die nicht nur dem Fischfang dienten, sondern auf denen auch die Fischer mit ihren Familien wohnten. Die Leute wälzten sich dort im Schmutz, und es gehörte für die Polizeiorgane, oder gar für mich selbst, eine gehörige Dosis Überwindung dazu, solche Brutstätten aller möglichen Krankheiten auf die Sauberkeit hin zu kontrollieren, denn oft glaubte man, vor Übelkeit sterben zu müssen.

Die Kontrolle unterlag für gewöhnlich dem Leutnant van Ryk, denn ich besuchte den Hafen nur alle vierzehn Tage oder nur dann, wenn ein Personendampfer an der Mündung des Flusses im Meere lag. Ich war hauptamtlich auch noch Manager einer großen Tabakplantage, die fünf Stunden entfernt an der Bila und in der nächsten Nähe der Residenz des Radscha errichtet war und meine Anwesenheit unbedingt erforderlich machte. Wenn ich aber im Hafen erschien, so war es sehr wahrscheinlich, daß ich persönlich auch die Kontrolle vornahm und Strafen verhängte. Leutnant van Ryk war darin viel strenger, und seine Strafen waren oft brutal und grausam, dennoch wurde er, der Halbeuropäer, nicht so gefürchtet wie ich, der nachsichtiger war. Auch jetzt, als ich mit meiner Begleitung mich wieder dem Hafen näherte, konnte man die chinesischen Fischer auf ihren Barken wie die Ameisen fleißig arbeiten sehen. Wahre Wolkenbrüche Wasser wurden über die Decke geschleudert, es wurde gewaschen, geputzt und gescheuert, daß man seine Freude daran haben konnte. Aber alles geschah nur in der Voraussetzung, daß der gefährliche Polizeikommandant kommen und die Faulen einsperren könnte, wenn nicht alles sauber war. Und als mich die Leute nun tatsächlich mit meinem Stab von Polizeibeamten erblickten, stoben sie wie aufgescheuchte Ratten in ihre Schiffslöcher und — verschwanden.

Nun, ich hatte heute wirklich nicht Lust, zumal in Galauniform, in den übelriechenden Barkenkabinen herumzuklettern und ihren Duft mitzunehmen; deshalb wandte ich mich an den hinter mir schreitenden Offizier mit der etwas drohenden Frage, was in der Kontrolle ge= schehe und wie oft sie ausgeübt würde? Es hätte für mich den An= schein, als ob die Leute nur ihre Schweineställe kehrten, wenn ich am Ort wäre.

„Ich bin mir nicht bewußt, etwas vernachlässigt zu haben, Mynheer Kapitän!" erwiderte er etwas gekränkt.

„Desto besser!" antwortete ich freundlich. „Lassen Sie bitte die Kerle nicht aus den Augen. Kontrollieren Sie auch außer den bekannten Zeiten, unangemeldet! Fahren Sie plötzlich dazwischen! — Und dann," fuhr ich nach einer kleinen Weile fort, „diktieren Sie nicht un= menschliche Strafen. Art läßt nicht von Art, nur dürfen die Leute dabei nicht im Dreck versaufen!"

„Sehr wohl, Mynheer Kommandant!" Der Offizier reckte sich hoch auf und legte salutierend die Hand an die Mütze.

Wir schritten weiter, nicht nebeneinander, sondern hintereinander. Und wenn ich dem Letzten im Gliede etwas zu sagen hatte, dann ging das Wort hinter mir von Mund zu Mund, bis es den Bestimmten traf. Der antwortete ebenso, von Vordermann zu Vordermann, bis mich zuletzt die Antwort erreichte. So bewegte sich die Kette vor= wärts. Vor mir in respektvollem Abstand der Führer, ein Feldwebel, richtiger Marschall, der für Platz sorgte und die neugierige Jugend zurückdrängte.

Jetzt passierten wir die großen Tabakspeicher, die einzigen Gebäude, die aus Mauersteinen aufgeführt sind, denn alle Häuser sind sonst nur aus Holz gebaut und mit wenigen Ausnahmen mit getrockneten Palmblättern gedeckt. In den Tabakspeichern bringt der Pflanzer den für den Versand geballten Tabak unter, der dann wieder mittels chine=

fifcher Dfchunken auf Ozeantransportdampfer, die im Meer an der Mündung des Fluffes lagern, verladen wird. Nur drei Monate nach den Tabakernten herrfcht hier ein buntes Leben der Arbeit, fonft liegen die Riefenhäufer ftill und unbeachtet.

Auch wir fchritten vorüber, ohne fonderlich auf die Gebäude zu fehen, und bogen in die Gefchäftsftraße ein. Ein wüfter Lärm empfing uns. Trommeln, Pfeifen, indifche Dudelfäcke wetteiferten miteinander. Dazwifchen die Stimmen der Anpreifer von Gefchäften, der Früchteverkäufer, der Zauberbuden, Gaukler und Akrobaten und das furchtbare Gefchnatter der vielen Chinefen. Hübfche und häßliche malaiifche, javanifche und chinefifche Mädchen, Frauen, Männer und Kinder bevölkerten die Straße, alle fich tief verneigend, als wir hindurchfchritten. Manches Auge traf mich voll Liebe, viele Augen voll Gleichgültigkeit, einige voll Haß und Furcht. Aber alle beugten den Rücken vor dem Europäer, dem weißen Mann aus fernem Lande. Bei einem chinefifchen Kaufmann, der fchon lange mein Lieferant war, machte ich Einkäufe, beftellte Konferven, deutfches Obft, Wurft, Limonaden, Bier und Weine. Die Leute haben alles, was man fich wünfchen kann, und find nie in Verlegenheit mit Dingen, die unentbehrlich find. Und felbft wenn ich die neuften Romane deutfcher Dichter verlangte, fo wurden fie mir in acht Tagen zugefandt. Der chinefifche Kaufmann wird niemals fagen: „Den Artikel führe ich nicht." Er führt einfach alles und beforgt fehlende Dinge mit einem vorbildlichen Fleiß, Gefchmack und Gefchick. Nach allen Erfahrungen betone ich deshalb immer wieder, daß der Chinefe der tüchtigfte Kaufmann der Welt ift.

Und überall dasfelbe Bild, wo ich hindurch fchritt, Ehrerbietung, Achtung, Unterwürfigkeit und Haß.

Beneh=Bufo ten Mehar=Selar, Radfcha von Bila und Negri=Lama, und Tounkoe Riftra

Tounkoe Riftra wurde von feinen Spähern benachrichtigt, daß ich mich mit meiner Begleitung feinem Haufe nähere, und er beeilte fich deshalb, mir entgegenzugehen und fchon auf der Straße mich zu begrüßen. Der Prinz war immer von aufrichtiger Liebenswürdigkeit mir gegenüber und zeigte ftets eine wirkliche Freude, wenn er mit mir zufammentreffen konnte. Ja, er fuchte geradezu jede Gelegenheit, fich mir nähern zu können, und machte keinen Hehl daraus, daß er danach trachte, mich zu feinem Freunde zu machen.

Auch ich mochte den intelligenten, wißbegierigen Herrn fehr gern und freute mich, wenn er bei mir weilte, oder ich ihm Befuche machen konnte. Es waren immer intereffante Stunden, die ich mit ihm ver= plauderte, und uns beiden war es fchmerzlich, daß die Entfernung und Zeitmangel unfer öfteres Beifammenfein verhinderte. Wenn ich aber in Djawi-Djawi dienstlich zu tun hatte, war ich auf seinen besonderen Wunsch und seine Bitte stets sein Gast, und er überschüttete mich dann mit Aufmerksamkeiten und Freundlichkeiten, verwöhnte mich mit seiner Herzlichkeit, so daß der Abschied mir immer schwer wurde. Daher war es weiter kein Wunder, wenn mich bald mit dem Thronfolger eine aufrichtige Freundschaft verband.

Prinz Ristra mochte etwa 27 Jahre alt sein; seine hohe, schlanke, sehnige Figur erinnerte wenig an den Malaien, der gewöhnlich klein, zart und etwas weibisch ist. Er hatte entschieden die Figur eines Reiteroffiziers. Auch seine Bewegungen waren elastisch, voll Kraft und sein Auftreten von gesellschaftlicher Sicherheit. Wenn auch die Sitten seines Landes immer wieder zum Ausdruck kamen, und er den Malaien durchaus nicht verleugnen konnte, so hatte er auf seinen vielen europäischen Reisen sich doch abgeschliffen und vieles Vorteilhafte angenommen, so daß er auch im europäischen Sinne salonfähig war. Auch sein kluges, dunkles, energisches Gesicht mit dem kleinen kurzen Schnurrbart, den dunklen melancholischen Augen nahmen für ihn ein, und seine gewinnende, gütige Art warben unter seinen Landsleuten und Fremden ihm viele Anhänger.

Seine Kleidung ähnelte der europäischer Pflanzer. Er trug wie diese die geschlossene weiße Tropenkleidung, bei der aber unterschiedlich der Prinz den Rock offen ließ, und ein buntkariertes Oberhemd mit Kragen und buntem Schlips. Um die Hüften lag eine farbige seidene Schärpe, in der ein Dolch mit edelsteinbesetztem Griff steckte; die glattgescheitelten Haare deckte eine schwarze, niedrige Kappe mit einer breiten Goldtresse, die um den Rand der Kappe angebracht war, und einem kleinen goldenen Knopf in der Mitte des Deckels. Solche Kappen trugen nur die fürstlichen Personen, und je nach der Breite der Goldtresse und Größe des Goldknopfes konnte man die nächste Anwartschaft auf den Thron bestimmen. Der Radscha, der sogenannte regierende Herr, trug demzufolge eine ganz breite, schwere Goldtresse, die den ganzen Rand der Kappe bedeckte. Auch der Knopf auf dem

Deckel der Kappe war ein riesiger großer Goldknopf, der in der Mitte noch einen Edelstein hielt.

An den Füßen saßen Segeltuchschuhe, mit Leder besetzt, und halbhohen Absätzen. Gewöhnlich trug der Prinz eine Reitpeitsche mit Silbergriff, die er tatendurstig durch die Luft pfeifen ließ; seine hübschen schlanken Hände waren mit kostbaren Ringen geschmückt.

Nach einer herzlichen Begrüßung reichte der Prinz auch dem Leutnant van Ryk die Hand, nickte meinen salutierenden Polizeisoldaten zu, und nachdem auch ich seiner Begleitung einige freundliche Worte gesagt hatte, schritten wir in munteren Gesprächen seinem „Palast" zu.

Am Eingang des Vorgartens stand die Leibwache des Prinzen, etwa fünfzehn Mann, in bunt zusammengewürfelten Uniformen mit unnützen Waffen, und senkte salutierend lange Schwerter. Meine Polizeisoldaten blieben bei der Leibwache zurück, während der Prinz, ich und Leutnant van Ryk den „Palastgarten" betraten. Einige Diener säumten die Wege zum Hause, sich ehrfurchtsvoll verneigend und folgten uns. Oben auf der sehr geräumigen Veranda begrüßte mich der Radscha mit freundlichem Grunzen und einem Schwall süßer Worte und Schmeicheleien, rührte sich aber dabei nicht von seinem Streckstuhl, auf dem er liegend sich von seinen Dienern Luft zufächeln ließ.

Ganz im Gegensatz zu seinem jüngeren Bruder, dem Thronfolger, war der Fürst klein, dick, beinahe unförmlich. Er machte gar nicht den Eindruck einer Standesperson, und wenn man sich den äußeren Glanz, mit dem er sich zu umgeben wußte, wegdachte, dann hätte man den kleinen häßlichen Kerl für einen ganz gewöhnlichen malaiischen Arbeiter gehalten. Seine Kleidung ähnelte der seines Bruders, nur war sie kostbarer und mit Edelsteinknöpfen besetzt. Seine schwarzen Augen irrten unstet umher, und um seinen wulstigen breiten Mund lagerte ein immerwährendes nervöses Zucken, das sich nur verringerte, wenn er rauchte. Er kannte seinen Schönheitsfehler sehr genau und deshalb paffte er aus purer Eitelkeit unzählige Zigaretten. Seine schwarze, mit Gold besetzte Kappe trug er den ganzen Tag, und manche behaupteten, er gehe damit sogar zu Bett.

Eine fürchterliche indische Mode war das Kultivieren langer Fingernägel, das sich natürlich nur vornehme Eingeborene leisten konnten, die nicht von ihrer Hände Arbeit lebten. Die rechte Hand blieb davon verschont, schon deshalb, weil auch der vornehme Mann sie benutzte, um die Speisen ohne Gabel oder Löffel zum Munde zu führen. Dabei wären lange Fingernägel äußerst hinderlich gewesen, zumal die Nägel oft eine Länge von dreißig bis vierzig Zentimetern erreichten. Aber an der linken Hand saßen solche Auswüchse am kleinen und am Goldfinger. Damit dieser Zierat nun nicht abbrechen konnte, waren die Nägel in entsprechend langen Goldhülsen geborgen, die wie riesige Fingerhüte auf den Spitzen der Finger saßen. Ich amüsierte mich immer, wenn beim Sprechen der Fürst mit diesen goldenen Dolchen in der Luft herumgabelte, war aber im übrigen dann stets besorgt, nicht in seine allernächste Nähe zu kommen, denn zu leicht hätte das die Augen kosten können.

Dumm war der Fürst keinesfalls; er besaß eine ganz anerkennenswerte Schlauheit und wußte entschieden seinen Vorteil herauszurechnen. Aber er war unglaublich faul und eitel, und auf Grund dieser Eigenschaften wurde er von seiner Umgebung tüchtig ausgenutzt. Besonders von seinen beiden sogenannten Ministern, zwei Kerlen, die der liebe Gott im Zorn geschaffen haben mußte, denn sie schienen mir ein Mittelding zwischen Esel und Papagei zu sein. Ewig waren die beiden in seiner Begleitung, lebten und begeisterten sich für jedes Wort, das der Fürst sprach, auch wenn es der blühendste Blödsinn war, und schürten die Eigenliebe und Eitelkeit des Radscha maßlos. Ihm waren die beiden Halunken unentbehrlich. Er freute sich über ihre Lobhudeleien und auch darüber, daß er sie als Blitzableiter seines allerhöchsten Zornes benutzen konnte. Dabei hatten die Kerle es, wie man zu sagen pflegt, faustdick hinter den Ohren, verstanden den Fürsten in schwachen Stunden zu übervorteilen und ihr Schäfchen ins Trockene zu bringen.

Auch jetzt standen die beiden Herren, in reicher malaiischer Tracht, rechts und links neben dem Stuhl ihres Gebieters, salbaderten, scharwenzelten und lobhudelten um ihn herum, daß einem übel werden konnte. Solche Leute soll es aber auch in der Umgebung europäischer Fürstlichkeiten geben!

Bei meinem Eintritt verneigten sie sich tief und unterwürfig, und ich grüßte sie auch meinerseits freundlich und hütete mich, sie merken zu lassen, wie unangenehm sie mir im Grunde genommen waren. Aber der Prinz kannte meinen Widerwillen gegen die Minister und lachte heimlich, als ich den beiden Kerlen die Hand reichte. Auch er verabscheute die Narren, wie er sich ausdrückte, doch mochte er sein schon ohnehin schlechtes Verhältnis zu dem Radscha nicht noch durch eine unfreundliche Bemerkung gegen dessen Lieblinge vertiefen.

Der Radscha mißtraute dem Thronfolger und glaubte voll Überzeugung, daß er ihn gerne beseitigen möchte, um selbst als Radscha ausgerufen zu werden. Und seine beiden Schmarotzer sorgten schon dafür, daß der Fürst diesen Gedanken nicht verlor. Im Gegenteil, sie nährten ihn durch allerlei Andeutungen und heimlichen Klatsch und scheuten sich nicht, selbst kleine Intrigen zu inszenieren, um Beweise für ihre Ohrenbläserei zu haben. Der Radscha belohnte sie dann reichlich, und sie hatten außerdem die Genugtuung, dem gefürchteten Prinzen eins ausgewischt zu haben.

„Ich freue mich, Touwan Kommandant, Sie wohl und munter wiederzusehen," sagte der Radscha mit freundlichem Grinsen.

„Wir freuen uns, Touwan Kommandant, Sie wohl und munter wiederzusehen!" echoten die beiden Minister und verneigten sich dabei.

Ich lachte, setzte mich neben dem Radscha auf einen Stuhl und steckte mir eine Zigarette an. Ein herbeieilender Diener reichte das Feuer.

„Ja, Hoheit," erwiderte ich, ohne auf die Minister zu achten, „und ich stelle fest, daß der Radscha dieses schönen Landes das Geheimnis kennt, wie man es anstellt, immer jünger zu werden. Ich finde Eure Hoheit ähneln immer mehr einem Kinde!"

Der Prinz feixte, trat sich auf den Fuß und wandte sich ab, um sein Lachen zu verbergen.

„Saya!" antwortete lebhaft der Fürst, „ich fühle mich sehr jung, so jung, gesund, wie ein Kind!"

„Oh, so jung, wie ein Kind! Der große Tounkoe ist jung wie ein Kind!" — Die Minister rissen die Augen verwundert auf und blickten herausfordernd um sich.

Der Fürst wurde ärgerlich und meinte halb entschuldigend: „Sie quaken wie die Frösche!"

„Oder plappern alles nach, wie die Papageien!" nickte ich.

Auch der Fürst nickte lebhaft und lachte laut auf. Der Prinz und van Ryk brachen in ein schallendes Gelächter aus, und die Minister schüttelten sich vor Lachen, weil der Radscha vergnügt war. Mir aber warfen die Kerle einen boshaften Blick zu, den ich drohend erwiderte, worauf sie erschrocken sich duckten und sich wie hilflos gebärdeten.

Der Haushofmeister, ein schlanker, älterer Malaie, erschien auf der Veranda, hinter ihm einige Diener, die auf großen Servierbrettern gefüllte Mokkatassen und schlohweißes Maisgebäck brachten. Nachdem der Radscha damit bedient war, wurde mir, dann dem Prinzen, Leutnant van Ryk und zuletzt den Ministern die Tassen vorgesetzt. Der Mokka wird dort extra stark gebraut, ist daher dick und gallebitter. Milch und Zucker gibt es nicht dazu. Er erzeugt deshalb, besonders wenn man zwei oder gar drei Täßchen davon trinkt, ein heftiges Herzklopfen. Aus diesem Grunde verfluchte ich die Sitte, schon vor dem Essen das starke Getränk zu reichen; aber als Gast durfte ich das nicht merken lassen, wenn ich nicht den Wirt beleidigen wollte.

Deshalb schmatzte ich mit den anderen Herren in der Runde um die Wette, wie es im Orient zum guten Ton gehört, um im Gegenteil zu zeigen, wie wohltuend und schmackhaft das Gereichte sei. Geräuschloses Trinken und Essen, wie es bei uns in Europa Sitte, ist eine gesuchte Kränkung.

Die Diener boten auch öfters die Schalen mit Zigaretten an, von denen reichlich genommen und verpafft wurde. So faßen wir eine Weile ſchweigend, ganz im Genuße des Gebotenen verſunken.

Draußen, vor dem Vorgarten auf der Landſtraße, hatten ſich viele Neugierige verſammelt, viel Volk, das den Radſcha, den Herrſcher, ſehen wollte, und die Leibwache hatte Mühe, die Leute in reſpektvoller Entfernung zu halten. Doch plötzlich ſtoben ſie auseinander, drängten rechts und links zur Seite, ſo daß ein freier Weg ſich bildete, auf dem jetzt ein langer, hagerer, alter Mann, in reicher, bunter malaiiſcher Tracht, auf einen Stock geſtützt ſchritt. Tief neigte das Volk den Nacken und murmelte verwundert und ängſtlich Gebete. Wie ſegnend hob er die Hand und wanderte vorwärts, den Blick ſtarr auf das Haus des Prinzen gerichtet.

Die Leibwache ſalutierte, und der Greis ſchritt durch die Pforte in den Vorgarten. Würdig, langſam und doch ſicher und zielbewußt näherte er ſich der Treppe des Hauſes. Dort blieb er ſtehen, wie ruhend, ſuchend.

Der Radſcha hatte ihn zuerſt erblickt. Lebhaft ſprang er auf, und auch wir erhoben uns von unſeren Sitzen und ſtarrten verwundert auf den Ankömmling. Ein Diener kam aus dem Vorgarten, neigte ſich bis zum Boden und meldete, daß draußen der höchſte Prieſter, Mohammeds Diener, der Mufti-beſar Kanaro ſtehe und dem Tounkoe-beſar eine Botſchaft bringe. Der Tounkoe-beſar möge lange leben und den Sohn des Propheten wie einen Vater empfangen!

„Für den Sohn des Propheten, für den Mufti-beſar Kanaro öffnen ſich die Türen meines Hauſes, und die Türen meiner Freunde ſtehen weit offen!“ ſchrie erregt der Radſcha.

Der Diener verneigte ſich tief und eilte hinaus.

Der Oberpriester Kanaro

Wie alt der Oberpriester war, konnte nicht enträtselt werden. Es
ging die Sage, daß er ein ehelicher Sohn des Propheten und
seiner ersten Frau Chadidscha sei und in Mekka geboren wäre. Natür=
lich war das ein blühender Unsinn, denn Kanaro hätte dann 1400
Jahre alt sein müssen. Jedenfalls glaubte aber das Volk daran, und
nicht nur die Malaien und Javanen der großen Sundainseln, sondern
auch die Bevölkerung Vorder= und Hinterindiens.

Kanaros Name war in der ganzen indisch=mohammedanischen Welt
bekannt. Seine Anhänger fand man aber nicht allein unter der einfachen
Bevölkerung, auch die mohammedanischen Fürstenhöfe ganz Indiens
standen diesem seltsamen Manne offen. Die Maharadschas, Radschas,
Sultane und der Adel fühlten sich ungeheuer geehrt, wenn Mufti
Kanaro ihr Gast sein wollte. Er hatte das Ansehen eines Propheten
und war entschieden einer der geistreichsten Indier, denen ich begegnet

bin. Kanaro beherrschte sämtliche indischen Sprachen, behandelte in tiefreligiösen, wissenschaftlichen Auslegungen den Koran, und seine gewaltigen, logischen Lehrpredigten erregten nicht nur unter seinen Anhängern Begeisterung, sondern auch Andersgläubige bewunderten ihn und wurden in ihrem eigenen Glauben wankend. Ich möchte ihn mit dem Dichter Tagore vergleichen, der ja auch in allen seinen Werken den allmächtigen Gott in der Natur sucht. Kanaro betete ihn an in den Gestirnen, im Rauschen des Waldes, im Zucken der Blitze, im Wolkenbruch und feinem Regen und bewunderte ihn im geschaffenen Menschen, in jeder Kreatur. Ein leiser, süßer Orgelton lag in Kanaros Sprache. Mitleid, Erbarmen, Güte und eine tiefe, alles verzeihende Liebe begleiteten ihn bei allen Handlungen. Er war ein Heiland, der die Menschen veredeln wollte.

Und doch war auch Kanaro nur ein Mensch voller Fehler und Eigenliebe. Er betete wohl Gott mit aufrichtigem Herzen an, aber er tat es aus Furcht vor göttlicher Rache. Und er erniedrigte sich, warf sich in den Staub vor dem kleinsten Radscha und Häuptling, aus Furcht vor einem Tode aus Rache. Er liebte sein Leben, er bewunderte sich selbst und brauchte dazu die Pracht und den Reichtum, den ihm eitle Fürsten im Überfluß zuwarfen. Er war ein schwacher Mensch trotz aller Größe; der Weihrauch umnebelte ihm die Sinne — er kannte die Menschen, nutzte ihre Schwächen aus — für sich. Es fehlte diesem Manne die edle Größe eines Christus.

Kanaro war Mohammedaner; als solcher konnte er auch hassen! Ein Prophet, ein Heiland darf nicht hassen. Und deshalb fällt auch dieser große, seltsame Mann der Vergessenheit anheim. Hell leuchten die Bilder eines Moses, eines Christus, und werfen ihre Strahlen in alle Ewigkeit. Kanaros Name, sein Andenken wird erlöschen mit seinem Tode. Nichts wird bleiben als ein Häuflein Asche, die ein leiser Wind verweht. Kanaro blendete, wie eine Rakete, die zum Himmel steigt, aber das Ah! und Oh! der Bewunderung verfliegt mit dem Ende.

Jetzt stand der stattliche, große Mann am Eingang der Veranda.

28

Ich schätzte ihn vielleicht auf 75 Jahre, ein Alter, das kaum ein Indier erreicht. Die reiche, bunte malaiische Tracht, die mit Edelsteinen besetzten Waffen in seinem Gürtel, der gepflegte, schlohweiße lange Bart und die mit kostbaren Ringen geschmückten Hände waren nur ein Beweis für meine Behauptung, daß der Prophet maßlos eitel war. Die dunklen scharfen Augen musterten blitzschnell die Anwesenden, und der Blick stockte, als er mich traf. Fragend staunten mich die Augen an: „Wer bist du? Was willst du hier bei uns?" Ich stand starr, ohne Gruß, ohne mich zu bewegen. Ich erwartete den Gruß des Ankömmlings. Stahlhart bohrten sich unsere Blicke ineinander. Dann endlich beugte sich das weiße Lockenhaupt des Propheten, ein süßliches Lächeln vertuschte die Falte der Furcht in seinem Bronzegesicht, er grüßte mich mit gekreuzten Armen.

Der Radscha und der Prinz gingen ihm entgegen, hießen ihn mit Worten und Handbewegungen willkommen, dann wandten sie sich wieder. Der Radscha setzte sich auf seinen Stuhl. Die Diener fächelten ihm mit großen Papierfächern Luft zu, und er atmete erleichtert auf.

Kanaro schritt nun mit festen Schritten auf den Radscha zu, hob segnend die Hand und sagte mit wohlklingender Stimme: „Allah sei mit dir!" Dann warf er sich nieder und berührte den Boden mit der Stirne dreimal.

Der Radscha blickte eitel auf ihn und blähte sich vor Größenwahn. „Du hast mich zu sprechen begehrt, Kanaro. Dein Wunsch ist erfüllt. Nun sprich!"

„Herr, ich danke dir! Dein Diener wagt dir zu nahen in Unterwürfigkeit und Demut, um dir zu huldigen."

„Ich hörte von dir nichts, Kanaro! Seit dem Tode meines Vaters, des Radscha von Bila, warst du verschwunden, wie die Leuchte der Nacht hinter dunklen Wolken."

„Mein Amt ist schwer, weiser Herrscher! Ich weilte am Grabe meines großen Vaters in Mekka, betete für das Wohl der Gläubigen. Dann wohnte ich in Medina, meiner Heimat, und lehrte das Volk.

Ich segnete und besuchte die mohammedanischen Fürsten Indiens, bis endlich mein Fuß wieder die heilige Erde deines Reiches berührte."

„Du bist willkommen, Kanaro!"

Langsam erhob der Greis den Oberkörper, kreuzte die Arme und fuhr mit seiner wohlklingenden Stimme fort: „Fünf lange Jahre sind dahingeflogen seit dem Tage, an dem es Allah wohlgefallen hat, deinen Vater, den weisesten Herrscher des malaiischen Reiches, zu sich zu rufen und dich, die Sonne des Morgenlandes, über sein auserwähltes Volk zu setzen. Millionen Zungen flüstern heute deinen herrlichen Namen und Millionen Herzen schlagen dir in Demut, Liebe und Hoffnung entgegen."

„Verdammter Schmeichler!" dachte ich für mich.

„Und wie die Sonne mit ihren goldenen Strahlen der Welt die Wärme und Wahrheit bringt, wird deine Güte, Gnade und Gerechtigkeitsliebe dem Volke den Frieden bringen, es glücklich machen. Heil dir, du liebster Sohn des Propheten. Heil, Tounkoe Buso, Allah sei mit dir und segne dich!"

„Heil, Tounkoe Buso!" Der Ruf pflanzte sich fort über den Garten auf die Straße, und Hunderte von Neugierigen, die sich angesammelt hatten, schrien: „Heil, Tounkoe-besar! Heil, Tounkoe Buso!"

Auch wir hatten uns erhoben, der Prinz widerwillig, Leutnant van Ryk indifferent, ich ärgerlich und enttäuscht über den servilen, kriechenden Propheten. Aber was blieb mir übrig, ich mußte einstimmen in den Ruf, wenn ich den Radscha nicht kränken wollte.

Und dieser kleine, unbedeutende und nur scheinmächtige Fürst blähte sich wieder wie eine Butterblume im Morgentau, hob gnädig die fürstliche Hand mit den dolchartigen, goldenen Nagelhülsen und stocherte damit in der Luft herum. Ein Zeichen besonderer Huld.

„Wie sie draußen jubeln! Hörst du es, Kanaro?"

„Ich höre, mein Fürst!"

„Sie lieben mich!"

„Wie könnte es anders sein?!"

„Steh auf, Kanaro!"

Der Greis erhob sich, blieb aber mit gekreuzten Armen stehen.

„Mein Vater ist tot! Fünf lange Jahre ist mein Vater tot! Er starb in deinen Armen, Kanaro!"

„Ja, großer Fürst, in meinen Armen!"

„Er starb im Glauben, daß sein Volk ihn beweine und beklage. Wohl ihm! Die Wahrheit ist das aber nicht! Oder, Kanaro, liebst du den Tiger, der dein Kind zerreißt und gierig die heiße, rote Lebenskraft trinkt? Sprich!"

„Den Tiger liebe ich nicht! Ich würde ihn verfolgen, mich rächen!"

Der Radscha nickte befriedigt. „Ah, du würdest ihn verfolgen, dich rächen? Wenn aber der Fürst ein Tiger wäre?"

„So würde ich schweigen und dulden!"

„Äußerlich wohl, aber im Herzen würdest du ihn verfluchen und verfolgen! Aug' um Aug', Zahn um Zahn! Das Gesetz des Propheten! Nein, nein, Kanaro, ich jammere und klage nicht, ich frohlocke, daß Allah ihn abgerufen hat! Ich habe ihn gehaßt!"

Erschrocken starrte der Prophet den Fürsten an. „Herr? Den eigenen Vater?" Auch uns machten die Worte des Radscha betroffen.

„Allah vergebe mir die Sünde, aber ich habe ihn aus tiefer Seele verachtet und wie einen bösen Feind gehaßt!" Der Radscha schrie das Bekenntnis brutal in quietschenden Gurgeltönen heraus, so daß wohl alle eines heimlichen Schauders sich nicht erwehren konnten.

Prinz Ristra trat auf den Radscha zu. „Ha?" rief er laut. „Tounkoe Buso, mein Bruder, kennst du den Mörder unseres Vaters?"

Der Fürst war aufgesprungen, sein Bronzegesicht leuchtete grau vor Erregung: „Wage zu behaupten, daß ich ihn getötet habe!"

Die Brüder maßen sich mit feindlichen Blicken. Dann senkte Ristra den Kopf, wie trauernd: „Unser Vater starb am schleichenden Gift."

„Möglich!" schrie der Fürst. „Ich war nicht der Hüter meines Vaters!"

„Der große Tounkoe war nicht der Hüter des Radscha Sorado," wagten die Minister leise nachzusprechen.

„Schweigt!" wandte sich der Fürst an sie. Erschrocken und untertänig verneigten sich die beiden tief.

Unsicher starrte wieder der Radscha den Oberpriester an. „Doch, Kanaro, du hast noch anderes zu berichten. Sprich!"

Kanaro verneigte sich zustimmend: „Herr! In deiner großen Weisheit hast du erraten, was deinen Diener noch bedrückt; es ist der Wunsch, dir noch Wichtiges mitzuteilen. Ein Befehl des toten Fürsten!"

„Will er denn immer noch befehlen?" Wütend stampfte der Radscha mit dem Fuß auf. „Soll ich mich noch jetzt, fünf Jahre nach seinem Tode, seinem harten Willen beugen? Nimmermehr! Ist es ein Befehl, so schweig!"

„Ein Befehl wohl, Herr!" erwiderte der Mufti mahnend. „Doch nicht allein Befehl, auch ein Vermächtnis! Zwölf Fürsten deines Hauses haben sich ihm gebeugt!"

Prinz Ristra hob neugierig den Kopf und trat näher an den Propheten. „Zwölf Fürsten?"

„Zwölf Fürsten?" wiederholte der Radscha die Frage erstaunt. „Du sprichst in Rätseln!"

Kanaro verneigte sich. „Zwölf Fürsten, Herr, so ist es! Auch Radscha Sorado, dein Vater, mit dem harten Willen, beugte sich! Der letzte Befehl des sterbenden Fürsten mußte erfüllt werden, sonst — —"

Lauernd sah ihn der Radscha an. „Sonst? Was sonst?"

„Sonst droht Unheil deinem Hause!"

„Unheil meinem Hause?" Der Fürst und der Thronfolger fragten zugleich, wie aus einem Munde.

Mit flammendem Blick betrachtete der Greis die Brüder, dann richtete er sich auf, ein leises Lächeln glitt über seine Züge, aber hart klangen seine Worte: „Ja, Herr! Befehle, daß ich berichte!"

„Du spannst mich auf die Folter. Gut, so sprich!"

Kanaro verneigte sich, stellte sich in die Mitte der Veranda, reckte sich hoch und begann: „So höre, Herr!:

Als Monoto herrschte vor hundert Jahren,
Da rief ein fremder König uns zum Krieg,
Und mordend, plündernd zogen seine Scharen
Durch unser Land, verkündend blutigen Sieg.

Am Boden lag der goldene Segen,
Den Fleiß und Mühe rang der Erde ab.
Zerstampft, vernichtet, was die Sonne, Regen,
Und was uns Allahs große Güte gab.

Ein Fluchen, Klagen ging durchs Sonnenreiche,
Und grauenhaft beleuchtet Feuerschein
Zerstörte Hütten, Trümmer, manche Leiche,
Verwüstung selbst im heiligen Hain.

Da eines Nachts, nach blutiger Schlacht,
Als Schlummer sich auf unsere Tapfren senkte,
Als Fürst Monoto einsam hielt die Wacht,
Geschah's, was unseres Landes Schicksal lenkte.

Im Fürstenzelt, vor des Erschreckten Lager,
Stand plötzlich ein weißhaariger Asket,
Zerlumpt und runzlig, grausig hager,
Doch mild und liebreich — ein Prophet.

„Monoto, Herrscher im Sonnenland,"
Sprach traurig er und senkte das Haupt,
„Du Edler, unter dessen Hand
Dein glücklich Volk sich sicher geglaubt,

Nun bist du geschlagen, besiegt und verflucht,
Ein Flüchtling im Königsgewande,
Dein Volk verfolgt von Mördern verrucht,
Ohne Heimat, verzweifelt — in Schande!

Dein Glück hat der Feinde Neid erregt,
Drum reizten sie dich zum Kriege.
Dein herrliches Land hat die Habgier bewegt,
Sie wollten Eroberung und Siege.

Ich habe in stürmischer Gewitternacht
Einen Zauber dagegen erfunden.
Gebannt in ein Kästchen, die heimliche Macht,
Allein an den Fürsten gebunden.

Solange das Kästchen du bei dir trägst,
Wird Krieg dein Volk nicht erschrecken.
Doch wenn du es einstmals von dir legst,
Von neuem die Habgier wirst wecken.

Dein Fühlen wird grausam, trotzdem du gut,
Weil Zauber dich hält in Banden.
Es gibt eine Lösung: durch der Liebe Mut
Geht Macht und Kästchen zu schanden.

Den Schlüssel mußt du auf bloßer Brust,
Recht nahe dem Herzen tragen,
Doch hüte dich vor der Neugierde Lust,
Die Öffnung des Kästchens zu wagen.

Der Zauber ist hin, es droht dir der Tod,
Du kannst nicht dem Schicksal entgehen.
Dein Volk wird versinken in Knechtschaft, in Not,
Dein Name vergessen — verwehen!"

(Nach dem Malaiischen übersetzt und gedichtet vom Verfasser.)

Kanaro schwieg und blickte in Gedanken versunken vor sich nieder. Auch wir waren ergriffen und bewegten uns kaum. Die Diener, die in der Nähe der Tür hockten, starrten die ehrwürdige Gestalt des Propheten an. Angst und Schrecken las ich in ihren Zügen, als hätten sie plötzlich ein Wunder gesehen.

Da zerschnitt die Stille die quietschende, fette Stimme des Radscha. Ungeduldig und erregt schrie er: „Nun weiter, Kanaro! Weiter!"

Doch der Mufti schüttelte leise den eisgrauen Kopf: „Nichts weiter, Herr! Monoto beugte sich dem Zauber, er siegte und vertrieb die Feinde. Seitdem sind hundert Jahre dahingegangen, und dein Land lebt im Frieden."

Scheu, haßerfüllt war der Blick, mit dem er dabei mich und Leutnant van Ryk streifte. Sicher wollte er ein Donnerwort gegen die ungläubigen europäischen Eroberer sagen, aber der Fuchs hütete sich und seine Zunge.

Der Radscha sprang auf, reckte seinen fetten Leib und lachte höhnisch. „Das alte, hübsche Märchen, Kanaro! Das alte Märchen, das sich von alt auf jung vererbte, und an das nur das Volk glaubt!"

Wieder schüttelte der Oberpriester sinnend das Haupt: „Kein Märchen, Tounkoe-besar!" Und nun starrte er ihn durchdringend an und mit scharfer Stimme sagte er: „Die Wahrheit!" Aus den Falten seiner Kleidung holte er ein kleines, blutrotes Kästchen hervor: „Hier, Herr! Das Kästchen — und hier — der goldene Schlüssel!" In seiner schlanken, braunen Hand hing an einem roten Seidenbande ein kleiner, kunstvoll gearbeiteter Schlüssel. „Auf Befehl des sterbenden Fürsten nahm ich den Schlüssel von deſſen nackter Bruſt. Auf Befehl des Fürſten habe ich das Käſtchen fünf Jahre an das Grab des Propheten geſtellt. Auf Befehl des Fürſten überreiche ich das Heiligtum dem rechtmäßigen Radſcha von Bila!"

Der Radſcha wich feige zurück. Ängſtlich hob er die Hände hoch, als wolle er ſich gegen die geheimnisvolle Gabe wehren. "Nein, noch nicht, Kanaro! Dort, ſtelle die entſetzlichen Dinge weit fort auf den Tiſch! Ich kann nicht!"

Der Mufti verneigte ſich ſtumm. Er ſtellte das Käſtchen auf einen kleinen Tiſch und legte den Schlüſſel dazu. "Herr, wie du befiehlſt! Doch, Herr, ehe die Sonne ſich von uns wendet, muß der Befehl des toten Fürſten erfüllt ſein!"

Der Radſcha erſchauerte und ſtierte aus kleiner Entfernung auf das Käſtchen. "Ha! Furchtbar! So rot, ſo rot! Furchtbar, Kanaro! War= um iſt die Farbe ſo rot?"

"Es iſt gefärbt mit dem roten Blut ermordeter Landeskinder, Herr! Ein teures Vermächtnis!"

"Ja, ja, teuer!" Der kleine, dicke Herr wurde fahl vor Entſetzen. "Aber grauenvoll, furchtbar iſt das alles, und eine Strafe, ſolche un= heimliche Dinge immer tragen zu müſſen. Nimm das Käſtchen fort, Kanaro! Vernichte es, wirf es ins Feuer! Ich will es nicht!"

Der Prophet reckte ſich drohend auf. "Herr? Willſt du den Unter= gang deines Volkes?"

"Ich kann aber nicht!" ſchrie jetzt bebend der Fürſt.

"Tu' deine Pflicht, Herr!"

"So trage du jenes blutige Käſtchen, den Schlüſſel!"

Doch Kanaro ſchüttelte den Kopf und verächtlich blickte er auf den verängſtigten Fürſten. "Es wäre nutzlos. Nur du oder dein Bruder darf das Käſtchen tragen; nur dann bleibt der Zauber mächtig und bringt den Frieden!"

Der Thronfolger ſtand plötzlich am Tiſchchen, auf dem die Dinge lagen. "So werde ich den Schlüſſel tragen!" Blitzſchnell erfaßte er das Band, legte es um den Hals und ließ den Schlüffel auf die bloße Bruft gleiten.

Und wie verabredet oder beftellt ſchrie plötzlich das Volk draußen: „Heil unſerm Fürften! Heil Kanaro!“

„Du hörft das Volk,“ rief der Greis Prinz Riftra zu. „Sie wollen dich ſehen! Wiſſe, wer den Befehl des ſterbenden Fürften erfüllt, wird Radſcha, wird ſein Erbe!“

Außer ſich brüllte der Radſcha auf: „Fort mit dir, du alter — du alter Unglücksbote!“

„Herr! Ich bringe den Frieden, nicht Unglück!“

„Den Frieden?“ hohnlachte der Radſcha. „Aber um welchen Preis — um welchen Preis?“

„Fürften dienen dem Wohl des Volkes, großer Tounkoe! Du darfſt nicht an dich, nicht an perſönliche Wünſche denken. Du ſollſt dein Volk vor Kriegen ſchützen!“ Hochaufgerichtet ſtand der Prophet mit dem langen, weißen Bart und den wallenden Locken. Ehrwürdig wie ein zürnender Gott. Ich muß geſtehen, daß er auch auf mich einen tiefen Eindruck machte. Ich hatte mich ſchon vorher erhoben, war aus dem Kreis zurückgetreten, und meinem Beiſpiel waren Leutnant van Ryk und die Miniſter gefolgt. Wir fühlten alle, daß hier Dinge vorgingen, die eigentlich nicht für unſere Ohren beſtimmt waren, aber wir durften nicht, wie ich es gerne getan hätte, die Veranda verlaſſen, der Radſcha würde das als tödliche Beleidigung aufgefaßt haben. So ſtand ich am Rande der Veranda und verfolgte intereſſiert und beſorgt den weiteren Verlauf der Audienz.

In der Mitte der Veranda ſtand der Thronfolger, ſah mit verächt= lichem Lächeln auf den Radſcha und ſpielte mit dem goldenen Schlüſſel und dem Band, das er ſich um den Hals gelegt hatte. Es war, als ob der Prinz plötzlich ein anderer geworden ſei, oder der Zauber des geheimnisvollen Käſtchens ihn erfaßt habe. Seine gütigen freund= lichen Züge ſchienen verwiſcht zu ſein, ein harter, grauſamer Ausdruck lagerte in ſeinem Geſicht, und ſeine weichen, warmen Augen ſchoſſen

Blitze. Der Radscha stierte schaudernd auf das Kästchen. Wie ein hilf=
loses Kind kam er mir vor.

Der Prophet verneigte sich jetzt. Langsam beugte er das weiße Haupt
und kreuzte die Arme. „Herr, du hast mich von dir gewiesen, ich gehe!"
Hart und scharf bestimmt sagte er das. „Aber bedenke, Herr, wenn die
Sonne sich zum Abend neigt und blutrot den Himmel färbt, dann —
Herr, dann — —"

Der Radscha schrie auf: „Und gibt es keine Erlösung?"

Und wie ein leiser Donner rollten die Worte der Erwiderung: „Nur
dein Tod bringt dir Erlösung!" Der Prophet wandte sich, schritt hin=
aus, die Treppe hinab, durch den Garten, vorbei an der salutierenden
Wache, durch das Volk, das jubelnd und ehrfurchtsvoll ihm folgte.

Der Radscha zitterte vor Erregung und stöhnte auf: „Nur mein Tod
bringt Erlösung!" Er vergaß unsere Anwesenheit, er sah uns nicht.
Ganz in sich gekehrt, blickte er hinaus, als verfolgten seine Augen den
harten, grausamen Mann, der Unheil und Sorge seinem Herzen
brachte. Gequält flüsterte er: „Wenn die Sonne zum Abend neigt,
blutrot den Himmel färbt, dann, dann? Noch stehst du hoch am Firma=
ment, noch! Aber bald naht der Abend, der Mond, das Zeichen des
Propheten, dann, dann wird der rechtmäßige Fürst sich beugen müssen.
Dann wird die Grausamkeit mein Herz verhärten, ein blutiger Schleier
meinen Blick trüben. Mein Fuß wird waten in Strömen von Blut,
und ich werde ein Tiger, ein blutdürstiges Tier, wie mein Vater, wie
vor ihm die zwölf Fürsten dieses Landes! Oh, furchtbarer Zauber! Der
Fürst, der den Frieden hütet, der Peiniger, der Henker seines Volkes!"

Plötzlich ermannte er sich, faßte den Griff seines Dolches und trat
auf den Thronfolger zu, der unbeweglich mit funkelndem Blick ihm
entgegensah. „Tounkoe Ristra!" schrie erbost der Radscha, „nur Diebe
zieren sich mit fremdem Gut!"

Ergrimmt riß der Prinz den eigenen Dolch aus dem Gürtel: „Wärest
du nicht mein Bruder, Tounkoe Buso, so würdest du jetzt tot am Bo=
den liegen!"

Empört und außer sich vor Wut stierte der Radscha den Thronfolger an: „Das wagst du mir, deinem Fürsten zu bieten?"

„Ich habe das Erbe unseres Hauses angetreten, den Befehl meines toten Vaters erfüllt, der Maharadscha in Deli wird entscheiden, wer von heute ab der rechtmäßige Radscha von Bila und Negri-Lama ist! Tounkoe Buso, nur mit meinem Tode ist das Kästchen herrenlos! Und ich werde das Erbe zu verteidigen wissen." Damit faßte der Prinz nach dem Kästchen und ließ es in die Tasche seiner Jacke gleiten.

Der Radscha taumelte wie ohnmächtig zurück. „Gut!" keuchte er, nach Atem ringend. „Der Maharadscha in Medan-Deli soll der Richter sein, für alle Zeiten aber werde ich dich wie einen bösen Feind betrachten."

„Deine zornigen Worte sollen nicht die Ursache sein, dir mit Gleichem zu dienen. Deine Handlungen waren stets eitel, weich und weibisch, du hast deine Launen nicht zu zügeln verstanden; versuche aber nicht, auch gegen mich unbesonnen zu sein." Der Prinz sagte das im ruhigen, beherrschten Ton und spielte wieder, wie absichtlich, mit dem goldenen, kleinen Schlüssel am blutroten Seidenband.

Zornig nahm der Radscha eine Tasse vom Tisch, schleuderte sie dem Prinzen vor die Füße, so daß die Scherben umherflogen: „So wie die Tasse zersplittert ist, soll für immer Gastfreundschaft und Zusammengehörigkeit zwischen deinem und meinem Hause zerrissen sein. Hüte dich, mein Haus zu betreten, ich werde dich gefangennehmen, morden lassen, wie einen gemeinen Verbrecher!"

„Ich danke dem Tounkoe Buso für die Warnung, ich werde mich daran erinnern, wenn ich mächtig, Radscha von Negri-Lama bin."

Der Radscha erwiderte nichts mehr, er wandte sich an mich: „Touwan Kommandant, ich bitte Sie um Schutz und Begleitung. Ich werde abreisen!"

Ich nickte zustimmend, verabschiedete mich vom Prinzen durch festen Handschlag, während der Radscha das Zeichen zum Aufbruch gab. Dann schritten wir die Treppe hinab in den Garten. Wie ein Lauffeuer hatte sich die Nachricht vom Streite der Fürsten und von der ungewöhnlich schnellen fluchtartigen Abreise des Oberpriesters verbreitet, und eine große Volksmenge in den Straßen versammelt. Ehrfurchtsvoll wurde der Radscha und ich beim Vorüberkommen begrüßt, als aber der Prinz, der uns mit Leutnant van Ryk folgte, sichtbar wurde, brach das Volk in stürmische Huldigungen aus. Wie besessen warfen sie ihre Kleider, Zweige und Blumen auf den Weg, den sein Fuß betrat, knieten betend nieder oder schrien: „Heil Tounkoe Ristra, der Sonnenfürst! Heil!"

„Touwan Kommandant!" schrie der Radscha mir ergrimmt zu, „das ist bestellte Arbeit! Das ist gemeiner Verrat!"

Ich versuchte den kleinen, erregten Herrn zu beruhigen, aber er kochte und schwitzte vor Wut, und seine beiden Minister schürten das Feuer mit spitzen Redensarten immer höher.

Mir war die ganze Geschichte äußerst fatal, besonders da ich bei dem Streite der Fürsten zugegen gewesen war. Ich verstand auch den sonst so klugen Prinzen nicht, und wie er es wagen konnte, auf Grund eines ganz niedlichen, aber doch unmöglichen Märchens sich Rechte anzumaßen, die er nach meiner Meinung nie und nimmer behaupten konnte. Die verrückte Geschichte mit dem roten Kästchen hatte sich natürlich durch die Diener unter der Bevölkerung verbreitet, und das Volk glaubte fanatisch daran. Der Thronfolger wurde gefeiert, weil er sich sofort den Bestimmungen des Zaubers unterwarf, hingegen ging man dem Radscha, der so heilige Überlieferungen mißachtete, lieber aus dem Wege. Schon daß der vom Volke wie ein Gott verehrte Oberpriester im Zorn die Insel verlassen hatte, war eine furchtbare Begebenheit, welche die Bevölkerung mächtig erregte. Weit draußen in der offenen See konnte man sein winziges Schifflein noch mit den Wellen kämpfen sehen. Der Sohn des Propheten, der vom heiligen Grabe kam, um dem Radscha, dem Volk, den Gläubigen Segen, Glück und Frieden zu bringen, wurde vom Radscha nicht mit Ehren empfangen, sondern im Gegenteil mit Unehren, wie ein Feind

40

davongejagt! Das war eine böse Geschichte, und von Mund zu Mund, von Ohr zu Ohr wurde sie ängstlich weitergeflüstert. Man fing schon jetzt an, den Radscha zu hassen, der wie ein ungläubiger Christenhund sich benahm und das Erbe seiner Väter mit Füßen trat.

Solche Gedanken flogen uns zu, als wir dem Hafen zuschritten und das Volk uns in Schwärmen folgte. Sie lagen in der Luft, man konnte sie aus dem Flüstern der Menge, aus deren erregten Augen erraten. Man fühlte sie, und die Unsicherheit sprang vom Radscha zu seiner Begleitung, und selbst meine Polizeisoldaten faßten erregt nach ihren Waffen. Nur mein drohender Blick hielt die Bande in Schranken.

Dem Fürsten schlotterten die Knie, und zitternd faßte er nach meinem Arm, um sich zu stützen und nicht vor Erregung und Furcht zu Boden zu stürzen. Er war ein Feigling, ich fühlte das. Nur mit dem Munde verrichten solche Menschen Heldentaten. Aber er war der Fürst, der Herrscher — wenn auch nur äußerlich — dieses Landes, und ich mußte ihn schützen. Deshalb führte ich den kleinen, fetten Herrn wie ein Kind auf sein Schiff. Dort bat er mich ängstlich, auf seiner Launch zu bleiben und mein Schiff folgen zu lassen. Zwar hielt ich diese Vorsicht für überflüssig, doch um den Radscha zu beruhigen, gab ich zustimmend entsprechende Befehle an meine Begleitung weiter.

Prinz Ristra verabschiedete sich mit leichter Verneigung vom Radscha, die dieser kaum erwiderte. Mir schüttelte er herzlich die Hand und kündigte für den nächsten Tag seinen Besuch bei mir an. Darüber war ich erfreut, weil ich mir vorgenommen hatte, schnellstens, ehe noch ein Unglück geschehen, die Gelegenheit zu suchen, dem Prinzen gehörig den Kopf zu waschen.

Auch die Begleitung des Thronfolgers und Leutnant van Ryk verabschiedeten sich und schritten wieder auf die Landungsbrücke zurück. Die Polizeisoldaten des Hafens salutierten, und die Beamten verneigten sich tief. Am Raa des Radschaschiffes flatterte die holländische Flagge. Es ließ dröhnend, rauh und heiser einen Pfiff ertönen, worauf meine folgende Launch juchzend, grell und betäubend einen Sirenenschrei ausstieß und am Raa die Flagge des Radscha flattern ließ. Am Heck des Schiffes waren dagegen wie immer die Flaggen und Farben der Niederlande sichtbar.

Die Flut war im Steigen, die Schrauben der Schiffe wühlten Wellen und Schlamm auf und warfen im Bogen große Wassermengen auf die Landungsbrücke. Schreiend, lachend und prustend flüchtete die Menge davon, während unsere Schiffe sich langsam, dann schneller immer weiter und weiter entfernten und vom Flusse in die Weite getragen wurden. Noch ein gellender Sirenenschrei meiner Launch, dann Stille, Ruhe. Taktmäßig tickte nur das gleichmäßige Arbeiten der Maschinen.

Die feindlichen Brüder

Die Flut schwillt, wie ein glatter See liegt vor uns der Fluß, und wie ein scharfes Messer schneidet der Bug der Schiffe das grünliche Gewässer, schäumende Wellen schlagend. Der Fluß ist zwei bis drei, oft aber auch bis fünf Kilometer breit, mit wechselnder Tiefe und von Sandbänken durchzogen. Man muß ihn kennen, wenn man gefahrlos steuern will. Auf den Sandbänken liegen oft auch gräuliche Flußkrokodile, die sich sonnen und beim Herannahen der Schiffe in das Wasser gleiten. Scheußliche Biester, die sich kaum von der Farbe des Bodens abheben und von der Nase bis zur Schwanzspitze eine Länge von zwei bis sechs Metern zeigen. Ich habe auf Jagden welche geschossen, die sogar die stattliche Länge von zehn bis zwölf Metern aufwiesen. Ein riesiger Schädel eines solchen Ungeheuers schmückt mein Arbeitszimmer. Er mißt von der Schädeldecke bis zum Nasenloch fünfundsiebzig Zentimeter.

Aus den sumpfigen Ufern des Flusses ragen die hohen Stelzwurzeln der Urwaldriesen, und undurchdringlich erscheint die glattblättrige Mangrovenwaldung mit dem Gewirr von seilstarken Schling= und Blattpflanzen, die sich um die Bäume ranken und über deren Spitzen hinaus eine Waldwolke bilden. Herden von Affen turnen dazwischen herum und erheben ein betäubendes Angstgeschrei, sobald wir uns ihnen nähern. Oft leuchten auch die Farben bunter Papageien, wilder Tauben oder Kakadus, die erschrocken in die Tiefe des Urwaldes flüch= ten. Besonders hübsch hebt sich die Kokospalme ab, und die mäch= tigen Bananensträucher mit den oft überreifen goldenen Früchten laden und locken zur Landung.

Ich hatte es mir bequem gemacht, d. h. die bunt und goldgestickte Uniform abgelegt und dafür eine leichte weißseidene Jacke angezogen. Meine Diener sorgten, daß stets alles zu meiner Bequemlichkeit vor= handen war. So schritt ich auf Deck des Radschaschiffes auf und nieder, beobachtend und mich von der leichten Seebrise fächeln lassend.

Der Radscha hatte sich in seine Kabine zurückgezogen, um sich be= quemer umzukleiden und um dort die Rana, seine rechtmäßige Ge= mahlin, zu begrüßen. Auf kleine Reisen pflegte sie der Radscha immer mitzunehmen, doch durfte die Rana niemals das Deck des Schiffes verlassen. Auch auf dem Schiffe selbst ließ sie sich kaum außerhalb der Kabine sehen, und wenn sie bei Dunkelwerden es dennoch wagte, mit ihren Zofen und Dienerinnen hinauszutreten, dann war sie so stark verschleiert, daß man kaum die Formen ihrer Gestalt erkennen konnte.

Mich verband mit der Rana eine gute Freundschaft, denn ich war es, der das wunderhübsche, gute und kluge Mädchen dem Radscha zum Geschenk gemacht hatte. Sarinen — so hieß die jetzt rechtmäßige Ge= mahlin des Fürsten — war eine Javanin und vor kaum einem halben Jahre noch Zofe meiner japanischen Hausdame auf meiner Tabakplan= tage. Der Radscha hatte sie bei mir gesehen, sich sterblich in sie verliebt und sie zur Rana erhoben. Und in verhältnismäßig kurzer Zeit hatte es die kluge Frau verstanden, sich nicht nur dem Fürsten unentbehrlich zu machen, sondern auch den Radscha zu beherrschen. Es gab wohl kaum etwas, was er nicht mit ihr besprach, und ihren Rat befolgte er teils aus Überzeugung, teils aus Faulheit zum Denken. Deshalb zerbrach der Radscha auch die Vorschriften des Harems, und Sarinen mußte ihn begleiten, wenn irgendeine Wichtigkeit vorlag oder die Möglichkeit und Schicklichkeit es zuließ.

Die Kabine des Radscha stand in der Mitte des kleinen Schiffes unter der winzigen Kommandobrücke. Die Fenster waren geöffnet, aber dicht verschleiert, so daß sie keinen Einblick gewährten. Ich hatte es mir auf einem Schiffsstuhl in der Nähe eines geöffneten Fensters bequem gemacht, mich lang ausgestreckt und mir eine Zigarre angezündet. So lag ich halb träumend, halb ruhig meine eigenen Angelegenheiten bedenkend und blickte auf das Wechseln der Ufer des Flusses. Es war ein molliges Ausruhen nach der Hitze und den vielen Verdrießlichkeiten der letzten Stunden.

Die Sonne senkte sich bedenklich dem Untergang zu, sie schien ihre Strahlen zu verlieren und ein glühender roter Ball zu werden. Interessiert blickte ich auf das „Auge des Tages" mit seinen wechselnden Farben. Leichte, feine Wolken zogen darüber hin, die wie in Blut getaucht erschienen oder eine prächtige lila Färbung annahmen. Ein dünner Dunstschleier übergoß die Landschaft und zog weiche, weiße Fäden von Baum zu Strauch, von Ast zu Ast. Schmetterlinge, Falter, Milliarden Käfer, Fliegen und Moskiten durchschwirrten die Luft. Abenddämmerung in den Tropen!

Da hörte ich die Stimme des Radscha. Durch das geöffnete Fenster seiner Kabine konnte ich jedes Wort verstehen. Er jammerte, sprach mit der Rana, beklagte sein Schicksal.

„Ein Fluch ist der Zauber! Verflucht mein Geschlecht, mein Volk!"

Vorwurfsvoll klang die Stimme der Rana: „Herr! O Buso!"

„Sarinen!" bittend, verzweifelt rief er ihren Namen.

Doch hart erwiderte sie: „Werde ein Mann, o Buso, wie Ristra, dein Bruder!"

„Sprich nicht von ihm, dem Verräter!" quietschte er laut.

„Verräter? Fürchtet der große Tounkoe Bufo, der Radfcha von Negri-Lama und Bila, den kleinen Prinzen Riftra? Es muß schlimm um meinen Herrn ftehen!" rief fie zagend.

„Kleiner Prinz?" echote der Radfcha. „Er ift der Thronfolger, mein Feind, und der Freund des Touwan Kommandanten!"

„Will mein Herr damit fagen, daß der Kommandant ihm helfen wird, den großen Radfcha von Negri-Lama zu ftürzen?"

„Ja!" fchrie der Fürft. „Der Kommandant ift ein Europäer, un-gläubig, und fucht wie alle Europäer feinen Vorteil!"

„Ich kenne den Touwan Kommandanten genau, großer Tounkoe. Ich weiß, daß er gut und ohne Falfch ift!" verteidigte mich die Rana.

„Aber ich werde mich zu retten wiffen," fuhr der Radfcha unbeirrt fort, „ich werde ihn befchenken, oft befuchen, ihn einladen, oh, oh, er foll mich bald als beften Freund betrachten!"

„Nette Ausfichten!" lachte ich für mich.

„Inzwifchen wird mein Herr das Erbe feiner Väter antreten!" fagte die Rana in einem Ton, der keinen Widerfpruch duldete.

„Ich kann nicht!" ftöhnte der Fürft kleinlaut. „Auch hat mein Bru-der Riftra das rote Käftchen an fich geriffen!"

„So wird mein Herr es ihm wieder abnehmen, mit Güte, Lift oder Gewalt! Er wird zeigen, daß er ein Mann ift und dem Volke die Er-löfung bringen."

„Erlöfung?" fchrie erfchrocken der Fürft. „Kanaro fagte, die Erlö-fung käme durch meinen Tod! Ach, fterben! Ich will nicht fterben!"

„Propheten fprechen in Rätfeln, und mein Herr wird ihn nicht ver-ftanden haben. Erlöfung ift Wachen, Träumen, Lachen, Weinen, Sonne, Regen, Leben und Tod! Mein Herr kämpft einen fchweren Kampf, aber alle Fürften haben ihn auf fich genommen und bezwun-gen, mein Herr wird ein Gleiches tun. Sieh, Herr! Die Sonne wan-dert, fie neigt fich zum Abend. Bis die fchweren Wolken fie decken, aufzehren, muß der Fürft diefes Landes den Schwur getan haben: Ich will!"

46

Ganz ratlos jammerte der Radscha: „Nein, nein, noch nicht! Laß mir Zeit! Laß mir Zeit! Noch steht sie wie flammendes Gold am Himmel, noch ist das Zeichen des Propheten blaß, der Sichel des Mondes fehlt die Kraft. Bis dahin laß mir Zeit!" Und heiser, verstört fuhr er fort: „Höre, Sarinen! Oft ging ich am Abend verkleidet, heimlich durch einsame Straßen, schlich mich in die Hütten der Sonnenkinder, ich suchte die Freude, wollte sie fröhlich sehen, sie lachen hören. Aber ich fand nur Tränen und hörte nur Klagen! Den Tiger nannten sie meinen Vater und schrien vor Furcht, sobald man den Namen des Fürsten aussprach. Er war ein grausamer Richter, hart, kalt, ohne Liebe, ohne Erbarmen, ohne Verzeihung! Greise, Männer, Frauen, ja selbst kleine Kinder wurden gequält und blutig gemartert! Eh!"

„Furchtbar, furchtbar!" rief klagend Sarinen.

„Eine schauerliche Zuchtrute, ein blutdürstiges Tier war der Fürst, eine Strafe des Himmels, und so soll ich werden?"

Die Rana stöhnte leise.

Und in ohnmächtiger Wut redete der Radscha weiter: „Da — da — da habe ich geschworen — ihn — ihn — zu töten!"

Entsetzt fuhr die Rana auf: „Herr? Den Vater?"

„Ja, ich wollte das Volk erlösen, die Bestie töten, die dem Volke das Lachen stahl! Aber ich war feige! Sarinen! Immer wenn sich die Gelegenheit bot, und ich ihm den Dolch in sein grausames Herz stoßen konnte, fehlte mir der Mut oder ich fühlte eine unsichtbare Macht, die mich zurückschleuderte. Mich packte ein namenloses Entsetzen, und ich floh, wie ein Weib!"

„Es war der Zauber, der jeden Fürsten umgibt!" erwiderte die Rana schaudernd. „Weißt du nicht, Herr, daß dieser Zauber unverletzlich macht?"

„Der Zauber? Ist es der Zauber aus jenem Kästchen?"

„Ja, Herr! Der Zauber, der uns hundert Jahre den Frieden gab!"

Der Radscha lachte höhnisch auf: „Frieden? Hahaha! Um welchen Preis? Fremdlinge aus fernen Ländern sind wie die Ratten über uns hergefallen, knechten uns, machen den freiesten Fürsten zum Vasallen und der Fürst wird ein Henker seines Volkes, raubt ihm den Frohsinn, das Glück und säet Tränen!"

„Dennoch, dennoch, Herr! Allah mag deinen Sinn wenden! Ein Krieg ist furchtbar gegen einen Feind, dessen Macht ohne Ende ist! Willst du die Mondsichel des Propheten verfinstern mit dem Qualm und Rauch brennender Hütten? Soll die Erde das Blut deiner Landeskinder trinken? Soll durch die Stille deiner Wälder der gellende Kriegsruf schallen? Oh, Herr, denke an die Leiden, die Not und den Jammer eines Krieges!"

„Ich werde mein Volk aber erlösen von Schmach und Schande!"

Fast schmerzlich klang die Stimme der Rana: „Erlösen? Nein, du kannst dein Volk nicht erlösen aus der Übermacht des Europäers. Erlösung liegt in dem Zauber, dem zwölf Fürsten deines Hauses sich gebeugt haben. Der Zauber wird dein weiches Herz härten und dich zum Manne machen."

Es wurde still dort drinnen, und vergeblich spitzte ich draußen die Ohren, um die Antwort des Radscha zu vernehmen. Dann endlich nach einer Pause, die mir eine Ewigkeit erschien, fuhr die Rana fort: „Um deinetwillen, Herr! Beuge dich dem Befehl des toten Vaters!" Eindringlich und bittend sagte sie es.

„Und ich soll werden wie mein Vater? Hart, grausam und blutdürstig wie ein Tiger?"

„So wie die zwölf Fürsten es waren: Streng, gerecht, weise und grausam! Gefürchtet bei Freund und Feind." Und schneller, ängstlicher sprach die Rana auf ihn ein: „Hast du aber die Kraft nicht, dann — —"

„Was dann?" schrie der Radscha.

„Dann mußt du sterben!" sagte die Rana tonlos.

„Sterben? Ha!" Voll Furcht fragte der Fürst.

„Kanaro war bei mir! Er sagte mir alles und beschwor mich, dich zu überzeugen."

„Ah? Kanaro? Hinter meinem Rücken, im Heiligtum meines Hauses?" Empört und quietschend klang die fette Stimme des Radscha. „Das soll er mir büßen! Aber sprich, was sagte er?"

„Sein Schiff lag neben dem deinen, und er war auf der Flucht vor dir! Er sagte: „Wenn die Sonne, das Auge des Tages, sich zum Schlummer schließt, muß Tounloe Buso schwören, das Erbe seiner Väter anzutreten; bis dahin darf er sich prüfen, ob er leben, herrschen, den Frieden will, oder ob der Sturm ihn vernichten soll. Dann — dann am folgenden Tage, grüßt die Sonne mit den ersten Strahlen den rechtmäßigen Radscha, Prinz Ristra!"

„Beim Barte des Propheten!" jammerte der Fürst, „was soll ich tun?"

Die Rana schrie auf: „Eile, eile, Herr! Die Sonne ist im Erlöschen! Ha! Sie ist in den Mond getaucht, gestorben! Vorbei!"

„Vorbei? Oh! Oh!"

Ich vernahm ein Poltern, als ob jemand zu Boden stürze. Erschrocken sprang ich auf und rief die Minister, die hinter meinem Stuhl am Boden kauerten und sich geheimnisvolle Geschichten erzählten. Wie elektrisiert fuhren die beiden in die Höhe und kamen angelaufen, weigerten sich aber, die Kajüte des Radscha zu betreten, weil die Rana unverschleiert darinnen sei. Nach den mohammedanischen Sittengesetzen darf die Frau eines anderen, zumal, wenn sie unverschleiert ist, niemals durch Blicke oder Ansprache belästigt werden. Es ist das für den Ehemann eine schwere Beleidigung und kann zu blutigen Konflikten führen. Deshalb waren die beiden braunen Herren auch nicht zu bewegen, helfend in die Kajüte zu eilen.

Da aber dort drinnen entschieden etwas geschehen war, wo Männer helfend einspringen mußten, entschloß ich mich, selbst hineinzugehen. Als die Herren meine Absicht merkten, vertraten sie mir den Weg und beschworen mich, davon abzusehen. Ich aber ließ mich nicht beeinflussen, fegte die beiden Schmarotzer mit zwei kräftigen Stößen zur Seite, klinkte die Tür auf und betrat die Kajüte.

In dem kleinen eleganten Raum, aus dem mir eine Wolke von Wohlgerüchen entgegenschlug und in dem man, trotz des geöffneten

Fenſters, kaum atmen konnte, lag der Fürſt mit aſchgrauem Geſicht und geſchloſſenen Augen am Boden, während die Rana und ihre zu Hilfe herbeigeeilten Zofen ſich vergeblich bemühten, den Ohnmäch=tigen ins Leben zurückzurufen.

„Touwan Kommandant,“ ſchrie verzweifelt die Rana mir entgegen, „helft mir! Der Tounkoe=beſar ſtirbt!“

Schnell trat ich an den Radſcha, hob den kleinen, fetten Herrn hoch und trug ihn wie ein Kind auf einen Diwan. Dort löſte ich ſeinen Hemdkragen und öffnete die Kleidung. Dann maſſierte ich ſehr ener=giſch die Herzgrube, benetzte Stirne und Schläfen mit kühlem Waſſer und hatte bald die Genugtuung, den Fürſten ruhiger atmen zu ſehen. Die Rana war bei meinen Verſuchen mir eifrig behilflich und ſchrie vor Freude, als plötzlich der Kranke die Augen aufſchlug und uns ſtarr und verwundert anblickte. Ich reichte ihm ein friſches Glas Selters=waſſer, das er gierig trank, um dann wie befreit aufzuatmen. Lang=ſam richtete der Fürſt ſich auf, blickte auf das Fenſter und ſtammelte hilflos: „Vorbei! — Eh! —“

„Was iſt vorbei, Tounkoe?“ fragte ich leiſe und eindringlich.

„Ich habe den Schwur nicht geleiſtet, und nun iſt es dunkel draußen — drinnen — in meinem Herzen, und ich bin hoffnungslos!“ Das ſagte er verzweifelt, ſtockend mit gepreßtem Atem.

„Ein Menſch darf nicht hoffnungslos ſein, Tounkoe! Alle Sorgen trägt für uns Menſchen Allah,“ erwiderte ich, für den Kranken Troſt ſuchend.

„Ja,“ nickte er trübe. „Für die Menſchen trägt Allah die Sorgen, — Fürſten aber werden geſtraft für ihre Untertanen! Ich wollte noch viel vollbringen und wollte ein Fürſt ſein nach dem Sinne Allahs — und nun hat der Gewaltige mich zerbrochen, und ich muß ſterben!“

„Ihr werdet noch lange leben und ein großer Fürſt werden!“

„Ihr gebt mir die Hoffnung, aber ich glaube Euch nicht! Ihr ſeid — ein Ungläubiger — ein Chriſt und der Freund des Thronfolgers Tounkoe Riſtra!“

„Ja," erwiderte ich, „ich bin der Freund des Prinzen Riftra, aber ich bin auch Euer Freund, Fürst!"

„Touwan Kommandant!" schrie er auf. „Ist das die Wahrheit? Ihr seid auch — mein Freund?"

„Warum zweifelt Ihr, Tounkoe?"

Der Radscha sprang vom Lager auf, seine kugelrunden, schwarzen Augen drohten aus den Höhlen zu treten, so starr, verwundert stierte er mich an. Dann fiel sein Blick auf die Rana, und ein verächtliches Lächeln schürzte seinen Mund: „Ihr seid mein Freund — und doch wagtet Ihr, Touwan Kommandant, die Ehre meines Hauses zu beflecken? Ihr kennt doch unsere Sitten!"

Ich prallte zurück: „Tat ich das?"

„Ja, Ihr habt mir das angetan! Ihr wagtet diesen Raum zu betreten, die unverschleierte Rana mit Blicken zu beleidigen und ihre Hand zu berühren!"

„Mich trieb nur die Sorge um Euch in diesen Raum, Tounkoe! Und wäre ich nicht gekommen, so würdet Ihr tot am Boden liegen!" Scharf, empört war der Ton meiner Erwiderung.

Die Rana hatte sich von ihren Zofen einen Schleier reichen lassen und sich damit eilig und erschreckt eingehüllt.

Der Ton meiner Worte schien Eindruck auf den Fürsten gemacht zu haben, und der Blick seiner Augen wurde scheu und ängstlich: „So habt Ihr mir das Leben gerettet, Touwan Kommandant? Ich habe es von Euch zum Geschenk erhalten, sowie Ihr mir — die Rana schenktet. Ihr überhäuft mich mit Geschenken, und ich vergaß die Freude darüber."

„Und schmäht mich obendrein!" vollendete ich lächelnd den Satz.

Er sah mich an wie ein hilfloses Kind: „Bleibt mein Freund!" bat er ängstlich.

Ich reichte ihm die Hand, die er mit beiden Händen fest umklammerte, dann sagte ich freundlich: „Ich werde den Fürsten dieses Landes stets achten und ehren. Nun erholt Euch, Tounkoe, und dann kommt hinaus. Wir wollen draußen beraten!" Damit wandte ich mich, nickte der Rana flüchtig zu und schritt aus der Kajüte.

Draußen empfingen mich die neugierigen Minister Tjitro und Soko und bedrängten mich mit Fragen, die ich schließlich, um nicht unhöflich zu erscheinen, beantworten mußte. Als ich aber betonte, daß ich glaube, nur eine Ohnmacht habe den Fürsten befallen, schüttelten beide ungläubig die Köpfe. „Nein, Touwan Kommandant," sagte Tjitro, „das kennen wir hier besser. Der Radscha ist dem Tode verfallen, der Zauber des roten Kästchens übt seine Macht, Prinz Ristra wird Radscha!" Und Soko nickte dazu.

Die Bestimmtheit, mit der diese Schmarotzer das sagten, ärgerte mich, aber ich hielt es doch für richtiger, darauf nicht zu antworten.

Soko nahm aber mein Schweigen für ein Zugeständnis und meinte untertänig: „Der Touwan Kommandant ist ein Freund des Thronfolgers, vielleicht könnte der Touwan Kommandant für Tjitro und mich ein Wort einlegen? Wir sind beide bereit, in die persönlichen Dienste des neuen Radscha zu treten und unsere Geschicklichkeit würde ihm von großem Nutzen sein."

Ich räusperte mich nur und überlegte im stillen, ob ich die beiden Verräter nicht anspeien sollte.

Doch Soko fuhr unbeirrt fort, seine Zukunft zu sichern: „Tjitro und ich haben schon lange die große Weisheit des Thronfolgers erkannt und merken es täglich, wie schweinedumm der Radscha ist. Aber wir haben zum Wohle des Landes versucht, den unerträglichen Dienst fortzusetzen — nur, damit der Radscha nicht ungestört Dummheiten anordnen kann. Unsere Herzen und unsere Gebete gehören aber dem Thronfolger, dem neuen Radscha, dem großen Tounkoe Ristra!"

Tjitro nickte lebhaft: „Nur ihm, dem mächtigen, neuen Radscha gehört unser Leben!"

Und Soko bestätigte nochmals überflüssigerweise: „Nur ihm, dem mächtigen, neuen Radscha, gehört unser Leben!"

„Schon gut," erwiderte ich angeekelt, „gelegentlich will ich dem

52

Prinzen Ristra Ihre Wünsche mitteilen. Doch glaube ich nicht, daß der Radscha über die Untreue seiner Minister entzückt sein wird."

Entsetzt starrten mich die Verräter an: „Tounkoe Buso? — Er darf nichts wissen — und wir bitten Euch — Touwan Kommandant, sagt ihm nichts!"

Jetzt amüsierte mich die Furcht der beiden Lumpen, und ich freute mich, sie zu quälen. „Tounkoe Buso und Tounkoe Ristra sind meine Freunde, und gegen Freunde muß man aufrichtig sein. Ich werde beiden Fürsten jedes Wort unserer Unterhaltung mitteilen."

Die beiden Kerle zitterten wie Espenlaub. „Oh, Herr!" riefen sie verängstigt, „sprecht nicht zu Tounkoe Buso — er würde uns töten!"

„Wäre nicht schade!" lachte ich auf.

„Oh, Herr, wir können noch viel nützen. Wir lieben den Touwan Gouverneur, den Touwan Resident, den Touwan Kontrolleur, den Touwan Kommandant."

„Was? Mich liebt Ihr auch?"

„Oh, so sehr, Touwan Kommandant! Soko wird dem Touwan schenken Hühner, Eier, Reis und Fische! Und Tjitro schenkt ein Pferd und Sattel und —"

Tjitro unterbrach ihn heftig. „Was? — Soko ist krank! Ich bin ein armer Mann und kann nicht Pferde und Sättel schenken. Soko hat Pferde, Soko kann schenken Pferde und Sättel. Ich schenke Hühner, Reis und Fische!"

„Nein!" schrie erzürnt Soko, „ich bin ein armer Mann und schenke Hühner. Ich kann nicht Pferde schenken. Du bist ein Geizhals, Tjitro! Herr, glaubt ihm nicht, er hat Pferde und Sättel. Er kann schenken!"

Der Streit hätte wohl noch lange gedauert, oder es wäre vielleicht zu Tätlichkeiten gekommen, wenn ich dieser widerlichen Szene nicht selbst ein Ende bereitet hätte, indem ich sehr scharf und energisch erklärte, daß ich überhaupt keine Geschenke annehme.

Ganz verdutzt schwiegen die beiden Ehrenmänner und baten dann endlich nur noch ganz kleinlaut, ich solle sie doch nicht dem Radscha verraten.

Einem bestimmten Versprechen konnte ich glücklicherweise entgehen, da in diesem Augenblick der Radscha aus der Kabine trat und die beiden Herren ihm mit sklavischen Bücklingen entgegeneilten.

„Großer Tounkoe, Fürst der Gläubigen, wir sind glücklich, den Stern unseres Sonnenlandes in Gesundheit glänzen zu sehen. Allah schütze dich, du Sonnenfürst!" — Mit erhobenen Armen und in Jubeltönen schrien es die Schmeichler, um sich dann verzückt zu Boden und zu Füßen des Radscha zu werfen.

Aber der Radscha schien heute kein Verständnis für solche Honigworte zu haben, verächtlich wandte er sich an mich, zeigte auf die am Boden liegenden Männer und sagte: „Seht, Touwan Kommandant, das sind meine vornehmsten Untertanen! Mich wird niemand darum beneiden! Meine Krieger sind Weiber geworden, seitdem Völker des Abendlandes mein Land regieren." Und schwermütig fügte er hinzu: „Vielleicht wäre es besser gewesen, wenn ich vorhin — gestorben wäre!"

„Hoheit!" stammelte ich erschüttert.

„Doch, doch!" nickte der Fürst, faßte aber dann hastig meinen Arm und führte mich, sich scheu umblickend, auf die einsamere Seite des Backbords. Dort starrte er tief aufseufzend auf den hellleuchtenden Mond: „So klar war das Zeichen des Propheten noch niemals. Seht, Kapitän, seht dort die schöne Sichel der Leuchte der Nacht! So hell ist nur das Auge Mohammeds! Es verfolgt mich, droht mir! Was soll ich tun?"

„Die Pflicht!" erwiderte ich scharf.

„Was ist Pflicht?" fragte er mich mit kindlich stockender Stimme.

„Eine Forderung! Hoheit! Die kategorische Forderung, sein Amt, seine Arbeit für sich und für andere, die ihm vertrauten, zu erfüllen. Pflicht erfüllen heißt aufrichtig und treu zu seinem Gotte beten."

„Ihr weißen Männer seid außerordentliche Menschen! Ihr arbeitet nicht nur für Lohn, sondern auch für ein Gefühl, das mir bisher unbekannt war. Ich glaubte, daß Fürsten nach ihrer Laune leben dürften, und daß ihre Untertanen nach ihrem Gefallen sich bewegen müssen. Trotzdem ich der niederländisch-indischen Regierung mich beugen muß, stehen mir als Fürsten doch viele Machtmittel zur Verfügung, die mir ein angenehmes Leben gestatten. — Warum soll ich zu meiner Bequemlichkeit davon nicht Gebrauch machen?"

„Tounkoe! Ihr lebt nicht für Eure Bequemlichkeit, sondern habt die Pflicht, an das Wohl Eurer Untertanen zu denken. Ihr sollt selbst den Ärmsten, den Bettler darunter schützen. Für alle seid Ihr der Fürst, der Führer, und von den Machtmitteln, die Euch zu Gebote stehen, erwarten sie das Heil ihres Lebens. Wuchert mit dem Pfunde, das Euch gegeben ist nicht für Euer angenehmes Leben, sondern für die Bequemlichkeit Eures Volkes."

Aufseufzend wandte der Radscha sich ab und starrte in Gedanken in die Fluten. Nach einer Weile sagte er: „Ich möchte natürlich mein Volk glücklich wissen, aber ich habe bis jetzt nicht verstanden, warum ich darunter leiden soll? — Sehen Sie, Touwan Kommandant, ich bin vor zwei Jahren in Amsterdam gewesen, habe die Königin gesehen und gesprochen. Sie ist eine unverschleierte Frau und eine schöne Frau. Sie lebt in einem herrlichen Schloß, umgeben von Ministern, Dienern und Zofen, ganz ihrer Bequemlichkeit. — Und ich habe viele ihrer Untertanen gesehen; die Städte, Straßen und Plätze waren voll von Menschen, und alle hatten eine weiße Farbe, nur selten sah ich Indier oder schwarzhäutige Menschen. — Kann denn sie die Wünsche ihres Volkes kennen? Kann denn sie zu allen eilen, wenn sie krank sind und helfen, sie glücklich zu machen?"

„Sie tut es selbst sehr oft, und wenn ihre Kräfte versagen, so sendet sie andere, die in ihrem Namen helfen und glücklich machen."

Die Sirene meiner nachfolgenden Steamlaunch juchzte plötzlich scharf und grell. Ein Zeichen, daß wir meiner Plantage nahe waren.

Der Radscha schrak zusammen. „Touwan," sagte er, „Ihr müßt jetzt scheiden; ratet mir noch schnell, was soll ich tun? Ihr wißt, ich habe das Vermächtnis meines Vaters nicht angetreten, Prinz Riftra ist im Besitz des Kästchen, und Kanaro wird dem Maharadscha, dem Sultan in Deli, darüber berichten. Was soll ich tun?"

„Nichts, was unbesonnen ist! Ihr seid der Radscha; anerkannt von der Regierung, und Ihr bleibt es auch, solange Gott Euch am Leben erhält. Ich werde Kanaro telegraphisch in Afahan erreichen und mit ihm sprechen. Auch mit Tounkoe Riftra, der morgen mich besuchen wird, werde ich zu Euren Gunsten reden. Ihr habt nichts zu fürchten!"

„Ihr seid der Freund des Thronfolgers, darf ich Euch vertrauen, Touwan Kommandant?"

„Ich bin auch Euer Freund, Hoheit!"

„Wirklich?" Fest und dankbar umklammerte er meinen Arm. — „Was darf ich Euch schenken? — Ich werde Euch einen neuen Landkontrakt schenken. Ihr sollt reich in meinem Lande werden. — Fünfhundert Hühner will ich Euch morgen senden und das schönste Pferd aus meinem Stall soll Euer sein!"

„Ich tue nur meine Pflicht, Tounkoe Bufo! Ihr braucht mir nichts zu schenken!"

Der Radscha sah mich erstaunt an. „Schon wieder sprecht Ihr von der ‚Pflicht‘ — darf ich trotzdem —"

„Nein!" unterbrach ich ihn scharf. „In diesem Fall dürft Ihr nicht! Man würde sonst denken, ich habe Euch nur der Geschenke wegen geholfen. Wenn Euch das Schenken aber Freude macht, so wird sich später dazu eine passende Gelegenheit bieten. In Eurem Streitfall mit dem Prinzen Riftra nehme ich keine Feder an. Versteht doch, Hoheit, ich muß reine Hände haben!"

Der Radscha schüttelte verwundert den Kopf. „Ihr Europäer seid merkwürdige Menschen. Man kann sich über euch Gedanken machen! Ich wünschte, ich hätte einen solchen Mann immer zur Seite!"

Die Landungsbrücke meiner Plantage wurde jetzt sichtbar, und das Radschaschiff machte Anstalten anzulegen, während meine nachfolgende Launch stoppte und wartend zurückblieb. Auf der Landungsbrücke, beleuchtet vom strahlenden Mondlicht, standen meine Polizeisoldaten und zurückgelassenen Diener und salutierten oder erhoben mit schmetternder Stimme den Willkommensgruß: „Tabé, Touwanbesar!"

Jetzt ging, durch das Anlegen und Befestigen des Schiffes, ein Knarren und Knacken durch das Gebälk der Brücke, und ich wandte mich mit Handschlag an den Radscha, um Abschied zu nehmen. Da tauchte plötzlich eine dunkelverhüllte Gestalt auf. — Es war die Rana. — Sie beugte tief ihr Haupt, kreuzte die Arme und flüsterte leise: „Tabé, Touwan, Allah schütze Euch!"

„Und Euch!" erwiderte ich dankend. Dann wandte ich mich und stieg die Treppe der Landungsbrücke hinauf. Noch ein „Tabé" hin und her, ein Winken, und das Radschaschiff machte sich frei und rauschte weiter, den Fluß hinauf, der Residenz des Radscha zu. Gleich darauf legte meine Launch an, der meine Begleitung entstieg.

Auf der Brücke begrüßte mich mein Assistent Leutnant van Trassen, der zu meinem Empfang herbeigeeilt war. Auch auf der Polizeistation, die dicht an der Landungsbrücke lag, war alles in Bewegung. Der Posten vor Gewehr schrie schmetternd sein „Lakaß!", die Polizeisoldaten traten an die Gewehrstützen und präsentierten unter Trommelwirbel die Gewehre. Disziplin und Schneid lagen in Bewegung und Griffen. Mit unsäglicher Mühe war es mir gelungen, deutsche Disziplin und militärischen Gehorsam meinem Polizeikorps anzuerziehen. Aber nun standen sie auch wie die Kerzen und starrten mit präsentierten Gewehren ihren Herrn und Kommandanten an. Der Marschall (Charge zwischen Feldwebel und Leutnant) Sodikromo senkte den Säbel und meldete den Rapport; ich dankte und ließ die Mannschaft Gewehr bei Fuß nehmen, dann rühren und abtreten.

Hinter der Polizeistation lagen die Pferdeställe, dann ein Elefanten=
stall, der meine beiden Arbeitselefanten beherbergte. Ein breiter,
gerader Weg führte nach der eigentlichen Pflanzung, die von der
Landungsbrücke drei Viertelstunden entfernt war. Gegenüber der
Polizeistation, also rechts vom Wege, lag mein Wohnhaus, ein
großes Holzhaus, das auf buntbemalten und mit breitblättrigen
Schlingpflanzen umrankten Pfählen ruhte, so daß sich unter dem
Hause, in Verbindung mit der nächsten Umgebung, ein prächtiger
Blumengarten ausbreiten konnte. Das Haus lag in einem Palmen=
hain, die Front spiegelte sich im Gewässer der Bila. Es enthielt fünf
mit jeder denkbaren indischen Bequemlichkeit ausgestattete Zimmer
und eine riesige, offene Wohn= und Speiseveranda. Von letzterer
führte ein Weg über eine Holztreppe und durch einen geschützten
Pfeilergang zu den dahinter liegenden Wirtschaftsgebäuden, die eine
große geräumige Küche, die Badezelle und die Dienerwohnungen ent=
hielten. Außer meinem Hause lagen alle anderen zu ebener Erde.

Sämtliche Häuser wurden bei eintretender Dunkelheit hell erleuchtet
und blieben es auch während der Nacht. Das Licht schreckt Raub=
tiere und andere nächtliche Räuber ab, die Gebäude zu betreten. Eine
Haustür gab es nicht, und jeder konnte mit Leichtigkeit über die
offene Veranda meine Zimmer betreten.

Bis vor kurzer Zeit hatte ich eine japanische Hausdame, die mit
großer Strenge meinen Haushalt leitete. Heute hatte ich sie und
meinen Hauptassistenten, dem sie sich vermählte, an Bord eines
Passagierdampfers gebracht, mit dem das junge Paar die Reise nach
Europa antrat. Nun lag mein Haus unter der Aufsicht meiner zahl=
reichen Diener und meines Koches Loebi, eines tüchtigen Javanen,
der vorher einige Jahre in Holland tätig war und sich außer seiner
Kochkunst auch sonst als zuverlässig erwiesen hatte. Ich betrat das
Haus sehr bedrückt, denn trotz der vielen Diener, die meiner Befehle
harrten, beschlich mich das fröstelnde Gefühl des Alleinseins. Mir
war es deshalb angenehm, daß Leutnant van Trassen noch bei mir

blieb und auch den Wunsch ausdrückte, bei mir zu übernachten. Sein Haus lag in der eigentlichen Plantagenanlage und eine gute Stunde von meinem Hause entfernt.

Nachdem ich mich umgekleidet, gebadet, und wir in der Speiseveranda das Mahl eingenommen hatten, streckten wir uns in der Wohnveranda auf lange Faulenzer, tranken Kaffee, Liköre und rauchten behaglich unsere Zigarren. Wir dösten — jeder war mit seinen Gedanken beschäftigt — und blickten dabei hinaus in die tropische Nachtlandschaft oder horchten auf das Zirpen der Zikaden. Hin und wieder tauchte auch einmal der rote Turban der patrouillierenden Polizeisoldaten im Lichtkegel des Hauses auf, aber sonst war Ruhe, Frieden.

Ach, und der Frieden war so wohltuend nach dem aufregenden Tag von heute, ich dehnte mich wohlig und freute mich der Ruhe.

Da knarrte die Holztreppe und die hohe Gestalt meines Feldwebels oder richtiger Marschalls wurde sichtbar. Die Riemen seiner Uniform und seine Waffen knirschten und klirrten leise, als er sich aufrechte und salutierte.

„Apa lu mau?" (was willst du) fragte ich erstaunt.

„Touwan Kommandant, ich melde, daß ich einen Gefangenen habe!"
Verwundert sprang van Traffen auf.

„Einen Gefangenen? Davon weiß ich noch nichts."

„Wir haben den Mann erst jetzt im Kielraum des Schiffes entdeckt. Er hatte sich gut versteckt, kommt von Djawi-Djawi und trägt Waffen bei sich."

„Waffen?" rief ich erstaunt. „Aber vielleicht wollte er nach Negri-Lama mitreisen und wohnt auch dort?"

„Tida, Touwan Kommandant. Wahr ist, daß er den Radscha begleiten wollte, sich aber im Schiff geirrt hat. Er ist aber kein Diener des Radscha, wohnt auch nicht in Negri-Lama. Er ist ein Fremder und sehr verstockt!"

„So führe ihn mir vor, Sodikromo! Ich will ihn verhören!"

„Saya, Touwan Kommandant!" Der Marschall salutierte, wandte sich und schritt wieder der Station zu.

Flüchtig erzählte ich dem aufhorchenden Holländer die Vorkommnisse und den Streit der Fürsten in Djawi-Djawi. Natürlich erwähnte ich etwas ausführlicher die Hauptperson der Begebenheit, den Oberpriester Kanaro.

„Ha," rief van Traffen erstaunt, „Kanaro! Dieser Fuchs, ein Meister der Intrigen. Paß auf, wo dieser Kerl sich sehen läßt, gibt es Unruhen. In ganz Indien ist dieser Satan bekannt und gefürchtet. Das vergißt er dem Radscha nie, daß er von ihm so abgespeist wurde!"

„Ach," wehrte ich, „das glaube ich nicht. Kanaro ist sofort mit seinem Schiff abgereist. Ich selbst sah es den Hafen verlassen und der See zusteuern!"

„Der ist nicht abgereist! Das war nur ein Manöver! Glaube mir, das ist ein geriebener Hund!"

Mir wurde jetzt unbehaglich zumute, besonders wenn ich mir vergegenwärtigte, daß womöglich ich selbst noch mit dem Propheten zu tun bekommen würde. Vorläufig mußte ich den Dingen ihren Lauf lassen; für mich lag kein Grund vor, dienstlich in die Angelegenheit einzugreifen oder mich einzumischen.

Der Marschall erschien mit dem Gefangenen. Zwei Polizeidiener folgten als Deckung. Es war ein stattlicher, großer Bursche, in reicher, indischer Kleidung. Seine Hüften umschnürte ein silberner Gürtel, in dem verschiedene Waffen gesteckt haben mochten, die ihm aber von den Soldaten abgenommen und mir jetzt vorgelegt wurden. Traffen und ich untersuchten die Dinge, die vor uns lagen. Es war ein Dolch mit wundervoll ziseliertem Griff, anscheinend arabischer Herkunft, und ein kleiner scharf geladener Revolver, der sicher seine Heimat in Europa hatte. Auch ein silbernes, winziges Kästchen mit einigen weißen Pulverpäckchen, die unschwer als Giftpulver erkennbar waren, hatte man den Gefangenen abgenommen.

Er war gefesselt, und ich befahl, ihm die Ketten abzunehmen. Nur zögernd gehorchten die Soldaten, stellten sich aber sofort dicht an den Gefangenen und lockerten ihre Revolver in den Lederfutteralen, um jederzeit eingreifen zu können.

Etwas erstaunt fragte ich: „Ist der Gefangene so gefährlich, daß ihr Vorsichtsmaßregeln ergreifen müßt?"

Der Marschall erwiderte für die beiden Soldaten: „Saya, Touwan-besar. Er hat Riesenkräfte und ist widerspenstig. Es wäre besser, Touwan Kommandant befehlen, daß er wieder gefesselt wird!"

„Nein!" entgegnete ich streng, „ein Angeklagter ist noch kein Verurteilter und muß im Verhör frei in seinen Bewegungen bleiben!"

Beschämt senkten die beiden Soldaten ihre Blicke.

„Touwan-besar ist gerecht!" fuhr es dem Gefangenen über die Lippen. Dabei reckte er sich hoch auf, und wilde Blitze zuckten aus seinen schwarzen Augen.

„Ich habe dich noch nicht gefragt und du wirst erst dann sprechen, wenn ich es erlaube! Hast du mich verstanden, Bursche?"

„Saya, Touwan Kommandant!" Er biß böse die weißen, schönen Zähne zusammen.

„Demnach bist du der malaiischen Sprache mächtig, trotzdem du ein Fremder, auf keinen Fall ein Malaie bist?"

„Saya, Touwan, ich spreche malaiisch!"

„Wo ist deine Heimat?"

„Das werde ich nicht verraten!" erwiderte er herausfordernd.

Mir stieg das Blut in den Kopf, ich sprang auf. „Ich kann dich aber dazu zwingen. Weißt du das?"

Er schüttelte den Kopf. „Mich kann niemand zwingen! Ich lasse mich von niemandem zwingen, ich bin ein freier Mann!"

„So beweise das! Hast du einen Paß, einen Freibrief?"

Wieder schüttelte der Fremde den Kopf. „Ich habe nichts Derartiges, nur ein Losungswort habe ich auszusprechen, um frei durch die ganze indische Welt zu reisen!"

„So sprich das Wort, ich befehle es dir!"

Der Gefangene zögerte, dann fletschte er die weißen Zähne, sah prüfend um sich und endlich mir starr in die Augen: „Kanaro!"

Wenn plötzlich ein Blitz zwischen uns gefahren wäre, so hätte die Wirkung keine schlimmere sein können, als dieses eine, kleine, furchtbare Wort! Die Soldaten waren entsetzt zurückgewichen, und Traffen und ich standen wie gelähmt.

Der Fremde lachte: „Ihr werdet zugeben, Touwan Kommandant, daß ich keinen Soerat (Paß) brauche?"

„Ich gebe nichts zu, du unverschämter Bursche! Zunächst wirst du mir erst mitteilen, welchen Befehl dir Kanaro gegeben hat. Wolltest du den Fürsten dieses Landes, den Radscha Buso ermorden?"

„Nein! Er ist gestorben in dem Augenblick, als das Auge des Tages, die Sonne, in den Wolken erlosch, und das Zeichen des Propheten hell leuchtete. Ich habe den Befehl, den Fürsten zu überwachen. Ich sollte in seinem Gefolge reisen, bin aber in ein falsches, in Euer Schiff gestiegen."

Ich wehrte ab. „Wie heißt du?"

„Meinen Namen kennt nur der Prophet, sonst niemand."

„Du bist ein Tamil?"

Der Gefangene wurde unruhig. „Ihr seid klug, Touwan Kommandant!"

„Heißt das, daß ich recht habe?"

„Ich werde darauf nicht antworten!"

„Warum behauptest du, daß der Radscha gestorben ist? Du warst nicht auf dem Schiffe des Radscha, wie willst du wissen, daß er den Schwur nicht geleistet hat?"

„Ihr selbst habt es mir soeben bestätigt, Touwan Kommandant!" Der Fremde lachte leise.

Ich schwieg betroffen.

„Und," fuhr der Fremde fort, „Ihr könnt nicht lügen. Ich habe viel gelernt, Kanaro ist ein weiser Mann und ein guter Lehrer."

Ich ermannte mich. „Du bist eine Gefahr für unser Land und

62

eine Gefahr für den Fürsten. Merke dir: Der Fürst steht hier unter meinem Schutz! Deshalb werde ich dich nicht freigeben, sondern gefangenhalten, bis die Regierung dieses Landes über dich bestimmt hat!"

„Tut, was Ihr wollt, Touwan Kommandant! Einen Nutzen hat mein Festhalten nicht! Kanaro wird bei Euch sein, ehe zwei Tage vergehen."

„Sodikromo! Bewache mir den Gefangenen gut und lasse ihn Tag und Nacht nicht ohne Aufsicht! Jede Unterhaltung mit dem Gefangenen verbiete ich bei schwerer Strafe! Hast du verstanden?"

Der Marschall salutierte: „Saya, Touwan-besar!"

Auf einen Wink von mir fesselten die Soldaten den Gefangenen und schritten mit ihm die Treppe hinab.

Trassen und ich sahen dem Gefangenen mit gemischten Gefühlen nach, wir waren beide unsicher. Wir tranken hastig und voll Unruhe, als wenn wir in starken Getränken die Lösung, Rettung suchten.

Der Holländer spielte mit dem Dolch des Gefangenen, dann unterbrach er lachend unser Schweigen: „Mit Gift, Dolch und Schußwaffen arbeitet der Prophet, um der Welt seine Weisheit zu verkünden. Donnerwetter, ist das ein Heiland! Das Recht in den Augen seiner Anhänger, seine Unfehlbarkeit will er durchsetzen und schreckt selbst vor einem Mord nicht zurück! Ein merkwürdiger Heiliger!"

Ich nickte. „Und er hat furchtbare Machtmittel, seine Helfer sind ihm auf Tod und Leben ergeben, die mohammedanische Welt, Fürsten und Volk, glaubt fanatisch an ihn. Er ist ein gefährlicher Gegner und schlimmer Feind! Ich weiß nicht, wie die Regierung sich dazu stellen wird, denn es kann unendlich schwere Kämpfe und Unruhen geben, wenn sie offen gegen den Aufrührer vorgeht. Augenblicklich kämpft Kanaro für seinen Ehrgeiz und für sein Ansehen. Die Sage, das Märchen von der Macht des roten Kästchens, will er durchsetzen, als unumstößliche Wahrheit. Schon weil er mit seinem Namen dafür eingetreten ist, und weil das Wunder ein Mittel ist, um das Volk in der Dummheit zu erhalten. Der Radscha muß sterben, weil er ihm getrotzt hat. Sein Ansehen würde schwer leiden, wenn der Radscha weiter regieren und leben würde. Damit würde das Wunder des roten Kästchens als Blödsinn offenbart, Kanaro würde mit seinem religiösen Zauber blamiert sein. Deshalb hat er auch vor seiner Abreise von Djawi-Djawi noch versucht, die Favoritin Sarinen zu überreden, den Radscha zum Schwur zu bringen. Und wenn der Radscha auch dann ihm den Gefallen nicht tun wollte, so sollte unser Gefangener mit Gift und Dolch nachhelfen. Dann wäre seine Weissagung eingetroffen und der Tod des Fürsten die Zauberfolge seines Ungehorsams gewesen."

„Raffiniert!" Traffen schlug vor Erregung mit der Faust auf den Tisch.

„Nicht er oder der Gefangene waren dann die Mörder, sondern nur die Macht des roten Kästchens! Und das Volk hätte felsenfest daran geglaubt. Bei meiner Einfahrt in den Hafen habe ich zu Ehren des Radscha dessen Flagge auf meinem Schiffe gehißt, während das Radschaschiff die holländischen Farben wehen ließ, so sind die Schiffe vor Anker geblieben. Es ist daher verständlich, daß der Gefangene die Schiffe verwechselte und mein Schiff für das Fahrzeug des Radscha gehalten hat. Nur diesem Zufall ist es zu danken, daß der Radscha noch am Leben ist. Oh, ich durchschaue den feinen Plan vollkommen, nur weiß ich nicht, wieweit ich mich, ohne Aufregung in der Bevölkerung hervorzurufen, einmischen darf?"

„Und dein Freund, der Thronfolger? Was soll mit ihm geschehen?"

Ich wandte mich in Gedanken ab und blickte hinaus, als suche ich von draußen Rat, Hilfe. Nach einer Weile sagte ich scharf: „Teufel noch einmal! Prinz Riftra muß verrückt geworden sein, oder der Machthunger hat ihn dermaßen ergriffen, daß er sich wirklich einbildet, in seinem Rechte zu sein. Ich werde ihm in seinen Torheiten nicht folgen oder unterstützen, sondern, wenn er nicht Vernunft annimmt, mit allen Mitteln bekämpfen! Tounkoe Bufo ist der rechtmäßige, anerkannte Radscha, und ich werde ihn stützen, schützen und

64

Malaiisches Tribunal in Medan-Delhi

Eingeborenenhaus im Bau

fördern gegen Kanaro und Genossen! Nun gerade! Ich will doch sehen, ob es mir nicht gelingt, dem Propheten einen Strich durch die Rechnung zu machen!"

„Der Unfug mit dem roten Kästchen muß ein Ende nehmen!" rief van Trassen begeistert.

Ich reichte ihm die Hand: „Wir wollen es vernichten, Trassen! Willst du mir helfen?"

Trassen schlug ein: „Durch Dick und Dünn!"

Ich gab den an der Türe lauernden Dienern einen Wink. Blitzschnell sprangen sie auf und verschwanden in den Schlafzimmern, um uns beim Entkleiden behilflich zu sein. „Gute Nacht! Trassen! Schlaf wohl!"

„Gute Nacht, Hartenau!"

Der kommende Morgen fand mich schon am Schreibtisch, wo ich einen ausführlichen Bericht an den Kontrolleur in Labohan-Batoe und an den Residenten in Deli-Medan abfaßte. Ich schilderte genau die Begebenheiten, streute meine eigenen Gedanken und Befürchtungen hinein und bat um schnelle Befehle und Weisungen. Und als die Sonne aufstieg und den Tau trank, waren schon zwei Boten in schaukelnden Kähnen auf der Bila, um in entgegengesetzter Richtung die wichtigen Briefe zu befördern.

Trassen erschien, reckte und gähnte müde, schimpfte auf die wahnsinnigen Moskiten, die ihn halb aufgefressen hätten, aber dann frühstückten wir vergnügt und befahlen, die Pferde zu satteln. Zuvor wollten wir unseren interessanten Gefangenen besuchen und dann auf die Pflanzung reiten, um nach dem Rechten zu sehen.

Als wir uns der Polizeistation näherten, schrie der Posten vor Gewehr sein alles aufrüttelndes: „Lakaß!" worauf die Wachmannschaft hinausstürzte und an die Gewehrstützen trat. Kurze Befehle des wachhabenden Unteroffiziers, und die Mannschaft stand mit präsentiertem Gewehr, während die Trommel einen kurzen Wirbel schlug.

Ich dankte und trat in das Wachlokal, einer Holzhalle mit Pritsche und primitiven Tischen und Stühlen. An den Wänden klebten einige Druckbilder, die Königin Wilhelmine, Moltke und Bismarck darstellend. Natürlich kannte ich die Bilder schon lange, aber heute konnte ich mich doch nicht enthalten zu fragen, ob die Soldaten wüßten, wer die Dame und die Herren seien? Einer der Soldaten, auf die Königin zeigend, antwortete: „Dat is' uns' Wilhelmienche!" Ich lachte, nickte ihm freundlich zu und zeigte auf Bismarck und Moltke. „Und die beiden Touwans?"

„Oh, oh," erwiderte er staunend, „Touwans-besar, besar, besar! Soldaten! Offiziere! Noch größer als Touwan Kommandant! Moke und Bisbart! Sind Brüder von einem Vater! Vater ist alt, hat weißen Bart und viel Gold und Silber, heißt: Kaiser Wilhelmienche!"

Ich nickte lachend und winkte ab, dann befahl ich, uns zu dem Gefangenen zu führen.

In der Hinterwand der Halle war eine mit Eisenblech beschlagene Tür, die ein Soldat öffnete und uns eintreten ließ. Die Zelle hatte eine Größe von drei Metern im Quadrat und enthielt eine Pritsche, einen Tisch und einen Stuhl. Ein kleines Fenster mit Eisenstäben erhellte den winzigen Raum.

Der Gefangene lag am Boden und betete und ließ sich auch durch unseren Eintritt nicht im geringsten in seiner Andacht stören. So blieben wir eine Weile an der Türe stehen und warteten auf das Ende des Gebets. Aber immer wieder von neuem warf der Gefangene sich zu Boden, schrie und betete in tamulischen Lauten. Schließlich wurde uns das zu viel. Wir wollten nicht länger warten, aber den Tamulen auch nicht im Gebet unterbrechen; deshalb zogen wir uns wieder zurück und ließen die Türe schließen.

Draußen standen unsere gesattelten Pferde, und zwei Polizeisoldaten, die uns begleiten sollten, waren zum Besteigen ihrer Pferde bereit. Im Augenblick saßen wir auf und jagten den Hauptweg nach der Pflanzung davon.

66

Wie Höllenfeuer brannte die Sonne auf uns herab, so daß wir bald wie in Schweiß gebadet waren. Nur unsere kleinen Ponys, die wir zwischen den Schenkeln hatten, schienen nichts von der Hitze zu spüren. Sie griffen aus und rasten wie Ratten auf der Flucht, wieherten laut und versuchten im tollsten Laufe Seitensprünge. Man hatte zu tun, um die Gewalt über die übermütigen Tiere nicht zu verlieren und womöglich abgeworfen zu werden. Und so ging es auf dem Hauptweg am niedergelegten Urwald vorüber, und wir gelangten endlich nach einem Ritt von etwa dreiviertel Stunden auf die eigentliche Tabakpflanzung. Auf riesigen freigelegten Feldern, auf Plätzen und an Wegen standen die Fermentierscheunen, Wohnhäuser der Kulis, Javanen, die chinesischen und malaiischen Kaufläden, das Krankenhaus, die Wohnhäuser der Assistenten, chinesischen Oberaufseher, Mandoren und Tändels (d. i. chinesische und javanische Aufseher).

In dem Wohnhaus meines Hauptassistenten Sanné, der tags zuvor nach Europa zurückgereist war, befand sich das Bureau der Pflanzung, und der mit der Leitung der Kanzlei beauftragte Buchhalter, ein Halbeuropäer, hatte die Wohnung für sich bereits mit Beschlag belegt. Dort wollten wir absteigen. Schon vorher begegneten wir Trupps von Chinesenkulis und Javanen, schwarzen, braunen und gelben Kerlen, die mit ihren Aufsehern auf die Felder zur Arbeit auszogen. Freche, gemeine, lustige, gedrückte Laute in chinesischer und javanischer oder in malaiischer Mundart, schwirrten durch die Luft, ein widerlicher Dunst, ein Schweißgeruch, lagerte wie eine Wolke über der Menschenherde. Sobald sie mich erblickten, zogen die Aufseher die zerrissenen Hüte vom Kopf, und ein vielstimmiges „Tabé Touwanbesar!" schallte mir entgegen.

„Tabé, ihr Leute!" rief ich den Menschen nach, die in die Sonnenglut hinauszogen, um zu erwerben, um nach ihren verschiedenen Religionen ihre Götter zu bitten: „Unser täglich Brot gib uns heute!" Nur heute, heute, immer wieder Nahrung heute, damit der Körper stark bleibe und das Leben behalte!

Wir waren angelangt und stiegen von den Pferden, welche die Polizeisoldaten an die Zügel nahmen. Der Buchhalter kam herausgeeilt und begrüßte uns mit einem nicht endenwollenden Wortschwall. Ich kannte diese Art der Halbeuropäer schon und achtete nicht weiter darauf. Nur Traffen wurde davon ganz benommen, so daß er fuchsteufelswild schrie: „Stopp, stopp, Mynheer van Velden, halten Sie Ihren geehrten Mund, bis wir drinnen sind! Und dann hübsch langsam, eins nach dem anderen. Sie machen sonst die Pferde scheu!“

„Ich wollte nur — Herr Kapitän —“ stotterte der Buchhalter.

„Wollen Sie lieber nichts!“ schnitt ich ihm den Satz ab, „und warten Sie, bis wir im Hause sind!“

Der Mischling dienerte untertänig und folgte uns in das Haus und in die Kanzlei. Dort setzte ich mich an den Schreibtisch, sah die dienstlichen Angelegenheiten durch, machte Bemerkungen, gab Anordnungen und freute mich über die sauber geführten Bücher. Velden schwamm in Wonne, als ich lobend letzteres erwähnte und behauptete kriechend, daß meine Zufriedenheit sein höchster Lohn wäre.

„Na, nun legen Sie los, Mynheer van Velden. Ich sehe es Ihnen an, Sie brennen vor Ungeduld!“

Wieder dienerte der Buchhalter: „Sehr wohl, Mynheer Kapitän! Das Telephon stand nicht still, vier, fünf Meldungen sind eingelaufen.“

„So?“ fragte ich interessiert.

„Ich habe vergeblich versucht, bei Ihnen anzufragen, doch die Diener teilten telephonisch mit, daß der Herr Kommandant mit Herrn van Traffen fortgeritten wären!“ Er nahm einen Notizzettel zur Hand. „Zunächst hat aus Negri-Lama der Sultan, wollte sagen, Seine Hoheit der Radscha anfragen lassen, ob Herr Kapitän heute Vormittag zu sprechen wäre? Er bittet um Angabe der Zeit.“ Ich überlegte einen Augenblick.

„Antworten Sie: ,Der Fürst möchte mich um elf Uhr mit seinem Besuche beehren‘!“

„Sehr wohl, Mynheer Kommandant! Sodann hat der Thronfolger, Prinz Ristra, mitgeteilt, daß er heute früh mit seiner Launch von Djawi=Djawi abreist und gegen zwei Uhr bei dem Herrn Kommandanten zum Besuch eintreffen wird."

Ich wechselte mit van Trassen einen Blick, den dieser verständnisvoll mit Kopfnicken beantwortete. „Hm!" äußerte ich nachdenkend. „Es wäre trotzdem nicht angenehm, wenn die beiden Herren sich bei mir treffen würden. Mein Haus darf nicht als Kampfplatz für die fürstlichen Herren dienen!"

„Nun, bis zwei Uhr kann der Radscha schon wieder abgereist sein," bemerkte van Trassen.

Der Bastard horchte auf: „Wieso, Herr Kapitän? Sind die Herren einander feindlich gesinnt?"

„Nicht gerade," erwiderte ich vorsichtig, „aber es ist doch besser, wenn sie nicht zusammentreffen. Gleichviel! Trassen, wir müssen nur sorgen, den Radscha rechtzeitig zur Abreise zu bewegen!"

Der Leutnant nickte: „Das soll geschehen!"

Der Buchhalter blickte auf seinen Notizblock. „Sodann kam die Meldung," fuhr er fort, „daß der Oberpriester Kanaro sich auf dem Wege hierher mit seiner Launch befindet!"

„Kanaro?" Trassen und ich sprangen erregt auf. „Donnerwetter!" schrie van Trassen. „Der Fuchs riecht Lunte! Überall hat der Kerl seine Nase!"

„Ja, trotzdem, ich kann ihn nicht abweisen!" Bei mir dachte ich: „Es stürmt ein bißchen viel auf mich ein." Laut sagte ich: „Ja, Trassen, dann wollen wir nur das Nötigste auf der Pflanzung anordnen und schleunigst in mein Haus zurückkehren. Du sollst mir als Zeuge dienen!"

„Sodann," meldete der Buchhalter weiter, „bittet der Tändel=besar (chinesischer Oberaufseher) und der Mandor=besar (javanischer Oberaufseher) den Herrn Kommandanten sprechen zu dürfen."

„Was sie wollen, wissen Sie nicht?"

„Nicht genau. Eine dienstliche Angelegenheit ist es nicht, eher glaube ich bemerkt zu haben, daß sich besonders unter den mohammedanischen Arbeitern eine starke Unruhe heute morgen gezeigt hat. Vielleicht, daß die Aufseher aus diesem Grunde mit dem Herrn Kapitän sprechen wollen."

„Auch das noch!" seufzte ich. „Nun gut, lassen Sie die Leute holen!"

Der Buchhalter blickte hinaus. „Das wird nicht nötig sein, Herr Kommandant, ich sehe die Aufseher hierherkommen und werde sie rufen lassen." Damit wandte sich der Bastard und entfernte sich.

Ich stand auf und blickte hinaus. Am Eingang des Hauses standen die Leute und sprachen jetzt mit Velden. Beide Aufseher waren stattliche, kräftige Männer und waren von unschätzbarer Zuverlässigkeit und Tüchtigkeit. Gegenwärtig ersetzten sie mir Assistenten, von denen ich tags zuvor zwei durch ihre Abreise nach Europa und einen vor zwei Monaten durch den Tod verloren hatte.

Jetzt traten die Aufseher ein und verneigten sich tief: „Tabé, Touwan-besar!" grüßten sie unterwürfig.

„Tabé, Tai! Tabé Kuto!" Ich reichte beiden die Hand, die sie küßten. Und nachdem ich noch einige dienstliche Fragen an sie gerichtet hatte, die sie ausgiebig beantworteten, fragte ich weiter: „Nun, und was habt ihr sonst noch auf dem Herzen?"

Kuto ergriff das Wort: „Touwan-besar, es ist nicht alles so, wie es sein müßte. Die Leute und besonders die Gläubigen, die Mohammed anhängen, sind seit heute früh in großer Unruhe!"

Ich horchte auf, und Traffen sah mich bedeutungsvoll an.

Der Javane fuhr fort: „Von Negri-Lama sind Boten zu den Mohammedanern gekommen, die erzählt haben, daß der Sultan in Negri-Lama durch Mohammed selbst getötet sein soll?"

„Unsinn!" erwiderte ich. „Der Radscha wird in zwei Stunden bei mir sein! Mynheer van Velden, haben Sie telephoniert?" fragte ich den jetzt eintretenden Buchhalter.

„Soeben!" nickte der Bastard. „Seine Hoheit werden pünktlich um elf Uhr in Tenang sein!"

70

„Da hört ihr es!" wandte ich mich an die Aufseher. „Diese Erzäh=
lung ist also eine Unwahrheit!"

„Ich freue mich darüber, Touwan=besar! Aber dann sagten sie, daß
der Obermufti Kanaro den Radscha in einen Bann getan und abge=
setzt habe. Tounkoe Ristra sei durch Mohammed eingesetzt als Rad=
scha, Sultan von Negri=Lama und Bila."

„Der Obermufti Kanaro kann niemand absetzen, am allerwenigsten
einen Fürsten, der von Mohammed und seinem Volke eingesetzt wor=
den ist. Glaubt ihr, daß Mohammed sich verspotten läßt?"

Der Javane schüttelte den Kopf: „Tida, Touwan=besar! Allah ist
groß und Mohammed ist sein Prophet."

„Nun also! Außerdem, was geht das dich an, wer hier Sultan oder
Radscha ist? Bist du oder sind die, welche dich beauftragt haben, Ma=
laien oder Javanen?"

„Alle sind Javanen, Touwan=besar!"

Ich nickte. „Siehst du, Kuto, das geht euch also gar nichts an. Wenn
ihr in Java einen Fürsten wählt, oder absetzt, dann könnt ihr Ja=
vanen mitsprechen, hier aber auf Sumatra haben nur die Malaien zu
bestimmen, und ihr habt euren Mund zu halten!"

„Das ist wahr!" Der Mandor verneigte sich erschrocken. „Touwan=
besar, ich bitte, verzeiht! Daran habe ich nicht gedacht!"

„Also denke vorher, und nun geh zu deinen Leuten und sage ihnen
dasselbe, was ich dir gesagt habe. Sage ihnen aber auch, daß der ma=
laiische Sultan die Javanen in seinem Lande schützt und nicht leidet,
wenn einem Orang=Java ein Unrecht geschieht. Deshalb hofft er auch,
daß die Orang=Java ihm beistehen werden, wenn er sie zu Hilfe ruft!"

Die beiden Oberaufseher verneigten sich. „Orang=Java oder Kuli,
sie werden alle für den guten Tounkoe kämpfen! Die Leute des Mufti
Kanaro werden wir verprügeln!"

„So ist es recht!" nickte ich befriedigt. „Verhaut die Stänker, so=
lange eure Kräfte dazu reichen und werft sie aus der Pflanzung hin=
aus. Ihr dürft sie auch gefangennehmen und nach der Polizeistation

71

bringen, wo sie mit der Peitsche Bekanntschaft machen können! Habt ihr verstanden?"

„Saya, Touwan=besar!" lachten die Aufseher und verneigten sich tief.

„So, nun geht, ich habe noch zu tun! Geht zu euren Leuten und sorgt dafür, daß sie mit der Arbeit vorwärtskommen. Übrigens, Tai!" wandte ich mich an den chinesischen Oberaufseher, „in den nächsten Tagen will ich nach Singapore, um Chinesenkulis für die Pflanzung zu kaufen oder zu engagieren. Ihr könnt mich begleiten und mir dort die stinkigen Spelunken zeigen, wo wir kräftige Arbeiter finden."

„Saya, Touwan=besar!"

„Inzwischen könnt Ihr Euch überlegen, wieviel Mann wir neu haben müssen?"

„Sa rebu dua puluh (120), keinen weniger, Touwan=besar!"

„So? Na, Soeka=Radja will 150 und die Pflanzung Kaloendang sogar 200 Mann. Da werden wir wohl den Steamer ‚Lady Longden' chartern müssen, um die annähernd 500 Kulis herüberzubringen?"

„Das ist das beste, Touwan=besar! Aber die anderen Pflanzungen müssen auch Tändels (Aufseher) mitschicken. Solche Sinkes (Neu=linge), die kein Wort Malaiisch können, wollen beaufsichtigt werden!"

„Ja, dafür will ich sorgen! Nun geht!"

Die Oberaufseher verneigten sich, küßten mir die Hand und schritten zur Tür hinaus.

Unmittelbar gingen auch Traffen und ich nach kurzem Abschied von van Velden. Wir schwangen uns auf die Pferde und jagten, von den Polizeisoldaten begleitet, nach meinem Hause zurück.

Nicht lange nach unserer Rückkehr — ich hatte gerade ein Bad ge=nommen und mich neu in blütenweiße Kleider gehüllt — tutete laut und dröhnend das Radschaschiff und verkündete seine Ankunft. So=fort antwortete der tiefe Gong der Polizeistation, der damit der Pflan=zung mitteilte, daß ein Machthaber das Land beträte. Die Wache trat ins Gewehr, während einige andere Polizeisoldaten und Diener auf die Landungsbrücke eilten, um dem Radscha beim Landen behilflich zu sein. Auch ich schritt mit Traffen auf die Brücke, um den Fürsten zu empfangen.

Die Steamlaunch des Radscha rauschte heran. Auf der kleinen Kommandobrücke stand der Häuptling in höchst eigener Person, winkte grüßend und ließ zum Überfluß noch sein weißes Seidentüchlein wehn. Ich zog meinen großen Pflanzerhut und erwiderte freundlich den Gruß. Bald war die Launch an der Landungsbrücke mit Tauen befestigt, und van Traffen und ich schritten an Bord dem Fürsten entgegen. Radscha Buso faßte sofort meinen Arm, um sich von mir führen zu lassen, während sein Gefolge und die unvermeidlichen beiden Minister Tjitro und Soto sich anschlossen. Sobald wir an Land waren, wirbelte die Trommel einen Präsentiermarsch und die Mannschaft stand unter präsentiertem Gewehr wie die Kerzen, starr uns mit den Augen folgend.

„Zu schön, zu schön," rief der Radscha entzückt. „Man fühlt sich bei Euch, Touwan Kommandant, geborgen, geschützt wie im Himmel. Ihre Soldaten sind wundervoll!"

„Zu gütig, Hoheit!"

„Wirklich, wirklich! Hier ist alles so in Ordnung, so sauber, so — so — gehorsam!" Er drückte meinen Arm vor Entzücken. „Touwan Kommandant sind ein großer, ein tüchtiger, oh, und ein so — so strenger Mann!"

Die beiden Minister hinter uns echoten sofort: „Oh, oh — ein so strenger Mann! Oh, oh!"

Der Fürst ärgerte sich darüber und meinte bezeichnend: „Die Frösche quaken wieder!"

„Oh, oh," riefen die Minister, wie aus einem Munde: „Die Frösche quaken wieder! — Und wir hören nichts! — Der große Tounkoe hat ein scharfes Gehör! Oh, oh, so ein scharfes Gehör!"

„Schweigt!" schrie der Fürst erbost.

Sofort senkten die beiden die Köpfe, kreuzten die Arme und verneigten sich tief.

Inzwischen war die Dienerschaft des Radscha — eine Anzahl ma=
laiischer Knaben in bunter, malerischer Tracht — vorangeeilt und bil=
dete am Eingang und der Treppe des Hauses Spalier, wo sie sich,
als wir jetzt vorbeischritten, niederwarf.

Ich führte den Fürsten in die Wohnveranda und geleitete ihn auf
den Ehrensitz des Hauses, einen bequemen Faulenzer, auf dem ein
Tigerfell ausgebreitet lag. Dort ließ er sich stöhnend nieder, während
die Minister sich zur Seite aufstellten, und zwei Diener hinter dem
Stuhle Riesenfächer in Bewegung setzten, um auch Fliegen und Mos=
kiten von dem hohen Herrn fernzuhalten. Nachdem der Fürst eine
Erfrischung zu sich genommen, bat ich, mit ihm und Leutnant van
Traffen allein sein zu dürfen, weil unsere Unterredung keine anderen
Zeugen haben dürfe.

„Gut, gut," nickte der Radscha, stocherte mit den langen goldenen
Nagelhüllen in der Luft herum und quietschte: „Verlaßt mich, haltet
euch draußen auf, wenn ich euer bedarf, so werde ich rufen!"

Das Gefolge wandte sich ehrerbietig und kletterte die Treppe hinab
in den Garten, nur die beiden Minister machten keine Anstalten, zu
verschwinden.

„Die Touwans Tjitro und Soko werden uns auch verlassen!" sagte
ich scharf.

„Wir?" riefen jene empört. „Wir gehören zur nächsten Umgebung
des großen Tounkoe. Wir sind in Sorge um ihn!"

Ich sah sie drohend an. Sofort senkten sie die Köpfe und wandten
sich zum Gehen.

„Sie quaken wieder!" lachte der Fürst. „Geht!" befahl er dann.

Die Minister verneigten sich ärgerlich: „Wie der große Tounkoe be=
fiehlt!" Dann schritten auch sie die Treppe hinab.

Der Fürst, den die Hitze plagte und der deshalb schmerzlich die Fächer=
wedler vermißte, zog einen kleinen Elfenbeinfächer aus der Tasche und
wedelte sich Kühlung zu. „Touwan Kommandant!" begann er um=
ständlich. „Ich habe in dieser Nacht vor Sorge nicht geschlafen!"

74

„Das bedauere ich, Tounkoe! Ich wüßte aber nicht, warum Ihr
Sorge haben könntet? Der Zwischenfall mit dem Oberpriester Kanaro
kann es nicht sein, und auch der Streit, das Zerwürfnis mit Eurem
Bruder, dem Prinzen Kistra, ist nicht ernst zu nehmen."

„Man hat mich aber mit diesen Dingen sehr erregt. Ich hätte vor
Ratlosigkeit gestern sterben können, und man erzählte sich sogar in
meiner Umgebung, daß Mohammed," er verneigte sich, „der große
Prophet, mich strafen, töten wolle!"

„Das hat man Euch nur erzählt, Tounkoe, um Euch noch mehr zu
ängstigen! Ihr müßt ein Held bleiben, wie Eure Vorfahren es waren. Und ein Held — zumal aus so edlem Blute, wie Ihr es seid —
läßt sich durch nichts schrecken!"

„Ah!" rief der Fürst entzückt, „das war so — so schön gesagt, daß ich
Euch bitte, noch einmal dasselbe zu sagen!"

„Ein andermal!" wehrte ich lachend ab.

„Tjitro und Soko sind furchtbare Dummköpfe und quaken immer
nur wie die Frösche. Oh, Oh, so herrliche Worte haben sie noch nie
gesprochen!" Doch plötzlich wurde der Fürst wieder ernst, sah sinnend vor sich nieder und sagte seufzend: „Ihr seid ein Europäer, Touwan Kommandant, und wenn Ihr auch sehr klug und stark seid, so
ist Euch hier im Lande doch vieles noch fremd. Ich habe zwei große
Feinde, die stark sind und großen Einfluß auf das Volk haben. Mufti
Kanaro hat mächtigen Anhang und Freunde, die für ihn morden
können. Die Mohammedaner von Mekka bis zu den Südseeinseln
sind ihm untertan und gehorchen seinen Befehlen. Es war nicht klug
von mir, ihn zu meinem Feinde zu machen."

„Ihr steht unter dem Schutz der holländischen Regierung, Tounkoe,
und habt deshalb den mächtigen Feind nicht zu fürchten. Mufti
Kanaro ist kein Malaie, hier nicht heimatberechtigt; sollte er trotzdem
sein Amt als Oberpriester mißbrauchen, um hier Unruhen zu stiften,
so wird er wie ein Verbrecher verfolgt und gestraft werden. Schon
der Verdacht berechtigt die Regierung, ihn des Landes zu verweisen,

und es würde ihm übel bekommen, wenn er trotzdem es wagen sollte, sich an der Ostküste zu zeigen."

„Er hat aber viele Helfershelfer, man wird mich verfolgen auf Schritt und Tritt! Oh, oh, er ist zähe und verfolgt seine Pläne selbst nach Jahren!"

„Nun, wir wollen sehen, wer der Stärkere ist." Wir schwiegen eine Weile und hingen unseren Gedanken nach.

Nach langer Pause meinte der Fürst vorsichtig: „Vielleicht wäre es möglich, ihn glauben zu machen, daß — hm — ich — den Schwur gestern — ge — geleistet habe? Mit einem Schlage würden alle Verdrießlichkeiten vermieden sein. Bedenket, daß ich mich sonst kaum außer Landes trauen darf."

„Auch das ist aussichtslos, weil ich seit gestern einen Mann beherberge, der genau weiß, daß Ihr, Tounkoe, den Schwur nicht abgelegt habt. Ich habe ihn gefangen gesetzt, und er war ein gedungener Mörder des Oberpriesters!"

„Ah!" der Fürst sprang auf und zitterte vor Sorge und Furcht. „Da seht Ihr, wie ich recht habe. Aber wie und wo habt Ihr ihn gefangen?"

„Meine Launch trug Euch zu Ehren Eure Flagge, und daher war es leicht, daß er die Schiffe verwechselt hat. Er wollte auf das Eure und ist versehentlich in das meine gekommen. Dort wurde er von meinen Soldaten gefangengenommen."

„Und er ist hier, bei Euch?"

Ich nickte. „Ja, im Polizeigefängnis. Die Soldaten bewachen ihn!"

„Oh, drüben?" Die Augen des Radscha irrten hinüber nach der Station, als wollten sie die Wände durchdringen und den Attentäter finden. „So ist der Mann aus Djawi-Djawi? Vielleicht gedungen von meinem Bruder, dem Tounkoe Ristra?"

„Prinz Ristra ist kein Mörder, Tounkoe!" sagte ich scharf und bestimmt. „Ich berichtete Euch doch, daß der Mann ein Werkzeug des Oberpriesters ist!"

„Dennoch! Ich glaube, daß Kanaro und mein Bruder sich verbunden haben, um mich zu stürzen. Beide verfolgen mich. Der Mann hat von beiden Gift und Dolch erhalten.“

„Der Mann ist ein Fremdling. Ein Tamule!“

Erschrocken fuhr der Radscha zusammen. „Ein Tamule? Ah! Er ist kein Malaie, kein Javane, kein Chinese?“

„Nein! Ein Mann aus dem Gefolge des Priesters, ein Tamule! Klug und sprachgewandt, ist er eine große Gefahr für Euch!“

„So hängt ihn! Hängt ihn! Touwan Kommandant, hängt ihn! Tut es sofort, jetzt, ich will meine Feinde sterben sehen. Ich will meine Rache haben!“ Seine schwarzen Augen sprühten Blitze, und ohnmächtig, wütend biß er die Zähne zusammen.

„Den Gefallen kann ich Euch nicht tun, Tounkoe! Ich erwarte die Befehle meiner Regierung und werde wohl den Mann dem Touwan Kontrolleur oder dem Touwan Residenten ausliefern müssen. Der Gefangene kommt vor das Zuchtpolizeigericht nach Batavia, und dort wird die Strafe bestimmt! Wollte ich ohne Verhandlung ihn hier hängen, so würde ich mich strafbar machen!“

„So gebt ihn mir, Touwan Kommandant! Ich, der Sultan, der Radscha und Fürst dieses Landes, will sein Urteil sprechen und ihn zu Tode martern!“ Der erregte kleine zappelige Herr brüllte vor Wut und Ohnmacht.

„Der Gefangene ist ein Fremdling und nicht Eurer Hoheit Untertan. Er ist dem Gesetze verfallen, und die niederländisch=indische Regierung wacht, daß die Gesetze respektiert und erfüllt werden. Solange steht er unter meinem Schutze!“

„Und wer bin ich? — Ein Narr, eine Puppe, die tanzen muß, wie die fremden, weißen Männer aus Europa befehlen. Man hat mir eine Uniform, eine bunte Jacke mit vielen Knöpfen, Sternen, Gold und Silber gegeben, mich zum Offizier ernannt, und ich darf wie ein Affe auf dem Leierkasten sitzen und tanzen, wenn er gedreht wird. Die weißen Männer stehen herum und freuen sich, wenn Jumbo possierlich ist und gehorsam tut, was ihm befohlen wird! Oh, oh, das ist widerlich!" der Fürst tanzte nun wirklich, drehte sich im Kreise, wie er es soeben sagte, — nicht nach Musik — aus Wut und Empörung!

Schon daß ihm die Erkenntnis kam, und er mutig aussprach, was, wirklich und strenge genommen, die Wahrheit war, erhöhte meine Achtung vor ihm. Was war er denn eigentlich im Grunde genommen? Doch weiter nichts anderes, als, nach unseren Begriffen, ein Rittergutsbesitzer, der mit Genehmigung der Behörden sein Land verpachten durfte. Man hatte ihm wohl äußerlich einige wenige Rechte gelassen, er durfte zum Beispiel kleine Vergehen seiner Untertanen selbst ahnden, aber das tut schließlich auch jeder Amtsvorsteher oder Gemeindevorsteher. Aber sonst hatte er nur eine Scheinmacht, die den Eingeborenen glauben machen sollte, daß sie einen mächtigen, großen Fürsten hätten. Und die Eingeborenen sahen darauf, sie liebten aus Eitelkeit den Glanz ihrer Fürsten. Je despotischer, je prunkliebender, desto mehr Ansehen hatte ihr Monarch, und desto stolzer und eingebildeter waren sie auf ihre Heimat. Die Erkenntnis ihrer Ohnmacht kam diesen Fürsten wohl heimlich, aber die Trägheit und das Wohlleben hatten sie schlapp gemacht. Eitel und für Äußerlichkeiten zugänglich, wachten sie ängstlich, daß sie devot und unterwürfig wie Herren, wie Fürsten des Landes behandelt würden und ließen im übrigen sich einlullen und sich jedes Recht und jede Macht langsam aus den Händen winden. Und die Europäer sind zu klug, um ihnen bereitwilligst nicht in der Eitelkeit entgegenzukommen. Solche kleine Dinge spielen doch nur eine untergeordnete Rolle, wenn man sonst in den Besitz eines herrlichen, reichen Landes kommt.

„Eure Hoheit sind ungerecht!" erwiderte ich vorsichtig. „Meine Regierung wird nie wagen, die Rechte Eurer Hoheit anzugreifen. Im Gegenteil, ich habe bestimmte Befehle, die Macht Eurer Hoheit zu schützen!"

Und der Fürst kroch auf die Leimrute, denn um vieles besänftigter sagte er: „Wohl, wohl, aber hier, in meinem Lande, möchte ich der Herr und Richter bleiben und Mörder hängen!"

„Ich wiederhole, Tounkoe, daß der Gefangene ein Fremdling und die niederländisch=indische Regierung der englisch=indischen Regierung gegenüber für diesen Mann verantwortlich ist. Deshalb muß sie wachen, daß der Gefangene für sein Vergehen ein gerechtes Urteil erhält!"

„Solche Umstände machen sich nur die Europäer! Früher hätte man den Gefangenen sofort — —," er stockte und blickte verlegen nieder.

„...sofort gebraten und aufgegessen!" beendigte ich lachend.

„Auch das," nickte der Fürst. „Es ist besser, die Feinde dienen uns zur Nahrung, als daß sie uns selbst auffressen!"

„Wir sind doch keine Kannibalen!" lachte van Traffen, der bis dahin still in einem Winkel gesessen und sich an der Unterhaltung nicht be= teiligt hatte.

Der Radscha fuhr auf. „Was wissen die Europäer von den Kanni= balen? Menschenfleisch schmeckt zart und gut, viel besser als das un= reine Fleisch von den Schmutztieren, den Schweinen. Deshalb hat Mohammed das Verspeisen der Schweine verboten. Ein Verbot des Menschenfleischessens steht nicht im Koran!"

„Demnach haben Hoheit auch schon Menschenfleisch gegessen?" fragte van Traffen.

„In meiner Jugend einmal. Aber ich erinnere mich nicht mehr. Der Genuß wird von den weißen Männern verfolgt, deshalb ist er auch bei mir verboten. Wir haben andere Gewohnheiten angenommen!"

„Und es ist gut so, Hoheit. Was würde das werden, wenn wir uns gegenseitig auffressen würden?"

„Es würden weniger unnütze Menschen von den Tieren und den Würmern in der Erde gefressen werden. Aber Touwan Kommandant, ich möchte den Fremdling sehen! Laßt ihn mir vorführen!"

Ich zögerte. Dann aber trat ich an die Balustrade der Veranda und gab den draußen stehenden Polizeisoldaten den Befehl, den Gefan= genen vorzuführen.

Tjitro, Soko und das Gefolge des Fürsten standen oder lagerten im Garten vor dem Hause und spitzten jetzt die Ohren, als sie meinen Befehl vernahmen. Die ganz Neugierigen liefen sogar den Soldaten nach oder warteten vor der Station auf das Erscheinen des Gefangenen.

Bald kehrten die Soldaten mit dem Gefangenen, den sie an einer Kette führten, zurück, und das neugierige Gefolge bildete schnell eine Gasse, um den Transport durchzulassen.

Der Tamule (volkstümlich: Tamule, richtiger Tamile) schritt aufrecht, ohne sich um die gaffende Menge zu kümmern. Es lag etwas Stolzes und Selbstbewußtes in der Haltung dieses schwarzen Riesen, dem man auch ohne die reiche, malerische Kleidung glaubte, daß er zu der vornehmen Kaste gehörte. Das schwarze Gesicht war wie Ebenholz, und das mit Pflanzenöl getränkte lange Haar lag angeklebt auf dem dicken, mächtigen Schädel, während die kräftige, wohlgeformte Hand mit dem Gürtel und den Quasten seines Kleides spielte. Fest und sicher schritt er aus, und die Treppe meines Hauses knarrte unter seinen wuchtigen Tritten. Jetzt stand er oben in der Mitte der Veranda hochaufgerichtet, und die Ketten, die seine Arme umschnürten und deren Enden die beiden Polizeisoldaten in den Händen hielten, klirrten leise.

Der Radscha hatte sich an den Streckstuhl zurückgezogen und sich aufrecht auf ihn gesetzt. Ich stellte mich halb zum Schutz zwischen ihn und den Gefangenen und sagte dringlich: „Nun? Hast du keinen Gruß? Hat dein steifer Nacken nicht gelernt, sich zu beugen?"

Der Gefangene stierte mich, dann den Fürsten an, seufzte schwer, aber antwortete nicht.

„Willst du dich beugen?" schrie ich böse.

„Tida! Nein! Ich beuge mich vor Allah, nicht aber vor Ungläubigen!" Trotzig, hart klangen seine Worte.

„So werde ich dich Gehorsam und Ehrfurcht vor der Obrigkeit dieses Landes lehren!" Auf einen Wink von mir faßten die Polizeisoldaten seinen Kopf und drückten ihn in die Beuge.

Der Angriff der Soldaten war überraschend und nur deshalb gelungen. Voll Wut richtete sich der Tamule auf, und seine mächtigen
Schultern warfen mit Wucht die beiden Soldaten links und rechts
zur Seite. Dann schüttelte er die Ketten und versuchte sie zu sprengen.

„Touwan Kommandant!" schrien die erregten Soldaten. „Befehlt
die Bastonade!"

„Diam!" donnerte ich. „Ihr habt zu schweigen!"

Die Soldaten duckten sich, warfen aber dem Gefangenen einen tücki-
schen Blick zu, der nichts Gutes verraten ließ.

Ich wandte mich wieder an den Gefangenen. „Willst du immer
noch verschweigen, wer du bist, wie du heißt?"

„Ihr dürft mich Hassan nennen, doch heiße ich nicht so!"

„Und warum willst du deinen richtigen Namen verschweigen?"

„Allah, Mohammed und der Prophet Kanaro kennen meinen Namen. Fragt sie, vielleicht erhaltet Ihr Antwort. Vielleicht erzählen
sie Euch auch, daß ich ein Fürst, ein Häuptling bin, wie der Tounkoe,
der Herr dieses Landes. Ich habe Macht, Reichtum und Ehren abgelegt, um Allah zu dienen und dem Propheten zu folgen. Mein Leben
gehört ihnen und der Mission, die ich zu erfüllen habe!"

„Ein Schurke bist du!" quietschte der Radscha. „Ein Betrüger und
ein Mörder, aber nicht ein Fürst!" Der kleine, dunkle Herr war außer
sich, und seine Hand umklammerte den Dolch, der in seinem Gürtel
steckte. „Danke Allah und dem Propheten, daß du in die Hände eines
Europäers, eines Ungläubigen gefallen bist, wärest du auf meinem
Schiff gefangen worden, so hätte ich dich massakrieren lassen!"

Wie ein verwundeter Tiger brüllte der Gefangene auf. Der Schrei
war so furchtbar, stöhnend, gurgelnd und dumpf, daß wir alle erschüttert zurückwichen. Auch der Radscha flüchtete hinter seinen Stuhl, als
der Riese jetzt wieder die Ketten schüttelte und mit Blut unterlaufen
Augen ihn anstierte. „Oh, wäre ich frei! Ich würde dich, den vom
Propheten Entthronten, in Stücke reißen!"

Es hatte etwas Tragikomisches, als darauf der Radscha hinter seinem

Stuhl sich aufrichtete und mit seiner fetten Stimme quietschte: „Ich fürchte dich nicht, du frecher Bursche, wage nicht, auch nur in Gedanken mich anzutasten!"

Die mächtige Gestalt des Gefangenen zitterte vor ohnmächtiger Wut, um so mehr, als auf meinen Ruf mehrere Soldaten heraufgestürzt kamen, den Tamulen umringten und noch mehr fesselten, so daß er selbst die Unterarme und Hände nicht mehr bewegen konnte. Nur zitternd gurgelte er: „So viele gegen einen Wehrlosen!" Dann sah er mich überwunden, bittend an: „Touwan Kommandant!" ächzte er: „Man erzählte, daß auch Europäer, Ungläubige, ein Herz im Körper haben?"

Mich traf dieser Appell an meine Großmut, und ich erwiderte freundlicher: „Wenn du mir versprichst, bescheiden zu sein und nicht frech den Fürsten zu beleidigen, so will ich deine Fesseln lockern!"

Der Gefangene neigte das Haupt ergeben. „Nehmt sie mir ab, befreit mich, und ich will Euch gehorchen, wie ein Hund seinem Herrn!"

Ich trat an den Gefangenen heran und sah ihm in das Auge. „Darf ich dir vertrauen, Hassan?"

„Beim Barte des Propheten, Herr!"

Nun öffnete ich selbst die Ketten. „Ich glaube dir, Hassan!" Und zum Entsetzen des Radscha, Traffens und der Polizeisoldaten löste ich die letzte Kette, und der Gefangene stand frei vor mir.

Er schüttelte sich, bewegte die Arme, dann stürzte er mir zu Füßen und küßte meine Hand: „Touwan Kommandant, ich danke Euch!"

Es war ein gewagtes Spiel, das ich trieb, und ich weiß auch heute noch nicht, was mich damals veranlaßte, dem Riesen die Fesseln abzunehmen. Eher, sollte ich meinen, hätte ich ihn viel schärfer binden und wehrloser machen sollen. Nach dem heftigen Auftritt mit dem Radscha lag doch die Gefahr nahe, daß er sich sofort auf den Fürsten werfen würde, um Rache für dessen Herausforderung zu nehmen. Aber der Gefangene mußte den richtigen Ton gefunden haben, der mich bewegt hatte, und dann habe ich von jeher ein inniges Mitleid mit einem besiegten Feinde gehabt. Es ist mir im Leben oft vorgekommen,

daß ich den geschlagenen Feind wieder aufgerichtet, seine Wunden verbunden, ihn getröstet und ihm geholfen habe. Und wenn ich auch nicht
immer Dank dafür geerntet, so habe ich doch eine wunderbare innere
Genugtuung empfunden, die mich glücklicher als jeder Dank machte.

Traffen war entsetzt zu dem Radscha geeilt, gleichsam als wolle er
ihn vor dem Gefangenen schützen, und auch die Polizeisoldaten waren
erschrocken zurückgewichen. So stand ich mit dem Indier allein, ohne
jeden Beistand.

„Steh auf, Haffan!" sagte ich freundlich.

Der Gefangene gehorchte sofort und stand vor mir mit gebeugtem
Nacken. Mein freundliches Wort war stärker als die rohe, brutale Gewalt der Soldaten. Wie ein geprügeltes Kind, das Besserung gelobt,
so stand dieser Riese vor mir.

„Haffan, willst du mir jetzt gestehen, was du gegen den Radscha
gestern unternehmen wolltest? Wolltest du seinen Tod?"

Ein Stöhnen entrang sich seiner Brust. „Herr," ächzte er, „ich habe
einen heiligen Schwur getan, ich muß schweigen!"

„Hat Kanaro diesen Schwur verlangt?"

„Vielleicht!" Er wand sich förmlich vor Ratlosigkeit. „Vielleicht er,
vielleicht ein anderer, ich muß schweigen!"

„Überlege dir, ob du es mir nicht dennoch anvertrauen kannst. Du
kämpfst für dein Leben, Haffan!"

„Mein Leben gehört dem Propheten, Herr! Ich fürchte nicht den
Tod!"

„Schade, Haffan! Ich wollte dich retten, dir helfen!"

„Ich danke Euch, Herr!" Wieder beugte er den starken Nacken.
„Herr, ich will für Euch beten!"

„Tu's auch für dich, Haffan! Allah möge dich erleuchten! Und nun
geh in deine Zelle, versuche nicht zu fliehen! Du versprichst mir das?"

„Ja, Herr!"

„Und morgen werde ich dich wieder holen lassen, Haffan. Vielleicht
bist du bis morgen anderen Sinnes geworden?"

„Vielleicht, Herr! Wenn ein Wunder geschieht. Aber Kanaro wird kommen! Kanaro wird mich befreien!"

Diese felsenfeste Zuversicht erschütterte mich. „Kanaro?" fragte ich erstaunt. „Wie soll Kanaro wissen, wo du bist?"

„Kennt Ihr Kanaro nicht, Herr? Wißt Ihr nicht, daß Kanaro ewig gelebt hat und alles weiß? Ich weiß, Kanaro, der Prophet verläßt mich nicht! Und er findet mich, auch wenn Ihr mich am Ende der Welt verstecken würdet!"

Ich schwieg, wandte mich ab und winkte den Soldaten, die sofort den Gefangenen umringten. „Bewacht ihn scharf, aber behandelt ihn gut! Verstanden?"

Die Soldaten salutierten: „Saya, Touwan Kommandant!" Dann nahmen sie Haffan in ihre Mitte und führten ihn ohne Feffeln die Treppe hinab.

Ich sah ihm nach, bis die hohe, vornehme Gestalt in die Station eingetreten und verschwunden war, und mein Amt lag wie eine schwere Last auf mir. Ich fühlte, daß dort ein Unschuldiger für einen eitlen, fanatischen Priester litt, und ich fluchte meinem Amt, daß ich dem Unglücklichen nicht helfen konnte.

Der Radscha hatte sich ganz erschöpft wieder auf den Faulenzer geworfen und wedelte sich heftig mit dem kleinen Fächer Kühlung zu. Noch nie war er mir so widerlich als jetzt, wo ich noch das Bild des Tamulen im Auge hatte.

„Ihr seht, Touwan Kommandant, auch mit Güte könnt Ihr nichts solchem Verbrecher entlocken!" Er lachte geringschätzig. „Aber, Touwan Kommandant, Ihr habt viel Mut!"

„Ich habe auch den Euren bewundert, Hoheit! Ihr habt dem Mann Dinge gesagt, die kein Mensch sich gefallen ließe, außer vielleicht Tjitro und Soko, die Blitzableiter fürstlicher Launen." (Das Letztere sagte ich, mich lachend an van Traffen wendend, in deutscher Sprache.)

Traffen lachte herzlich und meinte in malaiischer Sprache: „Ja, Hoheit zeigte einen fabelhaften Mut."

Der Radscha blähte sich vor Stolz.

Ich nickte: „Wirklich, wirklich fabelhaft! Aber nur solange der Gefangene gefesselt war!"

„Und auch dann noch mit dem nötigen Abstand!" lachte van Traffen, der nun ganz übermütig wurde.

„Natürlich," nickte der Fürst. „Der Mann ist gräßlich stark. Wie leicht hätte er mir meine Fingernägel abbrechen können!"

„Und das wäre doch jammerschade gewesen!" ironisierte van Traffen.

„Sicher, sicher," erwiderte der Radscha lebhaft, „selbst der Maharadscha in Deli hat nicht so lange Fingernägel wie ich! Tjitro und Soko sagten: ‚Der große Tounkoe in Bila ist viel vornehmer, als der Sultan in Deli!'"

„Saya, saya!" nickte ich ungeduldig. „Soko und Tjitro werden das wohl auch am besten beurteilen können. Aber Hoheit, wir sind nicht beisammen, um über die schönsten Fingernägel zu streiten, sondern wir müssen beraten, welche Schritte wir unternehmen wollen, um Eure Hoheit zu schützen! Die Sicherheit Eurer Hoheit ist augenblicklich von höchster Wichtigkeit!"

Der Fürst nickte lebhaft.

„Gut!" fuhr ich fort, „dann also zur Sache! Ich habe mir überlegt, daß gegenwärtig die Sicherheit Eurer Hoheit in Negri-Lama nicht gewährleistet ist. Die Leibwache Eurer Hoheit mag zum Teil für den Schutz Eurer Hoheit besorgt sein, aber es sind darunter auch einige, die fanatisch dem Propheten Kanaro anhängen und gerne ihm als Werkzeug dienen, um Eure Hoheit zu vernichten. Aber auch sonst wimmelt die kleine Residenz Eurer Hoheit von Spionen, Malaien, Javanen, ja selbst Chinesen. Tjitro und Soko sind auch nicht zuverlässige Männer. Sie sind wie Moskiten und fliegen immer dahin, wo es die beste Blutnahrung gibt. Deshalb müssen Eure Hoheit für einige Tage wenigstens außer Landes!"

Der Fürst schrie erschreckt auf: „Außer Landes? Ich soll fort?"

„Für einige Tage wenigstens, bis der Sturm sich gelegt hat!"

„Oh, oh, man wird mich draußen früher morden, als im eigenen Lande!"

„Tida!" erwiderte ich, „Eure Hoheit reisen unter meinem und meiner Polizeisoldaten Schutz!"

„Ah — dann!"

„Ich muß nach Singapore, habe dort Chinesenkulis für die Pflanzungen anzuwerben. Eure Hoheit werden mich mit einem ganz bescheidenen, kleinen Gefolge begleiten. Meinetwegen dürfen auch die unvermeidlichen Tjitro und Soko mitkommen, für die ich persönlich zwar nichts übrig habe, die aber Eurer Hoheit am Herzen liegen!"

„Ah, das ist gut!" sagte der Fürst vergnügt. „Sie dürfen mit, ich bin nicht allein!"

„Ja, sie dürfen mit, aber ich werde ihnen verdammt auf die Finger sehen! Die beiden Herren sind auch notwendig, um den äußeren Glanz Eurer Hoheit beim Empfang der malaiischen Notabeln in Singapore, oder schon vorher an Bord unseres Schiffes zu erhöhen."

„O ja, ich werde sie empfangen und meine Ankunft vorher mitteilen!"

„Ich bitte darum, Hoheit! In unserem Falle liegt mir besonders daran, daß die malaiischen Würdenträger Eure Hoheit mit ganz besonderem Respekt empfangen!"

„Wie klug Ihr seid, Touwan Kommandant! Ich wünschte, der Touwan Kommandant wäre mein Minister!"

„Keine Redensarten, Hoheit!" erwiderte ich sehr bestimmt, „ich handele lediglich im Interesse meiner Regierung, und dazu gehört, daß Eure Hoheit geschützt werden! Ich nehme den Kampf mit Kanaro auf, welche gewaltige Macht jener Mann auch besitzen möge, und es reizt mich, ihn mit meiner winzigen Macht zu besiegen! Aber ich bitte Eure Hoheit, von heute ab nichts zu unternehmen, wovon ich nicht zum mindesten unterrichtet bin. Besser wäre es aber, Eure Hoheit würden sich meinen Anordnungen und Wünschen unbedingt fügen!"

„Oh, oh, ich werde nicht wieder widersprechen, sondern nur das tun und anordnen, was der große Kommandant von Bila, meinem

Lande, bestimmt! Ich fühle mich unter dem Schutz des Touwan Kommandanten sicher und geborgen. Ich fürchte dann nichts mehr auf der Welt!"

„Eure Hoheit bleiben Radscha, trotzdem Prinz Ristra mein guter Freund ist, trotzdem ich die furchtbare Macht des Propheten Kanaro kenne, trotzdem und gerade deshalb!"

„Schade, daß ich nicht so stark bin, wie Sie, Touwan Kommandant."

„Selbsterkenntnis ist ein Schritt zur Besserung, Hoheit! Ich hoffe, Eure Hoheit werden aus der Not lernen!"

Der Fürst stand auf, legte sein Haupt an meine Brust und sagte: „Ich höre darin viel Gutes schlagen, das ich bisher nicht gekannt habe! Touwan Kommandant, bleiben Sie mein Freund, ich will geduldig lernen! Ich zerbreche, wenn Touwan Kommandant mich verläßt!" Er weinte.

Auch van Traffen war bewegt wieder aufgestanden, trat an die Balustrade der Veranda und blickte hinaus.

Dumpf kündete die Uhr die zweite Stunde nach dem Mittag an. Dröhnend klang der Gong der Polizeistation und mahnte die Arbeiter der Pflanzung zur Pflicht, zum Wiederbeginn des Frondienstes!

Ich erschrak! „Tounkoe Buso," flüsterte ich. „Ihr müßt fort! Kanaro und Prinz Ristra kommen! Ihr dürft nicht zugegen sein!"

„Meine Feinde? Und Touwan Kommandant, Ihr werdet so stark bleiben, wie ich Euch kenne?"

Ich drückte dem Radscha die Hand. „Ich werde!"

Der Radscha setzte eine kleine silberne Pfeife an die Lippen, und auf seinen Pfiff tauchten die vielen Knaben und Männer seines Gefolges auf, die sich im Garten aufgehalten hatten. „Wir reisen!" schrie der Fürst in den höchsten Tönen seiner Fistelstimme.

„Wir reisen," echoten die Minister Tjitro und Soko, die eiligst herbeigeeilt kamen.

Der Ruf pflanzte sich weiter bis zum Schiff, das nun schnell einen dröhnenden Ruf ertönen ließ!

Die Wache trat ins Gewehr und präsentierte, als ich dem Radscha zum Schiff das Geleit gab. Die Trommel wirbelte, und er dankte grinsend und erfreut.

Traffen kam mit Tjitro und Soko hinterher in lebhaftem Gespräch. Natürlich waren die Herren begeistert von der beabsichtigten Reise nach Singapore und berichteten Traffen Schaudermärchen, die sie dort erlebt haben wollten.

Ich führte den Radscha an Bord, und sein Gefolge schwärmte hinterher und überflutete bald das Deck. Noch ein Händedruck, und Traffen und ich stiegen zurück auf die Landungsbrücke. Ein dröhnender Ruf des Schiffes, ein Winken hin und her, und das Stöhnen der Maschinen, das Rauschen der Räder setzte ein. Schaumwellen schlugen gegen die Balken der Landungsbrücke, langsam bewegte sich die Launch, um bald aus der Sehweite an der Biegung des Flusses zu verschwinden.

Wir Europäer kehrten in mein Haus zurück. Ich war reichlich abgespannt nach all den Aufregungen, die der Besuch des Radscha mit sich gebracht hatte, und warf mich müde auf den Faulenzer. Auch van Traffen streckte sich aufatmend auf einen bequemen Stuhl. Wir dösten und sprachen kein Wort.

Nach kurzer Weile öffneten meine Diener die Türen zu der Speiseveranda und meldeten: „Makan! (Essen)." Wir erhoben uns ächzend und schritten in die anliegende Veranda, um das Frühstück (Mittag), den täglichen Reis mit Currysauce und Hühnerfleischzutaten, einzunehmen.

Im Gebälk meines Hauses bewegte sich meine Hausschlange, eine Phyton, die genau das Klappern der Teller kannte und gerne, besonders am Abend, zu den Mahlzeiten erschien, um mitzumachen. Am grellen Tage verließ sie nicht ihr dunkles Lager. Hitze und Licht waren ihr hinderlich, aber sie bewegte sich unruhig auch bei den Tagesmahlzeiten, um anzukünden, daß sie über alles genau im Bilde sei.

„Dein Lindwurm wird unruhig!" lachte van Traffen und faltete die

Serviette auseinander. „Fräulein Klara (so wurde die Schlange genannt) ist doch verdammt eifersüchtig auf ihren Herrn und Gebieter!"

Ich antwortete nicht und löffelte den Reis, den die Diener herum-
reichten. Ich hatte Wichtigeres zu tun, als an das Wohl meiner Hausschlange zu denken! Da ich auch nichts anderes sprach, merkte van
Traffen, daß ich Ruhe haben wollte und schwieg auch. Deshalb ver-
lief das Mahl eintönig und stumpfsinnig. In der Wohnveranda wurde
der Kaffee serviert, wir begaben uns wieder nach vorn, um das auf-
peitschende Getränk zu genießen und bei einer Zigarre, faul ausgestreckt, zu dösen, Mittagsruhe zu halten.

Aber nicht lange durfte ich mich dem süßen Nichtstun hingeben;
plötzlich ratterte das Telephon wie besessen und rüttelte uns das bißchen Schlaf aus den Augen. Während ich ganz apathisch liegen blieb,
sprang der Holländer fluchend auf. „Teufel auch! Nicht mal eine
Stunde Ruhe lassen sie einem!" Dann eilte er an den Apparat und
nahm den Hörer: „Hallo, hier Tenang-Estate, wer dort? — Nein,
hier ist Leutnant van Traffen! — Aha! — Sehr wohl, Mynheer Kontrolleur, ich werde das dem Kapitän berichten! — Well! — Wie
Mynheer Kontrolleur befehlen! — Well! Well! — Danke ergebenst.
Auf Wiedersehen!" Traffen hing den Hörer an und holte tief Atem:
„Also, der Kontrolleur aus Laboean-Batoe hat angerufen!"

„Aha! Dann ist mein Bote eingetroffen?"

„Tja! Deinen Bericht hat er auch gelesen, und er dankt für die Aus-
führlichkeit. Aber, er könnte zu der Sache selbst augenblicklich noch
keine Stellung nehmen, weil er zunächst die Befehle des Residenten
abwarten möchte. Er dankt dir, daß du gleich selbst einen Bericht an
den Residenten gesandt hast, das vereinfacht das Verfahren, und für
ihn erübrigt es sich, noch einmal an den Residenten zu schreiben. Die
Antwort müßte also erst abgewartet werden."

„Hm! Die Hauptsache: Was soll ich tun?"

„Du möchtest nach Lage der Sache handeln und so handeln, wie es
sich mit dem Standpunkt der Regierung vereinigen läßt. Den Stand-

punkt kennst du genau so gut wie er selbst. Wenn du es für nützlich hältst, den Kanaro von der Ostküste zu entfernen, so steht dem, besonders für den Distrikt Bila, nichts im Wege. Möglichst möchtest du aber Unruhen vermeiden, dem Prinzen Ristra eins auf den Kopf geben und den Radscha unter allen Umständen schützen."

Ich. lachte: „Und die Verantwortung muß ich allein tragen! Ich kenne die bequeme Art schon. Was soll nun mit dem Gefangenen geschehen?"

„Vorläufig soll er bei dir in Haft bleiben, bis der Resident darüber bestimmt hat, und es ist möglich, daß eine Verfügung darüber längere Zeit brauchen wird, weil der Resident auf Reisen ist, und die amtlichen Dinge ihm nachgesandt werden müssen."

„Also," lachte ich, „dann kann ich ungefähr zwei Monate darauf warten! Nun, ich sehe schon. Wie immer, so muß ich auch jetzt mir allein helfen! Aus diesem Grunde habe ich dich mit ihm telephonisch sprechen lassen, damit du mir später als Zeuge dienen kannst. Himmeldonnerwetter! Man kann verrückt werden!" Ich sprang auf und schritt erregt auf und nieder. Allmählich wurde ich ruhiger, und mich packte ein Gedanke, der zwar absurd war, aber mit einem Schlage die Lage klären konnte.

„Traffen! Du mußt mir helfen!" sagte ich sinnend und blieb vor dem Holländer stehen.

Bereitwillig sprang er auf. „Gerne! Aber wie?"

Ich zögerte. „Sieh mal, Traffen," sagte ich langsam und überredend, „hier, diese Kolonien sind doch eigentlich auch dein Vaterland, denn die Erde ist niederländisch und hoch darüber wehen die holländischen Farben. Du siehst täglich deine Heimatfarben, und draußen, vor meiner Türe selbst, erblickst du die rot-weiß-blaue Fahne!"

„Das ist eine lange Vorrede. Du willst sicher etwas Ungeheuerliches?"

„Ja," erwiderte ich, „ich will etwas Ungeheuerliches! Zuerst schwöre mir beim Andenken dieser herrlichen Farben, daß das, was wir jetzt besprechen, ein Geheimnis bleibt!"

90

„Ich schwöre dir unbedingt. Ich schwöre dir auf die Farben meines Vaterlandes!" Er reichte mir die Hand, in die ich fest einschlug.

„Gut! Ich danke dir! Und nun höre. Ich verlange von dir, daß du — einmal im Leben — ein — ein Taschendieb wirst!"

Er prallte zurück, starrte mich an, als ob ich den Verstand verloren hätte. „Ich — ich soll — ein Taschendieb werden?"

„Ja," nickte ich. „Nur einmal im Leben! — Du sollst dem Prinzen Ristra — das rote Kästchen aus der Tasche seiner Jacke stehlen — und mir bringen!"

„Ha! Das rote Kästchen, den blödsinnigen Zauber, um den sich hier alles dreht?"

„Ja, dieses Kästchen! Damit würdest du deinem Vaterlande einen Dienst tun. Denn sobald ich im Besitz des Kästchens bin, ist Kanaro und Prinz Ristra geschlagen, und ihre Ansprüche nur noch eine Anekdote!"

Trassen dachte nach. „Hm! Ich weiß nur nicht, wie ich das bewerkstelligen soll? Ich fürchte mich vor meiner Ungeschicklichkeit. Denke, wenn ich ertappt werde? Ich bin erledigt für alle Zeiten!"

„Ich decke dich in diesem Falle, du darfst dich darauf verlassen! Dem Gouverneur, Residenten und Kontrolleur gegenüber entbinde ich dich außerdem in der äußersten Not deines Schwures!"

„Meinetwegen denn!" seufzte Trassen. „Ich sehe aber schließlich selbst ein, daß das die beste Lösung ist."

Ich nahm ein kleines Zigarettenkistchen vom Tisch. „Sieh mal, Trassen! Das rote Zauberkästchen ist ziemlich so groß wie dieses Zigarettenkistchen. Du schleichst dich, wenn ich den Prinzen in ein Gespräch verwickelt habe, leise an ihn heran, ziehst vorsichtig das rote Kästchen aus seiner weitoffenstehenden Jackettasche heraus und läßt das Zigarettenkistchen statt dessen hineingleiten. Da der Prinz genau dieselben Zigaretten raucht und demzufolge Dutzende von solchen Kistchen zu Hause liegen hat, wird er glauben, daß er sich vergriffen hat, und das Zauberkästchen zu Hause liegt."

„Das haft du dir gut ausgedacht!" lachte van Traffen. „Wenn aber — —"

Er wurde unterbrochen durch den dröhnenden Ruf einer Steamlaunch. Und als auch gleich der Gong der Polizeiftation ertönte, wußten wir, daß die Launch des Thronfolgers nahte. Wir begaben uns daher eilig auf die Landungsbrücke, um den Ankömmling zu begrüßen.

„Wenn aber," flüfterte Traffen mir zu, „das Käftchen fich in einer anderen Tafche befindet?"

„Ausgeschloffen!" erwiderte ich. „Nur in der linken oder rechten Jackettafche. In anderen Tafchen hat das Ding keinen Platz!"

Die Steamlaunch des Prinzen raufchte heran und hatte fogar mir zu Ehren die deutfche Flagge gehißt. „Aha," dachte ich, „er will mich in guter Laune finden und kennt meine Schwäche für meine Heimatsfarben." Nun, ich freute mich wirklich über diefe Aufmerkfamkeit.

„Tabé, Touwan Hartenau!" rief der Thronfolger, der fich dicht an die Bordwand begab und lebhaft grüßte.

„Tabé, Tounkoe Riftra!" erwiderte ich herzlich und fchwenkte meinen Pflanzerhut. „Willkommen!"

Das Schiff legte an, und leicht und elaftifch fprang der Prinz auf die Brücke, fchüttelte mir und Traffen die Hände und faßte rechts und links mit gewinnender Herzlichkeit unfere Arme, um fich von uns führen zu laffen. Sein Gefolge beftand nur aus vier Perfonen, zwei jüngeren Brüdern und zwei älteren vornehmen Malaien. Nachdem ich auch diefe Herren begrüßt hatte, fchritten wir über die Landungsbrücke, an der Polizeiftation vorbei, meinem Haufe zu. Wie üblich wirbelte die Trommel und die Wache präfentierte das Gewehr.

Auf der Veranda angelangt, füllte der Prinz fofort ein Glas Limonade und goß es durftig hinunter. Dann atmete er auf, warf fich erfrifcht auf den Faulenzer und ftreckte fich behaglich. Auch die anderen Herren löfchten erft ihren brennenden Durft, ehe fie fich auf Stühlen und Faulenzern niederließen.

„Ich wäre fchon früher eingetroffen, wenn meine Launch nicht unter wegs auf eine Sandbank geraten wäre. Ein ganz dickes Krokodilnest stöberten wir auf. Verdammte Biester, sie machen sich breit und sind eine Gefahr für die Leute, die am Ufer wohnen."

„Wir müssen sie mal durch eine regelrechte Jagd vertreiben!" erwiderte ich. „Die Bestien werden zu dreist. Mir wurde vor einigen Tagen gemeldet, daß sie ein Kind des Holzfällers Koeva, der am Fluß sein kleines Haus hat, aufgefressen haben. Ich habe schon längst beschlossen, den Biestern auf den Schlangenleib zu rücken!"

Der Prinz nickte: „Ja, es ist eine Last. Tiger, Schlangen, Krokodile, wir könnten sie gerne hier entbehren. Aber das Pack muß verfolgt, rücksichtslos ausgerottet werden!" Er öffnete jetzt seine Jacke und fächelte sich die erhitzte Brust.

Ich blickte suchend nach den Taschen des Jacketts, gewahrte sie und bemerkte auch, daß die rechte Tasche, die durch das Öffnen der Jacke über den Rand des Streckstuhls hing, einen dicken Gegenstand beherbergte. Ich gab Trassen, der schon vorher immer wie eine Katze um den Prinzen herumgeschlichen war, ein Zeichen. Doch zuckte er leise, den Kopf schüttelnd, die Schulter. Die Zeit schien nicht günstig, auch saßen die anderen Herren herum, die den Raub sicher bemerken würden.

Die Diener erschienen, servierten den üblichen Tee und reichten Zigaretten. Wir tranken und rauchten. Dann plötzlich wandte der Prinz sich an seine Begleiter und sagte in halb befehlendem Tone: „Ich möchte mit den Touwans beraten und allein sein!"

Sofort erhoben sich die Herren und schritten die Treppe hinab in den Garten.

Trassen lachte heimlich und gab auch den Dienern ein Zeichen, sich zu entfernen. Geräuschlos verließen auch sie darauf die Veranda.

„Kapitän!" fing der Prinz die Unterhaltung an. „Ich habe Kanaro getroffen, er sagte mir, daß er Euch besuchen wolle."

„Ja, er teilte mir seinen Entschluß schon telephonisch mit. Doch wüßte ich nicht, wie ich diese Aufmerksamkeit verdiene und was ich amtlich mit ihm zu verhandeln habe?"

„Ihr seid mein Freund, Touwan Hartenau, und ich kann aus diesem
Grunde Euch vertrauen. Kanaro besteht darauf, daß mein Bruder ent=
thront wird und ich die Herrschaft antrete. Nach den Überlieferungen
unseres Hauses erbt stets das älteste Mitglied der Familie die Macht.
Und nach dem Tounkoe Buso bin ich der Älteste!"

„Nach dem Tounkoe Buso, Prinz Riftra! Solange aber der Radscha
lebt, nicht! Der Radscha ist anerkannt von der niederländisch=indischen
Regierung."

„Auch von den Prinzen und dem Volke," erwiderte der Thron=
folger. „Doch ist die Anerkennung unwirksam, sobald der Radscha
überlieferte Bestimmungen des Hauses nicht erfüllt. In diesem Falle
hat er abzudanken!"

„Wenn er will! Zwingen kann ihn niemand dazu."

„Doch, wir, die Prinzen, die Geistlichkeit, das Volk!"

Traffen war währenddessen leise hinter den Stuhl des Prinzen ge=
treten, und als der Prinz bei seiner Erklärung heftig mit den Armen
fuchtelte, war blitzschnell die Verwandlung geschehen, und aus dem
roten Zauberkästchen war ein Zigarettenkistchen geworden. Ich schwitzte
Blut, aber Traffen hatte sich geschickter benommen, als ich glaubte.
Er streifte mich mit triumphierendem Blick, schlich leise auf seinen
Stuhl zurück, erhob sich darauf laut und geräuschvoll und schritt mit
wuchtigen Schritten in mein Schlafzimmer. Es war geschehen, ich
atmete auf!

„Und welche Bestimmung soll der Radscha nicht erfüllt haben,
Prinz?" — „Sie ist Ihnen, Touwan Kommandant, bekannt!"

„Prinz!" mahnte ich ernst, „Ihr wollt doch nicht etwa wirklich an
den Unsinn, an das rote Kästchen glauben? Ihr seid doch ein aufge=
klärter Herr, lange in Holland gewesen und habt sogar dort als Offi=
zier Dienste getan. Von Euch kann man doch verlangen, daß Ihr
Euch nicht auf ein Märchen stützt?"

„Ihr seid ein Europäer und kennt nicht die Zauberkräfte unseres Lan=
des. Ich bin groß geworden darin und habe viele Beispiele und Be=

weise erfahren! Unsere Natur ist gewaltiger und geheimnisvoller, als die kalte Zone in Europa, und unter uns Kindern der Sonne gibt es viele von Gott Bevorzugte, die verstehen, die geheimnisvollen, gewaltigen Kräfte zu bannen und sich dienstbar zu machen. Das ist dann ein Zauber, der zum Guten oder Bösen ausgenutzt wird und vor dem wir uns vorsehen müssen."

Mir schwirrte der Kopf, und ich verstand nur, daß das alles der blühendste Blödsinn war. Doch wollte ich meinen Unglauben nicht merken lassen und womöglich den Prinzen böse machen.

„Ist das Telephon, der Telegraph vielleicht ein Märchen?" fragte der Prinz. „Ist es glaublich, daß wir uns von hier aus mit der ganzen Welt, mit Asien, Europa und Amerika unterhalten können, so als ob die fremden Menschen hier neben uns stehen? Es gibt keine Unmöglichkeiten und deshalb gibt es auch einen Zauber, den nur das Abendland verleugnet. Der Zauber des roten Kästchens hat sich hundert Jahre bewährt und kann nicht mit zwei Worten oder einem ungläubigen Lächeln zerstört werden!"

„Gut!" erwiderte ich. „Das ist Eure Meinung, und ich achte den Glauben anderer Menschen. Dann sagt mir aber, Prinz, was Ihr unternehmen wollt? Ihr spracht davon, daß Ihr den Großsultan, den Maharadscha in Deli um ein Urteil bitten wolltet? Glaubt Ihr, der Großherr wird Euch unbedingt glauben? Wird er nicht viel eher denken, daß Ihr Euch nur der Herrschaft Eures Bruders aus Eitelkeit bemächtigen wollt?"

Trassen war mittlerweile eingetreten, setzte sich wieder auf seinen Stuhl und feixte mich vergnügt an.

„Ich habe den Oberpriester Kanaro als Zeugen und kann dem Großherrn den Schlüssel und das Zauberkästchen zeigen. Zwölf Fürsten aus meinem Hause haben die Dinge hundert Jahre getragen, und rechtmäßig habe ich davon Besitz ergriffen, nachdem mein Bruder das Vermächtnis von sich gewiesen hat!" Liebevoll fuhr dabei seine Hand über das vermeintliche rote Kästchen in seiner Tasche. „Ich habe das

Erbe angetreten, und demzufolge bin ich der Herr dieses Landes, der Radscha von Bila und Negri-Lama!"

Mir war die ganze Geschichte zu dumm, und ich wußte auch im Augenblick nicht, was ich darauf erwidern sollte. Um aber überhaupt etwas zu sagen, meinte ich: „Tjitro und Soko sind auch Eurer Meinung, Prinz. Sie baten mich, Euch mitzuteilen, daß sie bereit seien, in Eure Dienste zu treten."

Der Prinz lachte. „Tjitro und Soko, die intimsten Diener meines Bruders. Da habt Ihr den besten Beweis, Touwan Kommandant! Wenn ich die Kerle auch nicht leiden kann, so freut es mich doch, daß sie zu dem rechtmäßigen Herrn halten! Dennoch, ich werde ihre Dienste nicht annehmen, und wenn ich sie in Gewalt bekomme, so werde ich sie hängen lassen!"

Van Trassen lachte hell auf.

„Ja," nickte ich, „die werden begeistert sein, wenn ich ihnen die Antwort bringe."

„Ich hasse die Verräter," fuhr der Prinz fort, „und kenne die Kerle genau. Schade um die Luft, die sie atmen. Den Strick verdienen die Binatangs (Taugenichtse) schon lange!" Wieder faßte der Prinz in die Tasche und seine Hand liebkoste und klopfte das Kästchen. Plötzlich sprang er entsetzt auf und riß das Kästchen aus der Tasche. „Allah und die Propheten!" schrie er außer sich und starrte wie blödsinnig auf unser Zigarettenkistchen, das seine Hand krampfhaft umklammert hielt.

Die Bombe war geplatzt! Ich wechselte mit dem Leutnant einen Blick und auch wir sprangen erschreckt (oder taten wenigstens so) von unseren Sitzen auf. „Prinz? Prinz Ristra, was fehlt Euch?" Ich umfaßte den fassungslosen Mann und führte ihn wieder an den Stuhl, auf dem er sich ganz gebrochen niederließ. Immer hielt er dabei das Zigarettenkistchen umklammert und starrte es wie ein Wunder an.

„Touwan Hartenau! Touwan van Trassen! Das rote Zauberkästchen —", er schluckte, „ist verschwunden!"

„Ach, Unsinn!" beruhigte ich ihn scheinheilig. „Habt Ihr das Kästchen denn bei Euch getragen?"

Er nickte ganz gebrochen. „Ich habe es auch für Augenblicke nicht
von mir gelegt und selbst in der Nacht fest an meinen Körper gebunden."

Der verdammte Trassen feixte wieder so unverschämt, und ich konnte
kaum das Lachen zurückhalten. Dennoch tat ich sehr bestürzt und versuchte zu trösten: „Vielleicht habt Ihr es zu Hause liegen gelassen,
oder mit der Zigarettenschachtel verwechselt?"

„Tida, tida! Nein —"

„Nun Prinz, dann glaube ich auch an Wunder!"

Da sprang der Verzweifelte plötzlich auf, wie sich besinnend, starrte
er wieder auf das Zigarettenkistchen. „Ich weiß! Oh, ich weiß! Wie
wir vorhin auf die Sandbank mit dem Schiff gerieten und wir lange
Aufenthalt hatten, reichte mir mein jüngerer Bruder — diese — ja
es war diese — diese Schachtel Zigaretten, und ich rauchte. Jawohl
ich rauchte — von diesen Zigaretten!"

Trassen und mir fiel ein Stein vom Herzen, und wir beide fingen
an, an Wunder zu glauben.

Der Prinz lief an die Balustrade der Veranda und rief hinunter in
den Garten: „Zaba! Zaba!"

Der junge Prinz kam angelaufen: „Saya, saya, Ristra?"

„Mari sama saya, Zaba!"

„Saya, saya, Ristra!" rief der Knabe zurück und kam die Treppe
hinauf. „Apa lu mau?" fragte er atemlos.

„Hast du mir auf der Sandbank, wo wir mit dem Schiff stecken
blieben, diese Schachtel Zigaretten gereicht?"

Der junge Prinz nickte: „Saya, saya, Ristra! Du nahmst daraus
eine Zigarette, hast geraucht und die Schachtel dann fortgeworfen!"

Erschreckt schrie der Prinz auf: „Fortgeworfen?"

„Saya, saya, fortgeworfen! Ich verstehe nicht, wie du dann dieselbe
Schachtel noch in der Hand halten kannst?"

Der Thronfolger knickte ganz zusammen. „Dann — dann habe ich — nicht die Zigaretten, sondern das — das rote Kästchen fortgeworfen!" Gebrochen starrte Ristra ins Leere.

Traffen und ich schworen auf das Wunder. Doch Traffen, der verdammte Europäer, feixte wieder so unverschämt.

„Ah, ah!" schrie Prinz Zaba. „Du hast das rote Kästchen dort fortgeworfen?"

Prinz Ristra nickte nur, ganz gebrochen. Dann aber ermannte er sich, „Schnell! Lakaß! Wir reisen sofort! Wir wollen zurück auf die Sandbank, suchen, suchen, Tag und Nacht! Ich muß das rote Kästchen wiederhaben!" Er schrie so laut, daß die Herren seiner Begleitung und einige Polizeisoldaten erschreckt angelaufen kamen.

Hastig nahm er von mir und Traffen Abschied und eilte mit seiner Begleitung die Treppe hinab über die Landungsbrücke auf das Schiff. Wir konnten kaum folgen.

Dröhnend tönte die Schiffspfeife, das Schiff bewegte sich und die Schraube warf Wellen. Noch ein „Tabé! Tabé!" hin und her, und die Launch stöhnte unter Volldampf davon.

Wir kehrten beide, wie das schlechte Gewissen, in mein Haus zurück und sprachen kein Wort. Erst nach langer Weile meinte der Leutnant: „Na, das haben wir wieder gutgemacht! Darauf wollen wir trinken!" Und der hartgesottene Sünder lachte und leerte ein großes Glas Absinth mit einem Zug. Nun, ich tat mit, betäubte mich und freute mich schließlich, durch das Verschwinden des verdammten, roten Kästchens Aufregung, Unruhe in der Bevölkerung und womöglich Mord und Totschlag vermieden zu haben. Natürlich wollte ich dem Gouverneur und dem Residenten später haarklein alles beichten. Aber augenblicklich mußten auch diese Herren in Unkenntnis darüber bleiben, damit sie unter Umständen nicht ihre Sicherheit dem Fürsten gegenüber verloren.

Die Sonne meinte es wieder sehr gut, und die Hitze war unerträglich, deshalb war es nicht auffällig, daß ich den Dienern jetzt den Be-

fehl gab, die großen Holzrouleaux, richtiger Holzkreas, in der Wohn-
veranda herabzulassen, um die brennenden Sonnenstrahlen abzuweh-
ren. In Wirklichkeit wollte ich aber nicht von den patrouillierenden
Polizeisoldaten oder von passierenden Leuten beobachtet werden, wenn
Trassen und ich das rote Kästchen auf den Inhalt untersuchten.
Niemand durfte ahnen, wo es geblieben war.

Nachdem also die Holzkreas heruntergelassen waren, holte Trassen
heimlich das rote Kästchen aus dem Versteck hervor, und ich befahl den
anwesenden Dienern, die Veranda zu verlassen.

„Nun, Trassen, stell' den verfluchten Zauberkasten mit der nötigen
Vorsicht hier auf das Tischchen. Wir wollen das Ding beäugen und
unsere Neugierde befriedigen."

„Wir wollen aber es möglichst so stellen, daß das Luder uns nicht
an die Nase springt!" lachte van Trassen.

„Natürlich, natürlich!" erwiderte ich. „Ich sagte ja schon, mit der
nötigen Vorsicht!"

Trassen zog das Kästchen aus der Tasche hervor und stellte es auf
ein kleines Tischchen, das wir in die Mitte der Veranda rückten.

Das Kästchen war genau dreizehn Zentimeter lang, fünf Zentimeter
hoch und sieben Zentimeter breit. Es war aus starkem, festem Holz
gearbeitet, hatte ein kunstvolles silbernes Schloß und ebensolche Be-
schläge. Zwischen den Beschlägen war eine dicke rote Farbe aufgetra-
gen, die wohl durch das Alter Sprünge zeigte. Auf dieser roten Unterlage standen noch dick aufgetragene merkwürdige arabische Schrift-
zeichen, die sicherlich nur ganz kluge Indier verstehen oder ent-
rätseln konnten.

„Tja," sagte ich sinnend. „Das Ding sieht hübsch und häßlich aus.
Es ist Geschmackssache! Unsere Forscher in Europa würden sich danach
die Finger lecken. Die Arbeit soll über 100 Jahre alt sein!"

„Wollen wir den Kasten nicht öffnen?" fragte Trassen neugierig.

„Wie willst du ihn öffnen? Prinz Ristra trägt den Schlüssel um
den Hals gebunden. Und das Schloß sieht mir gar nicht danach aus,

als ob es nachgeben würde, wenn wir versuchten, es mit Gewalt zu öffnen!"

Traffen holte einen alten, rostigen Säbel. „Ach," meinte er, „geben wir dem Luder eins auf den Kopf, vielleicht springt's auf oder zerbricht?"

Ich nickte. „Meinetwegen! Versuche es!" Ich stellte dabei den Kasten auf die Dielen, um eine feste Unterlage für die Wucht des Schlages zu haben. Dann trat ich zurück. „Nun los!"

Traffen schwang den langen, starken Säbel über sein Haupt und zielte. Dann ließ er ihn plötzlich mit mächtiger Kraft niedersausen, aber zugleich sprang er mit einem Schrei des Schreckens zurück, denn klirrend zersprang die gewaltige Klinge und schnellte in die Luft. Wäre er stehen geblieben, so wäre ihm die abgebrochene Klinge in das Gesicht geflogen und hätte ihn sicher schwer verletzt.

Wir waren darüber natürlich beide heftig erschrocken und näherten uns dem Kasten sehr vorsichtig. Nur von der Farbe war ein wenig abgesprungen, sonst stand der Kasten ganz unversehrt da. Von neuem beunruhigt waren wir indessen, als plötzlich im Kasten ein feines Klingen und Surren hörbar wurde. „Donnerwetter!" schrie ich entsetzt. „Zurück, Traffen! Das ist eine Höllenmaschine, die explodiert und reißt uns in Stücke!" Dabei zogen wir uns schleunigst bis an den äußersten Rand der Veranda zurück. Von dort aus blickten wir atemlos auf das Wunderkästchen und lauschten auf die Töne, die es von sich gab. Allmählich wurde das Geräusch leiser und verstummte endlich ganz.

Wir starrten uns erschrocken in die Augen. „Na, Traffen?" fragte ich stockend. „Möchtest du noch einmal den Versuch wagen?"

„Nicht für alles Geld und alle Radschas der Welt," erwiderte der Holländer bleich bis an die Lippen.

„Tja, irgendwas muß doch aber geschehen?"

Traffen nickte nachdenklich: „Ja, irgend etwas, aber was?"

„Aber was?" echote ich sinnend. Dann näherte ich mich wieder dem Kästchen, das nun harmlos wieder vor mir lag. Vorsichtig hob ich es vom Boden und legte es ans Ohr, aber nichts regte sich in seinem Innern. „Ich werde das furchtbare Ding nach Singapore mitnehmen und unterwegs ins Meer werfen!"

„Laß das aber niemand sehen. Vor allen Dingen verrate dich nicht dem Radscha, den du doch wohl mitnimmst?"

„Ja!" erwiderte ich. „Ich muß den Kannibalen für einige Tage nach Singapore bringen, damit die verdammte Geschichte mit dem Ober= priester etwas in Vergessenheit gerät. Das Kästchen werde ich solange in das Geheimfach meines Schreibtisches verstecken." Bei diesen Wor= ten schloß ich den Schreibtisch auf und ließ das rote Wunder darin verschwinden. Vorsichtig schloß ich wieder das Fach und steckte den Schlüssel zu mir.

„Du kannst den Schlüssel dir jetzt wie Prinz Riftra um den Hals binden und dich als Radscha von Negri=Lama ausrufen lassen!" lachte van Traffen. „Jedenfalls rücke ich mit meinem Stuhl von deinem Schreibtisch fort. Die Sache ist mir doch zu gefährlich, denn wenn die Höllenmaschine explodiert, dann fliege ich mit deinem Schreibtisch in die Luft."

„Male den Teufel nicht an die Wand. Dem Kasten traue ich nicht, der hat's in sich!"

Der Marschall Sodikromo stand plötzlich in militärischer Haltung am Eingang der Veranda.

„Apa lu mau. (Was willst du)?"

Der Marschall salutierte und meldete: „Touwan Kommandant, der Posten nach Westen ist abgelöst worden und meldet, daß in dem Fluß, auf dem Wege nach hier, eine fremde Steamlaunch sich umge= legt hat. Sie ist auf Grund gefahren."

Ich horchte auf: „Eine fremde Launch, sagte der Posten?"

„Saya, Touwan Kommandant! Es ist Ebbe, die Wasser laufen ab, und das Schiff kann nicht weiter."

„Hat denn der Posten nicht ausgekundschaftet, wem das Schiff ge= hört?"

„Er fah die Gestalt des Oberpriesters Kanaro an Bord. Auch einige fremde Indier, so große Männer wie der Gefangene."

„Aha! Dann gehört die Launch auch dem Kanaro, dem Mufti-besar! Ja, er hat sich angemeldet, und will zu mir!"

„Saya, Touwan Kommandant!"

Ich sah ihn prüfend an. „Sag' mal, Sodikromo, bist du dem Propheten Kanaro auch untertan?"

„Ich bin ein Hindu, Touwan Kommandant, und Kanaro ist ein Mohammedaner!"

„So liebst du ihn also nicht?"

„Ich hasse ihn, Touwan Kommandant! Alle Hindus hassen den Prahler!" — „Und wie viele meiner Polizeisoldaten hassen ihn?"

„Alle, Touwan-besar, außer fünf Soldaten! Aber die fünf Leute sind Mohammedaner und beten zum Zeichen des Propheten!"

Ich nickte. „Gut Sodikromo! Wenn du diese fünf Mann auf der Station hast, so sende sie sofort auf Posten tief ins Innere der Pflanzung. Sie müssen fort von hier. Dafür hole dir für den Stationsdienst fünf Hindusoldaten aus der Pflanzung! Verstanden?"

„Saya, Touwan Kommandant! Und befehlen der Touwan Kommandant, daß wir dem fremden Schiff Hilfe bringen, in Booten hinfahren?"

„Liebst du den Mufti-besar?"

Sodikromo schüttelte den Kopf: „Ich sagte schon, Touwan Kommandant, ich hasse ihn!"

„Ich auch, Sodikromo! Ich auch! Also lassen wir ihn ersaufen, oder von den Krokodilen fressen! Ganz gleich, was kümmert's uns? Er sitzt uns da draußen lange gut."

Trassen lachte laut auf, und auch der Marschall verzog grinsend das Gesicht. „Saya, Touwan Kommandant, er soll ersaufen! Aber wenn er pfeift und ruft?"

„Und wenn er aus dem letzten Loch pfeift, wir hören hier gar nichts. Wir haben taube Ohren. Verstanden?"

Der Marschall salutierte: „Befehl, Touwan Kommandant, Touwan Kommandant, Touwan Leutnant, Sodikromo und alle Soldaten sind taub, hören nicht, wenn Schiff pfeift, oder sich zu Tode ruft. Taub, taub, wir hören nur Befehl von Touwan Kommandant und Touwan Leutnant!"

„So ist's recht, Sodikromo!" lobte ich. „Hast du noch etwas zu melden?"

„Saya! Der fremde Gefangene betet immer und ißt nicht die guten Speisen, die Touwan Kommandant schickt!"

„Er wird keinen Hunger haben, Sodikromo?"

Der Marschall schüttelte verwundert den Kopf. „Tida! Er hat keinen Hunger, wenn es Touwan Kommandant sagen. Kann man keinen Hunger haben, wenn es gute Speisen sind?"

„Wenn man beten muß, hat man keinen Hunger! Also, Sodikromo, laß ihn beten und störe ihn nicht mit deinen guten Speisen!"

„Saya, Touwan Kommandant, ich werde ihn beten lassen und die guten Speisen selbst essen! Er ist ein Heiliger und betet immer!"

„Dann wirst du dick werden vom vielen Essen!"

„Saya, Touwan Kommandant, und ich freue mich!" Der Marschall salutierte und schritt die Treppe hinab.

Aus der Ferne tönte jetzt das langgezogene Rufsignal eines Schiffes zu uns herüber.

Der Marschall wandte sich grinsend zurück: „Wir hören nichts, Touwan Kommandant! Alle Soldaten taub!" Dann wandte er sich und schritt nach der Polizeistation.

Wir lachten und vergnügten uns, wenn immer wieder ein dröhnendes Pfeifen und Rufen hörbar wurde. Irgendwelche Gefahr war durchaus nicht vorhanden, das Schiff konnte nur nicht weiterfahren und mußte zwölf Stunden liegen bleiben, bis wieder die Flut kam und es aus dem Sande hob. Kanaro und seine Begleitung waren gezwungen, solange dort zu kampieren, und es schadete gar nichts, wenn die heißen Köpfe etwas abgekühlt wurden.

Und das Schiff tutete und rief immerfort, aber alle Soldaten waren taub, sie grinsten, lachten auch laut auf und machten ihre scherzhaften Bemerkungen.

Der Gong der Polizeistation dröhnte und meldete die sechste Stunde und Feierabend. Schnell tauchte der glühende Sonnenball unter, es wurde finster, und plötzlich leuchtete der Mond am wolkenlosen Himmel und warf seine silbernen Schleier über Wald und Pflanzung. Tag und Nacht wechselnd in zehn Minuten. Der zwölfstündige Tag weicht der zwölfstündigen Nacht. Die Diener erscheinen, zünden alle Lampen des Hauses an, die dann brennen bleiben, bis die Sonne sich wieder aus den Wäldern erhebt. Das furchtbare Affengeschrei im Busch, mit dem uns die Tiere den ganzen Tag über beglücken, verstummt, und Schlangen und Raubtiere erheben sich aus dem Sonnenschlaf und ziehen auf Beute aus. Alles, was das Licht der Sonne scheut, wird jetzt lebendig. Hin und wieder der Schrei eines Nachtvogels, das Bellen einer Hyäne oder das Zirpen der Grille, sonst Ruhe, die Erde sinkt in den Schlaf.

Wir dösten, langausgestreckt auf unseren Stühlen, blickten hinaus in die herrliche tropische Mondlandschaft, aber unsere Gedanken waren jetzt weit fort. Sie glitten über Meere und Länder und fanden den Lindenbaum, die Bank, das trauliche Stübchen der Heimat und das liebe Mutterauge. Ach, und wir waren so harte, feste, furchtlose Männer geworden, staken in tausend Gefahren, und doch beugten wir kindlich unser Haupt, um die segnende Hand der Mutter zu fühlen. Heimweh, Heimweh, daran krankten alle die rauhen Pioniere der Kultur. Wer den Namen „Mutter" mit dem Herzen spricht, der betet in innigster Andacht!

Die Lust nach Abenteuern, die Sucht nach Gewinn, meistens aber die Hoffnung auf eine interessante, mühelose Tätigkeit verlocken viele, ihr geordnetes, ruhiges Arbeitsfeld aufzugeben und fremde Länder, fremde Völker aufzusuchen. Deshalb möchte ich dich, lieber Leser, bei dieser Gelegenheit ermahnen, bevor du diesen großen Entschluß faßt,

dich zu prüfen, ob du auch die notwendigen Eigenschaften in körper-
licher, geistiger und sittlicher Beziehung besitzt. An dich treten ganz
ungeahnte, große Anforderungen heran, die du nur überwältigen
kannst, wenn deine Muskeln von Stahl, deine Nerven wie Taue sind,
wenn du über eine starke Dosis Energie und Initiative verfügst, und
vor allen Dingen, wenn du sichere Beweise hast, daß du die Herrschaft über dich selbst — auch im Zorn — fest in Händen hältst!
Das sind viele Eigenschaften, die ich dir vorschreibe, aber du mußt
sie alle besitzen, wenn du nicht schnell unter die Räder geraten und
umkommen willst. Auch noch etwas anderes gebe ich dir mit auf den
Weg: „Bleibe ein Deutscher! Behalte dein Vaterland lieb und ver-
giß nicht, daß du im Ausland berufen bist, für dein Vaterland Achtung
zu erringen. Und das Heimweh? Heimweh ist ein Geschenk Gottes.
Es ist die Kirche, die du im Herzen trägst, und in der Gott dir selbst
die Predigt hält über die Menschen und über die Erde, nach der du
dich sehnst. Nur gute Menschen tragen diese Kirche im Herzen, und
nur gute Menschen haben Heimweh!" — — —

Van Traffen erhob sich seufzend, trat an die Balustrade und pfiff.

Ein Polizeisoldat meldete sich: „Saya, Touwan Leutnant!"

„Plana Kuda! (sattele mein Pferd)," rief er hinunter.

„Saya! Touwan Leutnant!"

Ich fuhr auf: „Du willst fort?"

„Ja! Erstens kommt der Prophet heute doch nicht mehr. Zweitens
muß ich in meiner Abteilung für morgen die Arbeit verteilen, wozu
ich die Mandoren und Tändels bestellt habe, und drittens möchte ich
auch einmal bei mir zu Hause nach dem Rechten sehen!"

„Alles wichtige Gründe, und ich will dich nicht zurückhalten."

„Solltest du mich hier aber irgendwie dennoch brauchen, dann bitte
telephoniere mir, und ich bin wie der Wind so schnell wieder bei
dir, wenn ich zu Hause alles erledigt habe."

Draußen wieherte Traffens Pferd, und zwei Polizeisoldaten waren
in die Sättel gestiegen, um den Leutnant zu begleiten. Nach kurzem

Abschied schwang auch van Trassen sich in den Sattel, und bald waren die Reiter auf dem Weg nach der Pflanzung verschwunden.

Ich saß noch lange, dachte über die Begebenheiten des Tages nach, bis ich endlich das Bad befahl, speiste und mich zur Ruhe begab.

In dieser Nacht träumte ich von zwölf malaiischen Fürsten, die unter schrecklichen Drohungen mir das rote Kästchen entreißen wollten. Ich kämpfte, erhielt einen furchtbaren Hieb, stürzte, fiel und erwachte. Ich war aus dem Bett gerollt.

.

Die Verhaftung des Oberpriesters

Am folgenden Morgen hatte ich schon früh eine telephonische Verbindung mit dem Kontrolleur in Laboean-Batoe hergestellt, berichtete über die Vorgänge des gestrigen Tages und verlangte bestimmte Weisungen. Nach langem Winden, Hin- und Herreden erhielt ich für meine Amtshandlungen gegenüber dem Oberpriester unumschränkte Vollmacht, und ich nahm mir vor, diese rücksichtslos auszunutzen, um allen Unruhen im Lande vorzubeugen.

Erleichtert nahm ich mein Morgenbad, frühstückte und ließ mich von meinen Dienern ankleiden. Nachdem ich auch einige Waffen in den Gürtel gesteckt hatte und im Begriff war, das Haus zu verlassen, kam plötzlich der Marschall Sodikromo mir entgegengelaufen und meldete, daß an der Landungsbrücke ein Boot angekommen sei, in dem sich der Oberpriester Kanaro und zwei Muftis als Begleitung befänden. Die Herren bäten, mich sprechen zu dürfen. Ich seufzte, nickte gewährend und kehrte wieder in mein Haus zurück. Dort telephonierte ich sofort nach meiner Kanzlei und befahl, Leutnant van Traffen möge schnellstens mich besuchen.

Mittlerweile war der Marschall mit den drei geistlichen Herren angelangt und stand vor der Treppe meines Hauses, um das Zeichen des Empfanges abzuwarten. Ich nahm mir noch die Zeit, die Leute durch die Holzkreas meiner Veranda zu mustern. Den Oberpriester selbst habe ich bereits in den vorigen Kapiteln gezeichnet und kann mir eine Wiederholung ersparen. Immerhin war seine imposante Gestalt mit dem wallenden, weißen Kopf- und Barthaar eine interessante Erscheinung, während seine beiden Begleiter, die zierlicher, kleiner und häßlicher waren, auf mich einen höchst unsympathischen Eindruck machten. Die schwarzen Bärte und die stechenden Blicke, die wie Blitze aus den Brombeeraugen hervorzuckten, gaben dem Bilde der beiden einen Ausdruck, entsprechend den habgierigen und lüsternen Empfindungen dieser Fanatiker. Ganz im Gegensatz zu den anderen islamitischen Geistlichen, die einfach und bescheiden in Kleidung und Leben waren, hatten diese Ankömmlinge reiche Kleidung und Waffenschmuck angelegt. Und es war an der schönen Zusammenstellung der Farben, und an dem geschmackvollen Wurf der Falten unschwer zu erkennen, daß diese Männer maßlos eitel waren und unbedingt durch ihr Äußeres wirken wollten, um vielleicht die schwarze Seele besser verbergen zu können.

Ich wandte mich ab, trat an den Tisch und klopfte stark auf, als Zeichen meiner Empfangsbereitschaft. Bald darauf hob sich der Holzvorhang, und die drei Herren, gefolgt von dem Marschall, traten ein. Auf einen Wink von mir schritt der Marschall hinter meinen Stuhl und nahm dort Aufstellung.

Kanaro stand hochaufgerichtet, und auch die beiden anderen Herren beugten nicht die Nacken, sondern alle drei winkten mir gnädig mit der Hand einen flüchtigen Gruß zu. Diese nichtachtende Begrüßung war mir neu, und ich empfand sie so beleidigend, daß mir vor Empörung das Blut in den Kopf schoß. Dennoch meisterte ich mich und unterdrückte ein hartes Wort, das mir auf den Lippen lag. Ich vergalt es aber, indem auch ich gnädig und herablassend, ohne den Kopf zu bewegen, mit der Hand winkte.

„Sie wünschten mich zu sprechen, meine Herren, und haben sogar gestern ihren Besuch telephonisch angemeldet. Was ist ihr Begehr?"

Kanaro sah mich fest an, und seine Hand spielte mit den Waffen in seinem Gürtel. „Ich komme zu dem Freunde des neuen Radscha von Bila und Negri-Lama!"

„Des ‚neuen‘ Radscha?" unterbrach ich ihn erstaunt.

„Des ‚neuen‘ Radscha!" wiederholte Kanaro fest und hart. „Und ich hoffe, daß ich bei ihm die Hilfe finden werde, die wir brauchen, um den Fürsten Ristra in seine Rechte einzusetzen!"

Ich winkte den Dienern, die darauf eiligst Stühle und Sitze den Geistlichen hinschoben, auf die sie sich niederließen. Dann verließen die Diener die Veranda.

„Bevor ich Euch, Mufti-besar, eine Antwort gebe, bitte ich mir Auskunft zu geben, mit welchem Recht Ihr selbst Euch in Angelegenheiten einmischt, über die lediglich nur meine Regierung entscheidet?"

„Ich stehe hier im Namen Allahs und auf Befehl des Propheten!"

Ich wehrte ab. „Das sind Worte, Redensarten, Mufti-besar! Ihr werdet doch im Ernste nicht glauben, daß ich mich damit einschüchtern oder gar fangen lasse? Ich frage Euch daher noch einmal: Mit welchem Recht kommt Ihr hier in ein fremdes Land und mischt Euch in Angelegenheiten, die Euch nichts angehen?"

Der Oberpriester fuhr auf. „Mit welchem Rechte? Ich gebe Euch die Frage zurück: Mit welchem Rechte herrscht Ihre Regierung hier, im Lande der Gläubigen?"

„Darüber bin ich Euch keine Rechenschaft schuldig," rief ich empört. „Ich stehe hier in amtlicher Eigenschaft, und Ihr habt mir Rede und Antwort zu stehen, nicht ich Euch!"

„Touwan Kommandant!" entgegnete er einlenkend. „Ich habe Euch doch sofort gesagt, daß ich zum Freunde des Fürsten Ristra komme. Er sendet mich zu Euch! Ich komme nicht zu dem Kommandanten der fremden Soldaten!"

Ich zwang mich zur innerlichen Ruhe, obgleich ich dem Manne am liebsten an die Kehle gesprungen wäre. „Also, dann entledigt Euch Eures Auftrages und erzählt mir, welchen freundschaftlichen Dienst ich dem Prinzen Riftra erweisen darf?"

„Der Fürst bittet Euch, Ihr möget seine Rechte der Regierung gegenüber vertreten!"

„Der Prinz war gestern bei mir und hat diese Bitte nicht an mich gerichtet. Ich bin erstaunt, davon heute von Euch zu hören?"

„Zwischen gestern und heute liegt eine Nacht!"

„Die Ihr nicht mit dem Prinzen verplaudert habt!"

„Und wenn ich das Gegenteil behaupte?"

„So erwidere ich, daß ich nicht glaube, daß ein Mufti-befar wissentlich die Unwahrheit sprechen wird!"

„Ich danke Euch für die gute Meinung, aber Ihr seid dennoch im Irrtum, ich habe den Fürsten in dieser Nacht gesprochen!"

Ich starrte ihm fest in die Augen. „Wo?"

„Auf dem Flusse! Ich fuhr zu Euch, er kam von Euch! Unsere Schiffe begegneten sich."

Das war allerdings eine Möglichkeit, an die ich nicht gedacht habe. Ich biß mich ärgerlich auf die Lippen. Und der schlaue Fuchs merkte das und lächelte mitleidig.

„Habt Ihr lange mit dem Prinzen gesprochen?"

„Nur eine kleine Weile!"

„Und da hat er Euch den Auftrag gegeben?"

„Saya, Touwan Kommandant!"

„Ihr sagtet doch aber, Ihr wart auf dem Wege zu mir? Auch telephonisch habt Ihr schon am Morgen Euren Besuch angekündet. Warum wolltet Ihr mich besuchen?"

Er sah mich scharf an. „Um eine — andere Sache mit Euch zu besprechen."

Ich wurde unruhig; der Fuchs ging mir durch die Lappen. „Hat Prinz Riftra Euch von einem Verlust erzählt? War er unruhig, — aufgeregt?"

In diesem Augenblick klapperten die flüchtigen Hufe eines Pferdes auf dem harten Wege vor meinem Hause, und van Traffen raste wie ein Sturm heran, schwang sich vom Pferde, warf die Zügel einem Soldaten zu und eilte die Treppe herauf. Sporenklingend trat er ein. Er hatte die Uniform angelegt, und ich blickte ihn erstaunt an.

„Morgen! Ich komme vom Rondedienst!"

Ich nickte und machte die Herren bekannt, dann fragte ich weiter: „Ihr seid mir noch eine Antwort schuldig?"

Der Oberpriester stand auf. „Fürst Rifra erzählte mir von einem Verluste nichts!"

„Er sagte Euch nichts? Und es war ein schwerer Verlust! Dennoch sagte er Euch nichts?"

„Ihr seht mich in Unruhe. Welchen Verlust hat der Fürst erlitten?"

„Das Erbe — ist — ihm verloren! Der Zauberkasten verschwunden!"

„Ah!" Die Herren sprangen von ihren Sitzen auf und Kanaro starrte mich entgeistert an. „Unmöglich!" keuchte er. „Nicht verloren, geraubt ist das Erbe!"

Traffen erbleichte und blickte mich verlegen an.

„Wie könnt Ihr solche Dinge behaupten, Mufti-befar? Der Prinz hat hier selbst die Möglichkeit zugegeben, daß er das Kästchen aus Unachtsamkeit mit einer Zigarettenschachtel verwechselt und fortgeworfen habe."

„Dennoch erkläre ich Euch, Touwan Kommandant, daß das rote Kästchen geraubt oder gestohlen ist! Und ich kenne den Räuber und werde das Erbe finden! Seht hier diesen feinen Stahl." Er holte aus den Falten seines Gewandes eine feine Damaszener Klinge hervor. „Es ist der feinste Stahl der Welt und hat außerdem magnetische Eigenschaften. Sowie ich mit diesem Stahl in die Nähe des Verstecks des roten Kästchen komme, dann schurren und klingen seine Geister!"

Traffen zog sich bis an den Schreibtisch zurück und stellte sich wie schützend davor auf. Auch mir wurde angst und bange, daß der Kerl mit dem verdammten Stahl in die Nähe des Schreibtisches käme.

„Und dann," fuhr der Priester fort, „wehe dem Räuber, auch wenn er der Radscha dieses Landes ist!"

„So glaubt Ihr, daß der Radscha selbst das Kästchen geraubt hat?" Kanaro schüttelte den Kopf.

„Nicht er, aber seine Diener oder Soldaten! Es ist dasselbe!"

„Das sind Dinge, die mich nichts angehen!" erwiderte ich hart und schroff.

„Ihr seid der Freund des Fürsten Ristra, helft sein Eigentum finden! Führt mich in amtlicher Eigenschaft zum Radscha!"

Empört starrte ich ihn an: „Niemals! Habt Ihr verstanden, Mufti-befar?" rief ich, mich zur Ruhe zwingend.

Draußen ertönte der schrille Pfiff eines Dampfers. „Hört Ihr, Touwan Kommandant, mein Schiff ist eingetroffen. Kommt, laßt es uns besteigen und nach Negri-Lama reisen!"

„Ich wiederhole Euch, Mufti: Niemals führe ich Euch in das Haus des Fürsten Buso!"

Der Oberpriester reckte sich hoch. „So werde ich den Eingang er-zwingen und den heiligen Krieg dem Fürsten verkünden! Aufruhr werde ich predigen, das Volk gegen den falschen Fürsten, gegen seine Macht führen, bis er zerschmettert am Boden liegt! Beim Barte des Propheten!"

„Beim Barte des Propheten!" echoten seine Begleiter.

„Mufti-befar!" schrie ich jetzt außer mir. „Ich verhafte Euch im Auftrage meiner Regierung!"

Er prallte zurück und seine hohe Gestalt zitterte vor Wut und Er-regung. „Und das wagt Ihr mir zu bieten? Mir, dem Fürsten und Volk zu Füßen liegen? Mir, dem Sohne des Propheten? Wißt Ihr nicht, daß ich unantastbar bin und Ihr mit dieser Handlung die Er-hebung und den Zorn der Gläubigen hervorruft? Geht, ich will Euch, Herr, ein raschgesprochenes Wort verzeihen und als ein Priester des Propheten Nachsicht üben! Kennt Ihr nicht das oberste Gesetz Mo-hammeds: Aug' um Aug', Zahn um Zahn? Ihr werdet dann merken,

Reisscheunen auf Sumatra

Pflügen eines Reisfeldes auf Sumatra

Batikarbeiterin auf Sumatra

Herr, wie sehr ich Euren Christus ehre, der Böses mit Gutem vergilt und seinen Feinden verzeiht."

Der Marschall hatte die Pfeife angesetzt und auf sein Signal standen zwanzig Polizeisoldaten am Eingang meines Hauses.

„Eure Verzeihung verlange ich nicht!" erwiderte ich scharf. „Ihr seid ein Fremdling hier in diesem Lande und habt Euch den Gesetzen zu fügen. Ihr wollt aber hier Unruhen stiften und seid deshalb ein Revolutionär, der mit der Schärfe des Gesetzes behandelt werden muß. Die Regierung hat ein Recht, Euch zu verhaften und des Landes zu verweisen! Wagt dann nicht, wieder die Hoheitsgebiete der niederländisch-indischen Regierung zu betreten, wir würden keine Rücksicht nehmen und allen Gefahren zum Trotz Euch zum Tode verurteilen!"

Der Oberpriester neigte das Haupt. „Ich habe mich in meinem Leben zum erstenmal verrechnet. Ich habe geglaubt, Ihr seid ein Freund des Fürsten Ristra und ich würde Unterstützung bei Euch finden, um den falschen Radscha Buso zu stürzen. Ich sehe, daß Fürst Ristra und ich unsere Hoffnung auf Sand gebaut haben, und die Hoffnung eine Fata Morgana gewesen ist. Ihr nennt mich einen Fremdling in diesem Lande? Doch sagt, was seid Ihr? Mit welchem Recht übt Ihr Hoheitsrechte in einem Lande aus, das den Gläubigen gehört?"

„Danach fragt die Regierung und nicht mich, der ich nur ein Werkzeug für Ruhe und Ordnung bin!"

Doch unbeirrt fuhr der Priester fort: „Fünfzigtausend solcher Männer wie Ihr, Herr, und ganz Indien wäre frei von den weißen Eroberern des Abendlandes."

Ich wehrte ab: „Keine süßen Worte, Mufti!"

„Ihr seid kein Niederländer und gehört nicht zu den weißen Männern, die ein großes Volk geknechtet haben. Eure Farben sind schwarz-weiß-rot, und ich kenne diese Hoheitszeichen! Euer Volk ist ein mächtiges Volk, und Euer Kaiser ist ein Freund des Padischah! Ihr seid gefürchtet in der ganzen Welt, und vor Euren Hoheitszeichen beugt sich die ganze Welt! Aber Ihr habt mächtige und viele Feinde, und es wird nur eine kurze Zeit dauern, dann werden alle Völker gegen Euer Volk aufstehen, sie werden Euch zerstückeln, und um Euer Land werden fremde Völker sich bekriegen! Das Abendland wird von dem Blute der Erschlagenen dampfen, und selbst farbige Völker werden das Schwert ziehen und gegen den großen Kaiser, gegen den Freund des Padischah sein."

Er traf mich an der empfindlichsten Stelle, und ich lauschte seinen Worten — alles vergessend. „Und dann?" fragte ich atemlos.

Hoch hob jener den Blick, wie suchend in der Ferne, und hohl, prophetisch klangen seine Worte: „Dann?! — Dann wird der mächtige Kaiser stürzen, wie ein Bild auf tönernen Füßen. Vernichtet, nicht vom Feinde, vernichtet von seinem eigenen Volke! Aber nach Jahren der Not, des Hungers, der Verzweiflung, sehe ich wieder einziehen einen großen, mächtigen Kaiser, und die Schakale, die ihn anbellen, zerfleischen wollen, werden zertreten werden und unter den Füßen des jubelnden Volkes verenden!" Er schwieg und sah traumverloren vor sich nieder.

Auch wir anderen waren tief ergriffen und schwiegen eine lange Weile. Endlich ermannte ich mich, blickte scheu auf diesen merkwürdigen Mann und sagte: „Mag sein, Mufti Kanaro, wir müssen es Allah überlassen, wie er die Welt lenkt! Bevor ich Euch aus dem Lande führe, und das muß ich auf Befehl der Regierung, sagt mir, welche andere Sache Ihr mit mir besprechen wolltet?"

Er hob den Kopf und blickte mich an. „Eine andere Sache? Ja, Herr, eine andere Sache. Ihr habt meinen Boten gefangen?"

„Ah! Ihr meint den Tamulen, der sich ‚Hassan' nennt!"

„Er war ein Fürst, Herr, und dient jetzt — dem Propheten!"

„Mit Dolch und Gift!"

„Die Waffen sind Verteidigung, nicht Angriff. Wenn Ihr Waffen fandet, so behaltet sie und gebt ihn frei."

Ich zögerte und dachte nach. Es war immerhin die beste Lösung, ihn freizulassen und mit dem Mufti des Landes zu verweisen. Es bestand gegen ihn lediglich ein Verdacht, doch Beweise waren nicht vorhanden. Denn Waffen führte ein jeder hier im Lande bei sich. Ich zögerte und blickte, wie Rat suchend, Traffen an. Er nickte leise.

„Wie habt Ihr erfahren, Mufti-besar, daß Euer Bote hier gefangen liegt?"

Der Prophet lächelte. „O Herr, meine Augen, meine Ohren, oder meine Gedanken verfolgen alle meine Diener, und so weiß ich immer, wo sie sich befinden!"

„Kanaro, der große Prophet, ist wie Allah!" sagten seine Begleiter.

Ich gab dem Marschall den Befehl, den Gefangenen vorzuführen, und bald tauchte die mächtige Gestalt des Tamulen vor dem Eingang der Veranda auf. Mit einem Freudenschrei stürzte er dem Propheten zu Füßen und bedeckte dessen Schuhe mit Küssen. „Mein Vater! — Mein Vater!"

Segnend legte Kanaro seine Hände auf das Haupt: „Allah sei mit dir, mein Sohn!" Weich und liebevoll war der Ton seiner Worte. „Steh auf, Haffan!"

Gehorsam erhob sich der Tamule und blickte scheu auf mich.

„Haffan!" sagte ich, „ich gebe dich frei! Aber du bist mit dem Mufti Kanaro des Landes verwiesen und mußt mit ihm, seiner Begleitung und seinem Schiff sofort das Gebiet verlassen. Der Touwan Leutnant und meine Polizeisoldaten werden Euch bis Djawi-Djawi begleiten, von dort habt Ihr das weite Meer, dessen Wellen Euch an ein anderes Land führen mögen. Ein Wiederbetreten dieses Landes ist auch dir verboten! Achtest du das Gebot nicht, so wird man dich fangen und töten! Hast du verstanden?"

„Saya, Touwan Kommandant!"

Der Prophet richtete sich auf. „Und erlaubt Ihr, daß ich in Djawi-Djawi den Fürsten Riftra besuche? Abschied nehme?"

„Nein!" entgegnete ich hart. „Ihr dürft Euer Schiff nicht verlassen! Im offnen Meer seid Ihr frei, doch bis dahin meine Gefangenen!" Ich winkte mit der Hand die Entlassung, und die steifen Nacken der Indier beugten sich tief.

Traffen trat an die Priester heran, legte die Hand auf jeden einzelnen und sagte hart: „Ihr seid meine Gefangenen, folgt mir willig, beugt Euch meinem Befehl!"

Wieder neigten sich die Indier und folgten dem voranschreitenden Polizeioffizier. Sie schritten die Treppe hinunter durch den Garten nach der Landungsbrücke. Und hinterher die Soldaten als Bewachung. Der Steamer des Mufti war doppelt so groß als meine Launch. Damit konnte der Mufti die indischen Meere durchqueren, ohne Gefahr zu laufen, vom Sturm zerschellt zu werden. Ein islamitischer Maharadscha hatte dieses Luxusschiff dem Propheten zum Geschenk gemacht, das jede Bequemlichkeit in sich vereinigte.

Stumm begaben sich die Indier an Bord und sofort in ihre Kabinen, während Traffen mit seinen Polizeisoldaten folgte, für Sicherheiten sorgte und den Befehl und die Führung des Schiffes übernahm. Die Flagge des Propheten, ein silberner Mond in rotem Felde, wurde heruntergeholt, und die niederländisch-indische Kriegsflagge gehißt. Ein dröhnender Pfiff, und das für den Fluß viel zu große Schiff setzte sich in Bewegung. Die Flut schwoll, leicht arbeiteten die Schrauben. — —

Ich stand am Fenster meines Hauses und beobachtete die Abfahrt des Steamers. Ich freute mich über das Verhalten meiner zahlreichen, mohammedanischen Diener, die gewöhnlich immer dabei sein mußten, wenn es etwas zu sehen gab, heute aber, bei der Abreise einer solchen kirchlichen Größe, sich versteckten oder davon keine Notiz nahmen. Als der Dampfer im Sonnennebel versunken, verschwunden war, kehrte ich auf die Wohnveranda zurück und begab mich an meinen Schreibtisch. Die Geschichte mit dem roten Kästchen wollte mir nicht aus dem Kopf, besonders aber, daß in seinem Innern etwas knarren oder klingen sollte, sobald ihm eine feine Stahlstange genähert würde. Nachdem ich mich vergewissert hatte, daß mich kein Diener belauschen konnte, schloß ich das Schreibtischfach auf und nahm das Kästchen heraus.

116

Zunächst besichtigte ich das ominöse Ding von allen Seiten, schüttelte es und legte mein Ohr darauf, in der Hoffnung, irgendwelche Geräusche darin zu vernehmen, aber nichts regte und bewegte sich. Wie ein Stück Blei lag mir das Wunderkästchen in der Hand. Dann stellte ich es kopfschüttelnd auf den Tisch, zog meinen Dolch, eine feine arabische Arbeit, aus der Scheide und näherte mich damit dem Kästchen. Plötzlich, o Wunder! wurde im Kasten ein Schurren und Klingen hörbar, das nicht eher aufhörte, als bis ich den Dolch wieder entfernte. Jetzt verstand ich auch, warum das Kästchen schurrte und klang, als Trassen es gestern mit dem Hieb traktierte. Die Klinge des alten Säbels war zwar verrostet und hatte vielleicht auch einen Sprung, aber immerhin war sie aus sehr gutem Stahl, und das Kästchen beglaubigte dessen Güte durch sein Klingen. Wie aber war es möglich, daß Stahl eine solche magische Kraft auf das „Uhrwerk" — so muß ich es wohl nennen — ausübte, daß es sofort in Tätigkeit trat, sobald eine Stahlklinge daran vorbeigeführt wurde? Und noch mehr! Durch meine eigene Unachtsamkeit beim Besichtigen des Kästchens stieß ich mit der Hand ein Glas Wasser um, das auf dem Tisch neben dem Kästchen stand, und das Wasser ergoß sich auf das Wunderwerk. Erschrocken prallte ich aber zurück, als plötzlich auch durch die Berührung des Wassers mit dem Holz des Kästchens das Uhrwerk darin heftig zu Schurren und Klingen anhob. Erst durch Entfernung der kleinen Wasserlache mittels eines Tuches beruhigte sich der Mechanismus im Kasten, wurde leiser und verstummte.

Ich stand vor einem großen, gewaltigen Rätsel und stellte mir mit Recht die Frage: „Wie kann klares Wasser einen solchen Einfluß ausüben? Man löscht doch mit Wasser Feuer und alle Explosionsstoffe, auch vernichtet es feine mechanische Werke, wie z. B. Uhren, Spieldosen usw., oder bringt sie mindestens zum Stillstand. Ich muß offen bekennen, daß mir eine andere Kraft des Wassers nicht bekannt war, und deshalb ist es nicht verwunderlich, daß mich die Neugierde und Wißbegierde halb verrückt machte. Zu gerne hätte ich den Inhalt des

Käſtchens beſichtigt, aber ſoviel ich auch vorſichtige Verſuche anſtellte, die Öffnung des Käſtchens zu erzwingen, es war ganz unmöglich! Brutale Gewalt wollte ich auch nicht anwenden, denn ich wurde ängſt= lich und fürchtete mich vor irgendeiner Kataſtrophe. Wie ſagte doch Kanaro:

> „Den Schlüſſel mußt du auf bloßer Bruſt,
> Recht nahe dem Herzen tragen;
> Doch hüte dich vor der Neugierde Luſt,
> Die Öffnung des Käſtchens zu wagen.

> Der Zauber iſt hin, es droht dir der Tod,
> Du kannſt nicht dem Schickſal entgehen.
> Dein Volk wird verſinken in Knechtſchaft, in Not,
> Dein Name vergeſſen, verwehen!"

Das iſt alſo eine dringende Mahnung, eine Prophezeiung und eine Todesdrohung, die Öffnung des Käſtchen nicht zu wagen!—Und ich hatte daher wirklich keine Luſt, einer intereſſanten Spielerei wegen, einen Sprung ins Jenſeits zu tun oder zum mindeſten mir die halbe Naſe wegreißen zu laſſen. Die Neugierde iſt nicht immer die Sucht, ſein Wiſſen zu bereichern, ſondern eine Charakterſchwäche. Und wiederum, ſie zu bezwingen, iſt nicht immer Charakterſtärke und Mut, ſondern oft, wie in meinem Fall, Feigheit! Ich geſtehe es auch ruhig ein, wenn ich mich derſelben als Soldat und Tigertöter auch ſchäme. Es ſchwebte irgend etwas Fremdes, Geheimnisvolles, ſchaurig Unbe= kanntes in der Luft, das ich mit meinem klaren Verſtande nicht er= faſſen konnte. Mir war, als ob tauſend ſcheußliche Fratzen mich an= grinſten und mein Tun und Treiben beobachteten. Ich hörte ein Waffenklirren, ſah Schwerter blitzen, Lichtgeſtalten, die im Sonnen= ſtrahl ſich auflöſten und fühlte die Anweſenheit von Menſchen, die mich umlagerten und bedrängten. — — — Mit einem kräftigen Fluch ſchlug ich mit der geballten Fauſt auf den Tiſch, trank ein Rieſenglas

Whisky mit einem Ruck herunter und verschloß den verdammten Teufelskasten wieder im Schreibtisch.

Ganz heimlich war mir der Gedanke gekommen, den Wunderkasten an einen Professor, Forscher oder Museumsdirektor nach Deutschland zu senden, aber ich fürchtete nun doch, daß die Herren die Neugierde plagen könnte, den Kasten zu öffnen und körperlichen Schaden erleiden würden. Aus diesem Grunde entschloß ich mich, meine erste Absicht auszuführen und das verfluchte Ding auf meiner Reise nach Singapore dem Meer zu opfern!

Die Diener öffneten jetzt die Tür zur Speiseveranda und meldeten: „Makan, Touwan-besar!" Und unmittelbar darauf tönte auch der Gong auf der Polizeistation und meldete für die Arbeiter der Pflanzung die Mittagspause. In sauberen weißen Leinenkleidern standen die Diener, verneigten sich mit gekreuzten Armen tief bei meinem Eintritt und trugen dann flink und gewandt das tägliche Mittagsgericht auf, Curry-Reis mit gebackenem oder gekochtem Hühnerfleisch, Gemüsen und Zutaten.

Ich aß schweigend, dachte dabei an den aufregenden Vormittag und faßte Entschlüsse für weitere Handlungen. Dann erhob ich mich, befahl den Kaffee in der Wohnveranda aufzutragen und den Marschall zu rufen. Kaum hatte ich die Wohnveranda betreten, als auch der Feldwebel vor mir stand. „Sodikromo!" sagte ich, „wieviel Mann hast du dem Touwan Trassen nach Djawi-Djawi mitgegeben?"

„Lima-blas, (fünfzehn) Touwan-besar!"

„Und wieviel Mann hast du noch hier?"

„Dua-pulu, (zwanzig) Touwan Kommandant!"

Ich nickte befriedigt. „Dann kannst du mich mit zehn Mann begleiten, Sodikromo!" — „Saya, Touwan-besar!"

„Wir reisen nach Negri-Lama!" — „Zum Tounkoe-besar?"

„Ja, zum Tounkoe-besar! Die Gewehre könnt Ihr hierlassen und als Bewaffnung nur die Revolver und Hiebwaffen bei Euch tragen! Verstanden?" — „Saya, Touwan Kommandant!"

„Dann sorge dafür, daß der Schiffsführer sofort die Launch herrich=
tet, in einer Stunde fahren wir!"

„Saya, Touwan Kommandant!" Er wandte sich und eilte nach der
Polizeistation.

Ich nahm ein Bad und legte kleine Dienstuniform an, eine Marine=
jacke mit den Kapitänsabzeichen, drei goldene Sterne am Kragen und
den Ärmeln, weiße Beinkleider, Gamaschen, Käppi oder auch Fez mit
goldenen Streifen. Im Begriff, aus dem Hause zu treten, wurde
mir der Buchhalter meiner Kanzlei, Mynheer van Velden, gemeldet.
Der Buchhalter erschien mit verschiedenen Schriftstücken, die meiner
Unterschrift bedurften, und teilte mir auch mit, daß es ihm telepho=
nisch gelungen sei, die Lady Longdon, ein kleines Passagier= und Trans=
portschiff, zu chartern. Der Dampfer träfe in drei Tagen in Djawi=
Djawi ein und erwartete dort meine Befehle.

„Das trifft sich gut, Herr van Velden. Ich will soeben zum Radscha
fahren und kann ihm dann auch den Tag der Abreise mitteilen. Der
Radscha wird mich nach Singapore begleiten. Telephonieren Sie nur
auch gleich an die Pflanzungen Kaloundang und Soeka=Radja und
teilen Sie mit, daß ich übermorgen pünktlich neun Uhr von hier ab=
zureisen gedenke." — „Sehr wohl, Mynheer Kapitän!"

„Die Pflanzungen sollen genau angeben, wieviel Chinesenkulis sie
benötigen und dafür die entsprechenden Bankanweisungen mitsenden."

„Sehr wohl, Mynheer Kapitän!"

„Sonst nichts auf der Pflanzung vorgefallen?"

„Nein, nichts von Bedeutung!"

Und nachdem der Buchhalter bei mir noch einige Erfrischungen zu
sich genommen und verschiedene dienstliche Dinge besprochen, entfernte
er sich wieder, bestieg sein Pferd und jagte nach der Pflanzung zurück.

Ich begab mich nach der Landungsbrücke und kam gerade zu rechter
Zeit, um den Manager einer Nachbarplantage zu begrüßen, der mich
besuchen wollte. Auf seinem Ruderboot war er schon fünf Stunden
unterwegs, und es wäre deshalb von mir sehr unhöflich gewesen,

wenn ich ihn nicht aufgenommen hätte. Ich bat ihn, es sich bei mir bequem zu machen, auszuruhen und meine Rückkehr aus Negri-Lama abzuwarten. Herr von Trütschler, so hieß der Pflanzer, war gern damit einverstanden, da er reichlich müde war und sich nach einigen Stunden Schlaf sehnte. Nach herzlicher Verabschiedung kehrte ich auf die Landungsbrücke zurück, wo sich inzwischen die Polizeisoldaten aufgestellt hatten und meiner harrten. Meine Launch lag zur Abreise bereit, die Maschinen arbeiteten, die holländische Dienstflagge wurde gehißt, und ich begab mich an Bord, gefolgt von Sodikromo und den Polizeisoldaten und zwei Dienern. Ein juchzender Sirenenruf meines Schiffes, und wir setzten uns in Bewegung.

Glühend lag die Sonne auf unseren Scheiteln, und trotz der Sonnensegel war die Hitze unerträglich. Pfeilschnell schoß das Schiff durch die spiegelglatte Flut und schnell wechselte die Vegetation. Riesige Mangroven, Teakeichen, Buschbirken, Palmen und Bananensträucher wechselten mit den schlammigen, gelben Ufern der Bila, auf denen sich wieder viele Krokodile sonnten und wie leblos dahinträumten. Der Fluß erschien wie eine breite schöne Straße, die durch den Urbusch und Urwald führt.

Ich lag träumend und sinnend auf einem langen Schiffsstuhl, hinter mir standen meine Diener, die mit großen Fächern mir Luft zuwedelten oder Erfrischungen reichten. Oft ließ ich mir auch meine Jagdbüchse geben und schoß in die Nester schlafender Krokodile. Es machte mir Vergnügen, die scheußlichen Tiere zu erschrecken und sie zu treffen, und sie dann blitzschnell in das Wasser tauchen zu sehen. Aber auch die auf Bäumen herumturnenden Affen erhoben nach solchem Schuß erschrocken ein Geschrei und flohen in die Tiefe des Waldes. Zahlreiche Wasservögel kreisten ängstlich über meinem Schiff, tauchten und schwammen um uns herum. Weiße Kakadus und buntfarbige Papageien flogen vereinzelt oder in kleinen Schwärmen tiefer in die unergründliche Wildnis und lärmten mit kreischenden Stimmen. Kurz, es war ein Staunen und Raunen in der gewaltigen Natur.

Jetzt kamen wir an einer malaiischen Ansiedlung vorüber. Saubere Holzhütten zeigten sich, nackte, braune Frauen mit ihren Kindern flochten Fischkörbe und sonnten sich, während die nackten Männer faul auf den in den Fluß weit hineingebauten Stegen sich rekelten, den widerlichen Betel kauten oder selbstfabrizierte Zigaretten rauchten. Ein paradiesisches Leben, ohne Arbeit, ohne Sorge um das tägliche Brot. Allah gab ihnen alles in Hülle und Fülle, es wuchs ihnen in die roten Mäuler, und sie hatten sich zu wehren, daß sie nicht darin erstickten! Glückliche Menschen ohne Steuern, ohne Licht- und Kohlennot, ohne Pflichten und Sorgen.

Aber weiter und weiter eilte das Schiff, durchschnitt die Flut, verjagte unglaubliche Mengen von Fischen, zerriß Wasserranken, Wasserrosen und andere Blumen, so daß der Bug meiner Launch wie bekränzt erschien. Noch eine Biegung und dann erreichten wir die Residenz des Radscha, Negri-Lama!

Juchzend heulte die Sirene meiner Launch und lockte eine große Schar Neugieriger auf die Landungsbrücke und an die befestigten Ufer. Ganz vorne stand der Radscha mit seinen beiden Ministern Tjitro und Soko, jungen Prinzen und höheren „Hofchargen". Dahinter hatte die Leibwache des Fürsten, einige phantastisch gekleidete Polizeisoldaten, unter dem Befehl des böse aussehenden alten Kawassen, Aufstellung genommen. Die Leute standen glücklicherweise nicht unter meinem Kommando, denn für eine solche Lotterbande hätte ich bestens gedankt. Es war mir jedenfalls klar, daß mein Buchhalter meine Ankunft dem Fürsten telephonisch gemeldet hatte, sonst wäre der Radscha ganz sicher nicht so prompt zum Empfang herbeigeeilt. Und auch sonst zeigte die ganze Aufmachung (mir zu Ehren hatte der Fürst sogar eine schwarz-weiß-rote Fahne neben den holländischen Farben entfalten lassen), daß es dem Tounkoe Buso daran lag, mich zu ehren und zu erfreuen.

Mein Dampfer stoppte und hißte die Flagge des Fürsten. Die Maschinen schwiegen, und langsam, in scharfer Kurve, glitten wir an das

Gerüst der Landungsbrücke, das nunmehr knackte und knirschte. Ich stand auf der kleinen Kommandobrücke und salutierte den Fürsten. Er winkte lebhaft, und sein Gefolge neigte sich tief und ehrerbietig. Ein hundertstimmiges Schreien, Jubeln und Rufen der Menschenmenge brauste mir entgegen: „Tabé, Touwan Kommandant! Tabé, Touwan-besar! Touwan-besar, Tabé! Tabé!!"

Jetzt war die Launch mit Tauen festgelegt, und ich stieg die kleine Treppe zur Brücke hinauf, gefolgt von meinen Soldaten. Der Radscha eilte mir entgegen, schüttelte mir grinsend die Hand und umarmte mich. Ich begrüßte die Minister, die jungen Prinzen, den „Hofstaat", salutierte und dankte für die Ehrenbezeugung der fürstlichen Polizeisoldaten. Ich fing dabei einen Blick meines Feldwebels auf, der Bände sprach. Es ging selbst diesem Schwarzen gegen das Gefühl, die schlappen, drillosen Kerle zu sehen, und er wandte sich, einen Fluch zerbeißend, ärgerlich ab. Aber sonst ließ er sich nichts merken und salutierte mit seinen Soldaten die fürstlichen Kameraden stramm und freundlich.

Der Kawaß schritt mit der Polizei voraus und trieb das Volk auseinander, das uns nun den Weg freiließ und sich links und rechts aufstellte. Der Fürst hatte meinen Arm umklammert und führte mich, oder richtiger, ich ihn. Hinter uns folgten im Gänsemarsch, je nach Rang und Stand, die Prinzen, Minister, der Hofstaat und die Diener. Unendlich lang war die Kette, und es hatte etwas Komisches, wenn der Vorderste mit dem Letzten des Gliedes sprechen wollte, dann ging das Frage- und Antwortspiel die ganze Kette entlang. Jeder rief die Frage oder die Antwort dem Vorder- oder Hintermann zu, bis der Rechte erreicht war. Der Radscha selbst sprach niemals mit seinen Hintermännern, das besorgten für ihn seine „Minister", die gewöhnlich zu beiden Seiten ihres Herrn schritten. Unmittelbar hinter dem Fürsten folgten außerdem zwei Schirm- und Fächerträger, um ihn vor den heißen und blendenden Sonnenstrahlen zu schützen.

Heute hatte ich die Ehre, mit dem Fürsten Arm in Arm unter seinem

Traghimmel zu schreiten, und ich freute mich dabei, die ehrfurchts-
vollen Grüße festzustellen, welche die Untertanen ihrem Radscha zollten.
Das war für mich ein Beweis, daß die blödsinnige Geschichte mit dem
roten Kästchen noch nicht tief in das Volk gedrungen war.

Negri=Lama war ein großes Dorf mit breiten ungepflasterten Straßen, von malerischem Rahmen umgeben. Rechts und links die sau-
bern Holzhütten der Eingeborenen, dazwischen vereinzelte oder Grup-
pen von Kokospalmen. Steinhäuser gab es überhaupt nicht, und selbst
der „Palast“ des Radscha war aus Holz gebaut, mit getrocknetem
Schilf oder Palmenblättern gedeckt, und glich in der Bauart und Bequemlichkeit den Pflanzerhäusern der Europäer. Wie an der ganzen
Ostküste, hatten sich auch hier die Chinesen breitgemacht und beherrschten den Handel und das Handwerk bis zu der niedrigsten Art.
Im Orte selbst gab es zwar nicht viel zu handeln, denn es waren
wenige Einwohner, von denen die Mehrzahl sich den Lebensunterhalt
und die geringe Kleidung selbst beschafften und jedenfalls nicht nötig
hatten, dafür Geld auszugeben. Aber es waren auch unter ihnen manche,
die sich gerne schmückten und für Luxusdinge genügende Tauschartikel
besaßen. Und der Chinese nahm alles und wußte immer seinen Profit
herauszuschlagen. Dennoch hätte er davon nicht leben können, wenn
nicht die vielen Pflanzer, die ihre Pflanzungen in erreichbarer Nähe
hatten, ihre unzähligen Bedürfnisse bei ihm gedeckt hätten. Sie gingen
gerne zum Chinesen, weil sie wußten, daß sie dort gut bedient wurden, und weil man sich auf prompte Lieferung unbedingt verlassen
durfte.

Natürlich gab es im Ort auch malaiische und javanische Händler, die
dem Chinesen Konkurrenz machten, aber es waren gegenüber dem Chinesen nur verschwindend wenige; sie verfügten nicht über die Auswahl
wie jener und handelten in der Hauptsache nur mit Landesprodukten.
Der ganze Handel bewegte sich auch hier, wie in ganz Indien, auf
der Straße. Die Waren lagen in großer und kleiner Auswahl draußen,
und die winzigen Läden dienten nur als Unterschlupfe bei Regenwetter.

Viele Obstverkäufer und andere fliegende Händler bewegten sich dazwischen, und das Ganze machte den Eindruck eines täglichen Jahr-
marktes. Es war dasselbe Bild, wie an allen größeren und kleineren
Orten Indiens, wie ich es auch schon einleitend über Djawi-Djawi
beschrieben habe.

Besondere Sehenswürdigkeiten waren nicht vorhanden, wenn man
nicht die Moschee, eine riesige Holzhalle mit einem merkwürdig aus-
geschweiften Doppeldach, dazu rechnen wollte. Das Gemeindehaus und
die Gerichtshalle, in der sehr oft der Radscha selbst das Recht sprach,
sind zu erwähnen, aber keine Sehenswürdigkeiten. Es ist schade, daß
die Batak, ein unabhängiger, malaiischer Volksstamm, ganz verdrängt
worden sind, denn die wenig vorhandenen, die überall zerstreut leben,
geben Beweise ihrer Geschicklichkeit, ihres Fleißes und ihrer Ord-
nungsliebe. Ihre Häuschen in Negri-Lama sind von peinlichster Sauberkeit, und die geschmackvolle, eigene Bauart fällt angenehm auf. Die
Töchter sind gesittete, tüchtige Hausmädchen und außerdem sehr geschickt in Handarbeiten, im Weben, Nähen (auch mit der Nähmaschine)
und in Batikarbeiten.

Wir hatten endlich das Haus des Radscha erreicht, und eine große
Zahl Diener empfing uns und bildete Spalier bei unserem Eintritt.
Am Eingang standen zwei Kawassen in malerischer Tracht mit riesigen Schwertern, die sie senkten, als wir vorüberschritten. Ein Haus-
marschall begrüßte uns unterwürfig, und der Ober-Eunuche, ein
schwarzer widerlicher Kerl, warf sich sogar demütig zu Boden und
berührte ihn dreimal mit der Stirn. Wir traten in eine große geräumige Veranda, die hübsche geschnitzte Tische, Sessel und Sitzgelegenheiten aufwies und zusammen mit tausend anderen Dingen
dem Ganzen ein Abbild orientalischer Unordnung verlieh. Es waren
viele künstlerische Gegenstände vorhanden, aber ganz geschmacklos
durcheinander gestellt, so daß ich trotz der vielen Sitzgelegenheiten erst
suchen mußte, auf welche man sich am besten setzen konnte, ohne Schaden anzurichten, denn überall und besonders auf den Stühlen lagen die

Dinge umher. Nun, endlich kamen wir auch zur Ruhe und streckten uns bequem auf langen Stühlen aus.

Rechts von mir lag der Radscha in einem Faulenzer, und im Kreise um uns standen, saßen, oder lagen auf Stühlen, Matten oder Polstern die Minister, die Prinzen und die „obersten Hofchargen". Nach einer Weile, nachdem wir uns gegenseitig mit Liebenswürdigkeiten traktiert hatten, wurde ein starker Kaffee, Zigaretten und ein widerlich süßes Reisgebäck gereicht. Dabei floß die Unterhaltung fort, es wurde gelacht, geklatscht, gestritten, bis denn endlich der Fürst den Zirkel aufhob und erklärte, mit mir allein sprechen zu wollen. — Alle standen auf und zogen sich in die anderen Gemächer zurück. Tjitro und Soko waren die letzten, die sich zum Gehen anschickten, sie hatten immer gehofft, etwas über Prinz Ristra, Kanaro oder das rote Kästchen zu erfahren und waren ärgerlich, als der Radscha auch ihnen den Abmarsch befahl.

Sofort, als die letzten die Veranda verlassen hatten, sagte der Fürst ungeduldig: „Nun? — Nun? — Nun, Touwan Kommandant, was hat sich ereignet?"

Ich ließ ihn erst noch etwas zappeln und erwiderte dann bedächtig: „Tja, Hoheit, Prinz Ristra ist bei mir gewesen!"

„Saya, saya! Er war bei Euch!"

„Tja, er war bei mir!" Ganz phlegmatisch sprach ich und versetzte dadurch den Fürsten in rasende Ungeduld.

Der Radscha nickte nervös: „Saya, saya, er war bei Euch! Was aber, aber was sagte er?"

„Daß er — Radscha von Bila und Negri-Lama werden will!"

„Ristra ist ein Narr!" schrie böse der Fürst.

Ich schüttelte den Kopf. „Nein, Hoheit, — ganz unrecht hat er nicht. Es ist sogar zweifelhaft, ob er mit seinen Ansprüchen nicht durchdringen wird!"

Ganz außer sich sprang der Radscha auf und lief auf der Veranda umher. Da aber der Raum infolge der vielen Möbel als Rennbahn sich

126

gar nicht eignete, warf der Fürst bei seinem Umherlaufen einige Stühle und Vasen um, bis er endlich ruhiger wurde und vor mir stehen blieb: „Ich, ich, ich bin der anerkannte Radscha!"

„Und ich möchte Euch, Tounkoe Buso, als solchen auch schützen! Nur meine ich, daß die Sache böse für Euch aussieht, wenn er das Urteil des Maharadscha in Deli fordert. Denkt, wenn er das Erbe, das Kronerbe des Vaters vorlegt und sich auf die Zeugenschaft des Mufti-besar Kanaro beruft. Ihr seid verloren, und keine Regierung kann Euch schützen!" Ich machte eine kleine Pause und fuhr dann fort: „Aber, Hoheit, ich bringe Euch eine gute Nachricht!"

Der Radscha horchte auf, warf sich voll Spannung auf seinen Stuhl und umklammerte meinen Arm: „Sprecht, sprecht! Ihr seht mich voll Ungeduld!"

Ich nickte lachend: „Ja, Hoheit, das sehe ich wohl, aber damit kann man keinen Thron der Welt erobern. Man muß dazu verdammt kaltes Blut haben. Tja, was ich nun sagen wollte, Hoheit bringen mich immer aus dem Text!"

Er zitterte förmlich vor Spannung: „Ich werde ganz, ganz ruhig sein!" Nach einer kleinen Pause fuhr ich fort:

„Tja, Hoheit, da habe ich mir gesagt, wenn Prinz Ristra das rote Kästchen, das Kronerbe seines Vaters, dem Großherrn vorlegen will, so muß er es doch besitzen!"

Der Radscha starrte mich an, als ob ich nicht bei Verstande wäre. „Besitzen? Prinz Ristra hat doch das Wunderkästchen an sich ge-rissen?" — Wieder zögerte ich mit meiner Antwort.

„Das habe ich auch geglaubt, und deshalb habe ich ihm auch gestern zureden wollen, das Kästchen zu vernichten oder Euch zu geben. Aber ehe ich die Bitte aussprechen konnte, sprang der Prinz plötzlich auf, suchte in allen Taschen und schrie entsetzt: ‚Das — rote — Kästchen ist — verschwunden!'"

„Allah und die Propheten!" schrie erstaunt der Fürst, und mit einer Schnelligkeit, die ich seiner Beleibtheit nicht zugetraut hätte, lief er an die Tür und quietschte mit scheußlich hoher Fistelstimme: „Tjitro! Soko! Soko! Tjitro!"

Die beiden Minister kamen angelaufen, und der Radscha zog sie atemlos ins Zimmer. „Tjitro! — Soko!"

„Saya, saya, großer Tounkoe!"

„Das Kästchen — das rote Kästchen — ist — ist —"

„Ist — ist?" Die beiden stierten ihn voll Spannung an.

„Verschwunden!" brüllte der Radscha.

„Verschwunden?" Die beiden sahen mich an.

Ich nickte. „Wird wohl so sein, Prinz Aistra hat den Zauberkasten mit einer leeren Zigarettenschachtel verwechselt und fortgeworfen!"

„Wohin? Wir wollen suchen!"

„Das wird vergeblich sein! Das Kästchen ruht im Fluß oder im Magen eines Krokodils! Vielleicht aber, vielleicht hat der Prinz es wieder gefunden."

„Oh, oh! Er wird es nicht finden! Und er wird keinen Beweis in Deli haben!"

Und Soko meinte: „Der Mufti Kanaro wird zeugen."

Ich schüttelte den Kopf: „Mufti Kanaro ist verhaftet und des Landes verwiesen!"

„Oh, oh!" Die Herren schrien staunend auf.

„Touwan van Trassen und meine Soldaten bringen die Fremdlinge außer Landes, auf den Weg nach dem Meer. Sie dürfen nie wieder die Ostküste betreten!"

Staunend sahen die drei Herren mich an. „Der große Touwan Kommandant hat viel gewagt!" rief Tjitro.

„Saya! Viel hat er gewagt!" schrie auch der Fürst mit seiner Fistelstimme. „Groß ist die Macht des Mufti Kanaro!"

„Oh, oh — so groß!" sekundierten die Minister.

Ich erhob mich, trank den Rest meines Kaffees und steckte mir umständlich eine neue Zigarette an. Dann erwiderte ich mit starker Betonung: „Ich fürchte niemanden! Auch den großen Mufti nicht! Mag seine Macht noch so groß sein, ich werde ihn dennoch bezwingen. Aber auch für Euch, Touwan Tjitro und Soko habe ich eine Botschaft!"

„Für uns, für uns?" fragten beide ängstlich wie aus einem Munde. „Saya!" nickte ich. „Prinz Ristra läßt Euch durch mich mitteilen —"

„Oh, oh, Touwan Kommandant, — es ist gut! Wir wollen nicht wissen, was der Tounkoe Ristra uns sagen läßt. Wir sind Diener des großen Tounkoe Buso!" Scheu und voll Furcht baten ihre Augen.

Aber unentwegt fuhr ich fort: „Prinz Ristra läßt Euch sagen, daß er Euch beide hängen läßt, wenn er Radscha von Bila ist!"

„Er will uns hängen lassen, weil wir treue Diener des großen Tounkoe Buso sind! Oh, oh — wir fürchten den Prinzen Ristra nicht. — Er wird nicht Radscha werden. Radscha bleibt immer der große Tounkoe Buso! Allah wird ihn schützen!"

Ich bezweckte lediglich, die beiden falschen Kerle vor weiteren Intrigen gegen den Radscha zu warnen, und das schien mir gelungen zu sein. „Ja, er mag ihn schützen! Aber auch wir wollen ihn hier schützen, weil der große Tounkoe der rechtmäßige und von meiner Regierung anerkannte Radscha ist!"

Der Radscha nickte mir beglückt und dankend zu.

„Der große Tounkoe wird deshalb für einige Tage verreisen, mich nach Singapore begleiten und Ihr, Touwan Tjitro und Soko, werdet Euren Herrn unter Euren Schutz nehmen!"

„Wir werden dem großen Tounkoe dienen und für ihn kämpfen!" riefen beide begeistert. „Wenn aber, — aber der Mufti-besar — uns verfolgt?" stotterten sie plötzlich ängstlich geworden.

„So werde ich ihn vernichten!" Nun, das war wohl von mir ein bißchen viel behauptet, aber die Bemerkung hatte doch die Furcht der beiden verjagt, die nun lebhaft in die Worte ausbrachen:

„Oh, oh, der große Touwan Kommandant wird den großen Mufti Kanaro vernichten! Oh, oh!"

„Wir reisen übermorgen! Ich habe das große Schiff, die Lady Longden, gechartert, und es trifft in zwei Tagen vor Djawi-Djawi ein.

Um kein Auffehen dort hervorzurufen, wird der große Tounkoe mit seinen treuen Dienern auf meinem Schiff reisen und übermorgen neun Uhr früh mit mir an Bord gehen. Ich erwarte Euch also, Hoheit, eine Stunde vorher auf meiner Pflanzung!"

Der Radscha drückte mir die Hand. „Ich werde bei Euch sein, wie Ihr es bestimmt. Ich reise wie mit Mohammed unter dem Schutze des großen Touwan Kommandanten!"

„Wir reisen wie unter dem Schutze des großen Propheten! Oh, oh, ooooh!" riefen die Minister.

Da ich die Pflanzung ohne genügenden Schutz wußte — Traffen und ich, sogar Sodikromo, waren fort — verabschiedete ich mich vom Radscha und seinem Hofstaate, um sofort zurückzukehren. Und so begleitete die ganze Gesellschaft mich wieder zur Landungsbrücke. Sehr überrascht war ich, als ich an Bord einen prachtvollen Apfelschimmel, ein Geschenk des Radscha, vorfand, und freute mich, ihm noch persönlich gleich danken zu können. Doch er wehrte meinen Dank mit den Worten ab: „Ihr tut so viel für mich, und ich bin traurig, daß ich nur ein kleiner Fürst bin und Euch nicht mehr schenken kann!"

Er sagte das so schlicht, bescheiden und herzlich, daß ich tief gerührt war. Der kleine Malaienhäuptling hatte doch das Herz auf der rechten Stelle.

Nachdem ich dem Radscha und seinem Gefolge die Hände geschüttelt hatte, salutierte ich die Ehrenwache, rief der Volksmenge ein freundliches „Tabé" zu und ging mit meinen Soldaten wieder an Bord. Juchzend heulte meine Schiffssirene, der Fürst legte grüßend die Hand auf das Herz, und ich salutierte ihn, sein Gefolge und die Menschenmenge. Von der kleinen Kommandobrücke meines Schiffes konnte ich den Fürsten noch lange sehen, bis nach einer Biegung des Flusses Negri-Lama meinen Blicken entschwunden war. Lange ließ ich noch die Schiffssirenen heulen — als Gruß und Dank!

Es war erst fünf Uhr nachmittags, die Sonne stand noch hoch am azurblauen Himmel und umhüllte uns mit ihren Feuergarben, aber

130

doch merkte man, daß es Abend und bald Nacht werden wollte. Die Tierwelt schickte sich an, die Nester herzurichten, um mit anbrechender Dunkelheit hineinzuschlüpfen. Ein matter Sonnenschleier lag auf Baum und Strauch, der in tausend wundervollen Farben glitzerte und flimmerte. Ein erfrischender Seewind fächelte unsere Stirn, und unsere Augen tranken die herrliche, wunderschöne Tropenlandschaft. Und wenn ich alle Sprachen der Welt zu Hilfe nehmen wollte, ich könnte die köstliche Wirklichkeit nicht schildern. Solche Stunden des Schauens werden unvergeßlich bleiben, wenn man sie mit dem Herzen gelebt hat. Sie zwingen uns zu Boden, und im innigen Dank und Gebet preisen wir den Schöpfer dieser Wunderwerke. Oh, wie bedauere ich die armseligen Menschen, die Gott verleugnen, sie müßten hinaus in die ferne Welt und würden mit gesundem Herzen und fröhlichem Mut — bekehrt zurückkehren.

Gleichmäßig im Takt arbeiteten die Maschinen, wie ein Messer durchschnitt der Bug meines Schiffes den spiegelglatten Fluß und die Schrauben wühlten wilde Wogen auf. Ratternd flatterten die holländischen Farben im Seewind, und hoch oben am Raa grüßte und schützte mich das Schwarz-weiß-rot meiner Heimat.

Bald — nur zu bald — erreichten wir die Pflanzung, und hell, grell juchzte die Sirene den Ankunftsgruß. Mein Haus leuchtete mir freundlich entgegen, auf dem Dach stieg der deutsche Wimpel hoch, die Palmen neigten grüßend die Kronen, und die Soldaten und Diener standen auf der Landungsbrücke, um mich zu empfangen. Die Maschinen stoppten mit versagendem Atem, und wir waren — zu Hause. Langsam stieg ich auf die Brücke, an Land. Die Trommel wirbelte den Präsentiermarsch, die Wache präsentierte die Gewehre, ich grüßte, dankte und schritt, gefolgt von der Schar meiner Diener, in mein Haus.

Dort wurde mir gemeldet, daß mein Besuch, Herr von Trütschler, sich in das Fremdenzimmer begeben habe und — fest eingeschlafen sei, und ich hatte somit Muße, ein Bad zu nehmen und mich zu erholen.

Aber eine unangenehme Überraschung blühte mir noch. Mein Hausmeister, ein älterer, verständiger Javane, meldete mir zögernd, daß die Diener nicht zu bewegen seien, trotz der Drohung mit den härtesten Strafen, den Schreibtisch zu reinigen und von Staub zu befreien. Sie fürchteten sich, in die Nähe des Tisches zu kommen und machten stets einen großen Bogen um ihn. — Ich horchte auf. — Was war das nun wieder? Sollte der Teufelskasten im Schreibtisch mir den Streich spielen? „Geh, Sakir, hole mir die Zimmerdiener!" befahl ich.

„Saya, Touwan=besar!" Er lief nach dem Hinterhaus und rief die Leute. Bald standen diese ängstlich vor mir.

„Nun, ihr Leute," begann ich zu fragen. „Sakir hat sich über euch beschwert, ihr sollt ungehorsam sein? Warum gehorcht ihr nicht seinen Befehlen? — Und warum weigert ihr euch, den Schreibtisch zu reinigen?"

Sie blickten mich voll Furcht an, dann entgegnete einer zögernd — „weil — weil darin — ein — böser Geist ist."

„Saya, Touwan=besar," bestätigten mutiger die anderen, „ein böser Geist! Ein böser Geist ist darin!"

„Unsinn, Leute! Wie kommt ihr darauf? Nun, Bakar, sprich du!"

„Saya, Touwan=besar! Ich werde sprechen! Wir haben von der Wand die Waffen abgenommen, um sie zu — reinigen — und — und — legten — das Schwert auf den Schreibtisch. Wir ließen aber das Schwert zu Boden fallen, weil wir erschrocken waren. Im Schreibtisch hat ein böser Geist geknurrt — und mit Glocken geklingelt. Da sind wir fortgelaufen!"

„So, so," sagte ich verlegen, wagte aber nicht, den Dienern das Experiment vorzumachen, um ihnen zu beweisen, daß sie sich geirrt hätten. „Es ist nur ein kleiner Spielapparat für Musik, wißt ihr, so einer, wie Touwan Leutnant hat! Nun habt ihr an den Tisch gerüttelt und die Glocken haben sich bewegt!"

„Saya, saya, Touwan=besar! Nur ein Musikkasten! Oh, wir wissen schon!" riefen sie durcheinander.

132

„Morgen werde ich den Kaſten nach Singapore mitnehmen und dort verkaufen, dann dürft ihr wieder an den Tiſch gehen und braucht euch nicht zu fürchten!"

„Saya, saya, Touwan=beſar! Morgen werden wir wieder den Tiſch reinigen — und Muſik iſt — in Singapore!"

„Ja," nickte ich lachend, „Muſik iſt in Singapore! Nun macht, daß ihr fortkommt und ſeid gehorſam, damit Sakir ſich nicht zu beklagen braucht!"

„Saya, saya, Touwan=beſar!" Die Leute verneigten ſich tief und eilten froh davon.

„Der verdammte Kaſten macht mir zu ſchaffen," dachte ich ärgerlich. Dann ging ich an den Schreibtiſch, ſchloß das Fach auf und verſtaute den Teufelskaſten noch tiefer und vorſichtiger. Sein Beſitz begann mich mehr und mehr zu bedrücken, das ſchlechte Gewiſſen regte ſich in mir. Ich hatte mich immerhin, wenn auch in höherem Intereſſe, wider= rechtlich in den Beſitz des Erbes Tounkoe Buſos geſetzt und hatte des= halb auch nicht das Recht, den Kaſten zu vernichten, ohne die Ein= willigung des Beſitzers einzuholen. Ich zerbrach mir deshalb den Kopf, wie ich mich am beſten aus dieſem Zwieſpalt herausziehen könne, ohne eine Löſung zu finden. Vielleicht kam mir ein günſtiger Zufall zu Hilfe.

Auf der Krokodiljagd

Bald erschien auch Herr von Trütschler, sich dehnend und reckend, aber doch erfrischt, warf sich auf den Faulenzer und ließ sich von mir meine Erlebnisse in Negri=Lama erzählen. Als ich dabei auch die Krokodile erwähnte, die ich auf meiner Fahrt erblickt hatte, ermunterte er mich, mit ihm eine Jagd auf die Scheusale zu unternehmen. Die gefräßigen Tiere wären besonders auf diesem Landstrich eine Plage geworden, und es mußte unter allen Umständen etwas geschehen, um ihr Überhandnehmen einzuschränken.

An eine gänzliche Ausrottung war bei der Menge, die den prächtigen Fluß und seine Ufer bevölkerten, natürlich nicht zu denken, aber immer= hin sollten die am Fluß liegenden Plantagenleiter dafür sorgen, daß durch gelegentliche Jagden die Biester vertrieben und dadurch der zahl= reichen Ansammlung gesteuert würde.

Gerne hätte ich die Jagd auf eine spätere Zeit verschoben, weil ich in den nächsten Tagen die Reise nach Singapore vorhatte und mit meinen Kräften etwas haushalten wollte. Da ich aber, um auch ge= fällig zu sein, mich gerne den Wünschen meiner Freunde fügte, willigte ich ein, am frühen Morgen des kommenden Tages aufzubrechen. Herr von Trütschler blieb deshalb über Nacht bei mir, um morgens gleich zur Stelle zu sein.

Es war uns klar, daß ich mit meiner Launch nicht in die Nähe der sich sonnenden Tiere kommen konnte, ohne sie zu verscheuchen und spur=

los im Wasser verschwinden zu sehen. Daher beschlossen wir, drei Boote mit einigen Javanern auszurüsten, mit denen wir leiser an die Biester heranfahren konnten. Und so gab ich noch am Abend entsprechende Befehle, damit am kommenden Morgen alles zur Stelle war.

Das Für und Wider erwogen wir im Laufe des Abends in gemütlichem Plauderton, aßen tüchtig und begossen unseren Kriegsplan mit reichlichem Alkohol. Verhältnismäßig früh suchten wir unsere Nachtlager auf, um am anderen Tage frisch und tatkräftig zu sein.

Als wir dann am nächsten Morgen zu ungewohnter Zeit geweckt wurden, waren wir ganz bei der Sache. Wir frühstückten, untersuchten unsere Büchsen, füllten die Patronentaschen, sorgten für Proviant, kurz für alle Dinge, die für eine Vormittagsjagd notwendig waren.

Die Polizeisoldaten meldeten, daß die Javanen bereits an der Landungsbrücke bei den Booten seien, und so schritten wir dorthin und begaben uns in die Kähne. Jeder von uns hatte ein Fahrzeug mit zwei Javanen, während das dritte Boot mit zwei Javanen uns folgte.

Es war kurz vor sechs Uhr früh. Noch lag die Natur im Halbschlummer, und nur ein feines, fahles Licht dämmerte auf. Hin und wieder der Schrei eines Nachtvogels, der sein Nest suchte, oder das Hustenheulen eines Affen, der zu früh erwacht war, sonst eine märchenhafte Stille in der feuchtkühlen Tropenluft. Leise und sanft schwankten die Boote und glitten die Bila hinab. Wir saßen jeder in der Mitte unseres Bootes, die Büchse schußbereit in handgreiflicher Nähe, und genossen den Zauber des erwachenden Tages. Weich und doch fest faßten die Ruder das glatte, träumende Wasser, die fallenden Tropfen sangen ein Wiegenlied, und die feinen Wellen zitterten in Schaumkämmen, flüsterten und säuselten im Chor. So traf uns der Tag, der plötzlich im goldenen Sonnenmantel, begleitet von den jubelnden Stimmen der Tierwelt, auftauchte und uns mit Lichtwellen überflutete. Das zauberhafte Grün der Wälder erwachte, Bäume und Pflanzen schüttelten den Schlaf aus Blatt und Zweigen und badeten

im Morgentau. In tausend Farben spiegelten sie sich in den Sonnen=
strahlen, tranken das Licht, die Kraft des jungen Tages. Hoch wie
ein glühender Ball stieg die Sonne aus ihrem Urwaldbett, ein Dank=
gebet begrüßte sie, und auch die Ruderer in den gleitenden Booten
senkten betend die Häupter vor dem gewaltigen „Auge des Tages".

Nachdem wir so zwei Stunden gefahren waren, erreichten wir die
Stelle, wo ich tags zuvor auf der Fahrt nach Negri=Lama ein Riesen=
nest der Saurier entdeckt hatte. Dreißig bis vierzig dieser Reptilien
lagerten nebeneinander und übereinander in einer graugelben Uferbucht
der Bila, und die Farbe ihrer Panzer unterschied sich kaum von dem
Schlamm, auf dem sie ruhten. Es waren Biester darunter, die fünf
bis sechs Meter Länge zeigten, aber auch viele Sumpfkrokodile, die ge=
ringere Maße aufwiesen. Starr und bewegungslos lagen sie mit weit
aufgesperrtem Rachen da und ließen sich von Regenpfeifern Speisereste
aus den Zähnen picken. Dieser Regenpfeifer, auch Krokodilwächter ge=
nannt, ist ein höchst eigenartiger Vogel, der sich im allgemeinen
äußerst scheu zeigt, den aber eine heiße Freundschaft mit dem Krokodil
zu verbinden scheint. Sorglos spaziert er im offenen Rachen des Un=
geheuers umher und pickt darin herum, wie auf einem geschützten
Futterplatz. Auch alles mögliche andere Gewürm, das sich im Panzer
des Sauriers aufhält oder eingenistet hat, holt der kleine Vogel als
leckere Mahlzeit hervor und befreit damit seinen lieben Freund von
peinlichen Gefühlen.

Das Leistenkrokodil, denn nur um ein solches handelt es sich in Su=
matra, wird gegen sieben Meter lang, ist gräulichgelbgrün, zeigt also
eine ganz unbestimmte Bodenfarbe. Manche haben dunkelbraune
Flecken, die aber nur in nächster Nähe erkennbar sind. Meist unter=
scheidet es sich bei seinem stumpfen Daliegen kaum von einem gefäll=
ten Baum, der vom Uferschlamm bespült ist. Der Rückenpanzer zeigt
verknöcherte, gekielte Schilde, der zusammengedrückte Schwanz einen
Kamm, und die kurze, fleischige Zunge ist der ganzen Länge nach im
Unterkiefer festgewachsen. Das Ohr und die Nasenlöcher haben ver=

schließbare Klappen, das Auge hat drei Lider, und die vertikale Pupille zeigt einen grauenvollen Ausdruck. Am Unterkiefer befinden sich zwei Drüsen mit moschusartiger Ausdünstung, die bei einer großen Menge dieser Tiere im Umkreis fast betäubend wirkt. Man muß vor Unbehagen den Atem anhalten, um nicht zu viel von dem scharfen Geruch in sich aufzunehmen. Wegen ihres steifen Nackens sind die Krokodile auf dem Lande unbeholfen, das hindert sie aber nicht, gelegentlich Fischerhäuser, die am Ufer liegen, aufzusuchen und unbewachte Kinder oder hilflose Kranke zu überfallen und als Beute in das Wasser zu schleppen. Im Wasser zeichnen sie sich durch unglaubliche Schnelligkeit und Stärke aus, aber auch dort schwimmen sie oft faul mit aufgesperrtem Rachen umher und klappen ihn nur zu, wenn sie merken, das Fische in die Falle geschwommen sind. Ihre Hauptnahrung besteht aus Fischen, deshalb halten sie sich nur in fischreichen Flüssen auf.

Wir waren mit unseren Booten leise herangeglitten, entfernten uns dann voneinander auf zwölf bis fünfzehn Meter und zogen im Wasser ein festes, starkes Netz, um das Entweichen der Tiere zu verhindern. Die ziemlich mühevolle Arbeit mußte möglichst geräuschlos vor sich gehen, um die Bestien nicht vorher zu warnen und zur Flucht zu verleiten. Wir mußten ihnen den Weg nach dem Wasser abschneiden und sie ans Land treiben, wo sie unbeholfener und leichter zu erlegen sind. Deshalb war unser Plan auch, daß wir den Angriff vom Wasser aus wagen mußten.

Ich hatte sechs meiner kräftigsten Javanen aussuchen lassen, die das Spannen der Netze vornehmen sollten, stattliche, große Männer, die auch dem Ansturm der Krokodile Widerstand entgegensetzen konnten. Ganz langsam wurde der Kreis der Netze nach dem Lande zu enger gezogen, so daß es bald aussah, als wenn die Tiere in einem Kessel lägen. Die Schnauzen hatten sie alle dem steilen Ufer zugekehrt, dösten stumpfsinnig, unbeweglich vor sich hin, und selbst ihre Wächter, die Regenpfeifer, spazierten sorglos im Rachen oder auf dem Rücken der Scheusale umher.

Leise richtete ich mich im Boot auf, um eine möglichst bequeme Schieß-
stellung einzunehmen und erfaßte dabei den Bootsrand, fuhr aber erschreckt zurück, als plötzlich an dieser Stelle im Wasser ein riesiger
Rachen mir entgegenstarrte. Blitzschnell ergriff ich mein Gewehr und
jagte dem Biest eine Kugel in den offenen Schlund. Das Tier tauchte
unter, dann wieder auf, der Panzerrücken mit dem furchtbaren Kamm
krümmte sich, peitschte Wellen auf, so daß wir in Gefahr gerieten, mit
dem Boot umgeworfen zu werden, dann aber ein Schnauben, Röcheln,
die Kraft erlahmte, der Riesenschwanz streckte sich und das Tier
schwamm an der Oberfläche und zeigte die Weichteile. Die gräßlichen
Füße standen hoch, — das erste Tier war erlegt.

Die Leute fingen es mit Seilen und zogen den Körper langsam an
unser Boot. Natürlich war das Krokodil von der Wasserseite an uns
herangeschwommen, nachdem es vergeblich durch das Netz zu ent-
kommen versucht hatte, um an Land zu den anderen Tieren zu gelangen. Mein Freund in seinem Boot hatte sich auch aufgerichtet und
verfolgte schußbereit die Folgen meines Schusses, um vielleicht mir
zu Hilfe eilen zu können. Es war ein riesiges Tier, das ich so schnell
und glücklich erlegt hatte, und zeigte eine Länge von 8¼ Meter. Nun
lag es an meinem Boot, und der Hals zuckte noch ein wenig. Die
Pille war zu stark, die es schlucken mußte, der Atem war ihm dabei
ausgegangen.

Nach meinem Schuß waren die Regenpfeifer erschreckt aufgeflogen,
und die Krokodile am Ufer bewegten sich unruhig. Heftig atmend
sperrten sie die Rachen auf, es war offensichtlich, sie witterten Gefahr.
Einige kleinere Tiere schlüpften ins Wasser, die größeren aber blieben
noch faul liegen und klappten die Rachen drohend auf und zu. In
den Netzen war ein Zucken und heftiges Schütteln, die kleinen Bestien,
die sich retten wollten, hatten sich darin verfangen und flüchteten dann
wieder an das Land zurück. Herr von Trütschler hatte inzwischen ein
großes Tier am Ufer aufs Korn genommen. Der Schuß krachte und
schien die Halsader durchschlagen zu haben, denn das Tier ließ den

Rachen offen stehen und trieb viel Schweiß. Die Versuche, sich rück=
wärts nach dem Wasser zu bewegen, gelangen nicht, die kurzen Beine
versagten den Dienst, der Schuß hatte gut gesessen, der Saurier streckte
sich röchelnd.

Aber die anderen Tiere waren plötzlich in hellem Aufruhr. Über=
einander und durcheinander flüchteten sie rückwärts nach dem Wasser.
Bekanntlich können sie sich des steifen Nackens wegen auf dem Lande
nicht drehen, nur im großen Bogen geben sie ihrem Lauf eine andere,
als die gerade Richtung. Ohne Unterbrechung jagten wir jetzt unsere
Kugeln in die Haufen der fliehenden Bestien, und in wilder Hast, eine
die andere hemmend, versuchten sie das Wasser zu gewinnen. Der
Uferschlamm färbte sich von dem Schweiß der Getroffenen, und die
Krankgeschossenen bewegten verzweifelt die kraftlos gewordenen Läufe.
Wütend klappten und schnappten die fürchterlichen Rachen, zischende
Laute erfüllten die Luft, und der widerliche Moschusgestank benahm
uns den Atem.

Das Wasser füllte sich von den fliehenden Krokodilen, die nun wü=
tend gegen die Netze stürmten, und diese und unsere Boote mitrissen
bis in die Mitte des Flusses. Schnaubende Rachen umkränzten die
Boote, die von den darunter entweichenden Tieren gehoben, geschoben
und fast zum Kentern gebracht wurden. Aber unentwegt standen wir
in der Mitte unserer Fahrzeuge und feuerten ohne Unterbrechung in die
klappenden Rachen, in die glasigen, schrecklichen Augen, in aufgeblähte
dicke Hälse. — Hohe Wellen schlugen auf, und blutrot färbte sich das
Wasser. Eingekeilt in die Netze, stürmte die Menge, Rettung suchend,
vorwärts und zog uns und die toten Leiber der Getroffenen in rasen=
der Wut mit sich. Wir durften uns nicht setzen, uns nicht an den
Rand des Bootes wagen, nicht Halt suchen, sondern fest in der Mitte
des schwankenden Kahnes ausharren. Eine ungeschickte Bewegung,
ein Stolpern oder gar ein Fall wäre unser Tod gewesen. Die immer
nach uns schnappenden Tiere hätten uns erfaßt, aus den Booten ge=
zerrt und in Fetzen zerrissen. Und die Boote schwankten, zitterten,

knackten von den antreibenden Panzerleibern, die Javanen schrien vor Furcht und Sorge. Jeden Augenblick hoben sich die Boote, wuchtige Schwanzschläge trafen sie, und wir glaubten uns verloren. Aber immer wieder feuerten wir in die rasenden Massen, schickten die gefährlichsten in den Tod und befreiten uns so von der drohendsten Gefahr.

Da endlich rissen die Stricke der Netze, sie sanken ins Wasser, und die Tiere schossen davon. Unsere Boote drehten sich durch die Wucht des Vorbeizuges, Wellen schlugen hinein, und ich mußte meine Javanen umklammern, um nicht über Bord zu fallen. Dann wurde es ruhiger, das Schnauben und Klatschen der fliehenden Tiere klang entfernter, bis es in der Ferne verrauschte. Der aufgeregte Fluß wurde sanfter, die Wellen legten sich, und allmählich wurde er glatt und klar, — die Ungeheuer waren verschwunden.

„Donnerwetter!" — schrie Trütschler zu mir herüber. „Nun hätte uns alle der Teufel bald geholt!"

„Ja!" erwiderte ich und wischte mir den Schweiß. „Wir waren sehr klug und unser Kriegsplan gut, aber wir hätten die Netze an Bäume und Pfähle befestigen müssen. Die schwachen, schwankenden Kähne konnten den Sturm nicht aufhalten!"

Dann hatten wir reichlich zu tun, um die vielen toten Tiere zu fangen und mit Stricken an das Ufer zu ziehen. Aber nach zwei Stunden war auch diese Arbeit getan, und elf große und kleine Krokodile lagen ausgerichtet im Sand. Das Resultat war befriedigend, die Jagdbeute gut. Die Javanen machten sich nun an die Tiere, schnitten ihnen die Leiber auf und durchsuchten ihre Magen. Unglaubliche Dinge kamen da zum Vorschein. Sie fanden eiserne Ringe, einen Hammer, eine Zange, aber auch Kleiderfetzen, silberne Ringe und Spangen und den winzigen Schädel eines Kindes. Ein Zeichen für uns, daß wir gefährliche Menschenräuber erlegt hatten.

Das Krokodil ist sehr widerstandsfähig, deshalb glaubten wir auch, daß viele schwer verwundete Tiere mit den anderen mitgeflohen seien. Doch können selbst leicht verwundete Tiere nicht mehr lange leben, weil sich in die Wunden sofort eine Unzahl von Muscheltieren und anderes Gewürm hineinsetzt, welche das Tier langsam auffressen. Solche ausgehöhlte Kadaver schwimmen oft im Fluß herum. Das Wasser der Flüsse ist durchzogen von Milliarden kleiner Lebewesen, die sichtbar für das Auge, meist aber nur mittels eines Vergrößerungsglases erkennbar sind. Trotzdem schöpft der Eingeborene das Wasser und stillt seinen Durst damit, während wir Europäer das Wasser nur genießen dürfen, wenn es vorher gekocht, durch das Filter gelaufen und dann tagelang in tönernen Flaschen gekühlt ist. Aber auch dann pflegen Europäer den Durst nicht mit solchem Wasser zu stillen, es enthält viele Fieberstoffe, die uns auf das Krankenlager werfen können. Wir hielten uns meistens an Selterswasser, Apollinaris, Limonaden und wie die Getränke sonst heißen, die frisch und kühlend wirken. — —

Mit vieler Mühe wurden die Netze aus dem Wasser gezogen und mit dem anderen Material in den Booten verstaut. Einen Kahn und zwei Javanen ließen wir zurück, mit dem die Kadaver fortgeschafft werden sollten. Die Eingeborenen ziehen den Krokodilen auch die Panzer ab, aus denen sie, wie auch wir in Europa, hübsche Taschen und andere Gegenstände anfertigen.

Die zwei anderen Boote wurden wieder flott gemacht, wir bestiegen sie und ruderten langsam zurück. Nach den wilden Aufregungen waren wir reichlich müde und hungrig, aber der scharfe Moschusgeruch, der uns noch immer wie eine Wolke umgab, vertrieb Schlaf und Appetit. So fuhren unsere Boote nebeneinander, wir plauderten und tauschten Meinungen und Lehren aus. — Theorie und Praxis sind und bleiben Gegensätze, und die Erfahrung wirft nur zu leicht die gelehrtesten Pläne vom grünen Tisch über den Haufen. Auch wir hatten felsenfest an unseren Angriffsplan geglaubt, haben aber dann durch die wahnsinnige Gefahr, die wir bestanden hatten, umlernen müssen. Die Größe der Gefahr kam uns erst jetzt, nachdem alles vorüber war, zum Bewußtsein, und wir konnten von Glück sprechen, daß die Netze rissen und die rasenden Tiere die Freiheit gewannen. Trotz allen Mutes wären unsere Boote bald umgeschlagen, und wir selbst in Stücke gerissen worden. Es war ein Gotteswunder, daß wir alle unversehrt davon kamen. — Dieser Gedanke beschäftigte uns stark, und die Erinnerung an die schnappenden und zischenden Rachen war grauenvoll und erschütterte unsere Seelen. Gewiß, wir waren Männer und in Gefahren stark und hart geworden, aber dennoch spielen wir nicht gern mit unserem Leben. Wir lassen uns nicht nur von der rohen Kraft, sondern vor allen Dingen auch von der Vernunft leiten. Deshalb fühlten wir uns, trotz der großen Jagdbeute, gedrückt, denn wir merkten, daß wir leichtsinnig gewesen waren.

Glühend brannte die Sonne auf uns herab, der Schweiß lief uns in Strömen von Gesicht und Hand. Die Luft war dick, und der verdammte Moschusgeruch erzeugte Übelkeit. Langsam glitten wir den wundervollen Fluß hinauf, rechts und links der Urwald mit seinem finstern, sumpfigen Herzen, mit dem geheimnisvollen Raunen, Rauschen und Locken und dem vielstimmigen Hustenheulen der Affen. Vor uns der schwellende, spiegelglatte Fluß mit den vielen spielenden Fischen und seiner drohenden Tiefe. Taktmäßig hoben und senkten sich die Ruder, und laut knarrte und rieb sich das Holz in den Bordzwingen.

Bald hatten wir die Pflanzung erreicht. Am Ausguck der Landungsbrücke schrie ein Polizeisoldat die Wache heraus und verkündete meine Ankunft. Polizeisoldaten und einige meiner Diener liefen herbei, um uns beim Landen behilflich zu sein, und schnell verließen wir die Boote.

Nach kurzer Erholung und einem üppigen Frühstück verabschiedete sich mein Freund, um nach seiner Pflanzung zurückzurudern. Sein Boot lag bereit, und seine Leute hatten die Ruder in das Wasser gesenkt. Noch ein Händedruck, noch einige lustige Worte, das Boot setzte sich in Bewegung, und wir winkten uns lachend Abschiedsgrüße zu. In der Ferne verzehrte die Sonne das kleine, schwankende Boot.

Meine Reise mit dem Radscha nach Singapore

Leutnant van Traffen war mit seiner Mannschaft aus Djawi-Djawi zurückgekehrt und meldete, daß er den Oberpriester und sein Gefolge sozusagen mit einem Fußtritt in das offene Meer befördert habe, und daß alles gut verlaufen sei. — Der Prophet hatte sich mit den anderen Muftis in seine Kabine eingeschlossen, sich also überhaupt nicht sehen lassen. Sein Schiff nahm die Richtung nach Penang, er hatte also nicht die Frechheit, Tandjong-Balei anzulaufen. — Kanaro schien demnach klugerweise sein Ansehen nicht weiter aufs Spiel setzen zu wollen. Darüber war ich sehr froh und rapportierte ausführlich dem Kontrolleur und dem Residenten. Mochten die Herren das Weitere veranlassen; ich war zufrieden, den Weltweisen los zu sein und in meinem Distrikt Ruhe zu haben. —

Am Nachmittage trafen schon die chinesischen Aufseher und Begleitmannschaften für den Kulitransport ein. Sie wurden von ihren Pflanzungen Soeka-Radja und Kaloendang zu meiner Verfügung gestellt und brachten auch Briefe und Bankanweisungen ihrer Herren.

Danach verlangten beide Pflanzungen 400 Mann, während ich für meine Pflanzung 250 benötigte. Das war eine stattliche Zahl, und 650 Chinesenkulis wollten in Singapore in zwei Tagen zusammengebracht werden. Und mir graute jetzt schon, die stinkenden Agenturen, richtiger Menschenhandlungen, aufzusuchen und um Sklaven feilschen zu müssen.

Das Radschaschiff traf am nächsten Tage pünktlich um acht Uhr früh an der Landungsbrücke ein. Der Radscha, Tjitro und Soto, sowie ein kleines Gefolge von Dienern entstiegen ihm und wurden von van Trassen und mir empfangen. Nach einem kleinen Frühstück in meinem Hause begaben wir uns an Bord meiner Steamlaunch, auf der schon alle Begleitmannschaften, unter denen sich auch mein chinesischer Oberaufseher mit einigen Tändels (Aufsehern) befand, versammelt hatten. Nachdem noch zehn Polizeisoldaten dazugestiegen waren, gab ich das Abfahrtszeichen, die Sirene juchzte und heulte, und wir dampften die Bila hinab.

Der kleine Dampfer faßte knapp die vielen vielen Passagiere. Einer saß fast auf dem anderen, und die Schiffsmannschaft wußte nicht, wie sie ihren Dienst verrichten sollte. Der Radscha hatte mit seiner engeren Begleitung gleich die einzige Kabine auf Deck mit Beschlag belegt, und ich rettete mich auf die Kommandobrücke. Dort hatte ich unter dem Sonnensegel wenigstens frische Luft, denn auf Deck war es infolge der Ausdünstung so vieler Menschen nicht auszuhalten. Alle Wohlgerüche Indiens waren nichts dagegen! Auch konnte ich dabei selbst das Steuer führen, was jedenfalls interessanter war, als in der dumpfigen Kabine mit dem Radscha zu sitzen. Das Vergnügen würde ich ja bald an Bord des großen Dampfers haben. Dort war der Raum aber nicht so beschränkt, wie auf meinem kleinen Schiff. Da gab es ein Ober- und ein Unterdeck, man war im Oberdeck für sich allein und hatte Ellbogenfreiheit.

Es war wieder eine sengende Glut, und der Häuptling in der Kabine schwitzte wie ein Braten. Auch ich litt auf der Führerbrücke unter der

144

Hitze, aber durch den Seewind, der leise und weich mein Gesicht um=
fächelte, wurde sie wenigstens erträglich. Mein Diener Bakar erschien
plötzlich auf der Brücke und brachte ängstlich mein Köfferchen, indem
ich wichtige Papiere und — den Teufelskasten verstaut hatte. Zu die=
sem winzigen Köfferchen besaß ich nur allein den Schlüssel, während
die Sorge um mein sonstiges Gepäck meinen Dienern oblag.

„Apa lu ma=u? (Was willst du)" fragte ich erstaunt.

„Touwan=besar!" erwiderte er furchtsam, „die — Musik — singt
wieder!" Ich lachte grimmig.

„Verdammter Kasten," dachte ich, „verfolgst du mich immer?" Laut
sagte ich: „Und du fürchtest dich vor ein bißchen Musik?"

„Saya, saya, Touwan=besar, aber ist auch drin böser Geist, der
immer mit Krallen kratzt und knurrt!"

„Büffel! Was du dir alles ausdenkst! Stell' den Koffer hier hin
und mache, daß du runterkommst!"

Blitzschnell vollzog er meinen Befehl und lief die kleine Treppe zur
Brücke wieder hinunter.

Mein malaiischer Schiffsführer lachte, nahm das Köfferchen und
stellte es in das Kompaßhäuschen. Er sprang aber gleich wieder er=
schreckt zurück, als plötzlich im Koffer ein lautes Lärmen und Klingen
anhob. Wütend wandte ich mich und riß ihn von einer Stahl=
platte herunter, auf die er ihn gestellt hatte. — Sofort wurde es im
Koffer wieder ruhig.

Ganz ratlos trug ich ihn hinunter und ging damit in die Ka=
bine. Der Radscha saß dort in dem engen Raum auf dem winzigen
Sofa und qualmte wie ein Schornstein. Seine beiden Minister füll=
ten den übrigen Teil der Kabine aus und halfen durch fleißiges Rau=
chen den Aufenthalt dort — auch nur für Augenblicke — unmöglich
zu machen. Dabei lief der Schweiß den Herren in Bächen von Stirn
und Nacken, aber es gefiel ihnen da drinnen, und sie fühlten sich
offenbar wohl in der unerträglichen Atmosphäre.

„Touwan Kommandant!" schrie der Fürst, als er mich erblickte. „Seit wann trägt Touwan Kommandant Koffer? Ist doch Arbeit nur für Boys?" Er lachte lustig.

„Lach' du nur," dachte ich für mich, „dir würde das Lachen vergehen, wenn du wüßtest, was ich hier drin für eine Höllenmaschine herumschleppe." — „Es sind wichtige Papiere im Koffer!" sagte ich laut. „Und die muß ich selbst beaufsichtigen! Auch habe ich eine feine Spieluhr drin, die nicht herumgeworfen werden darf. Sie ist verdorben, und ich will sie in Singapore reparieren lassen!"

„Musik? Musik?" lachte der Häuptling. „Ich liebe Musik! Machen wir Musik, ich bin lustig heute!"

Ich wehrte ab und suchte vergebens nach einem Plätzchen in der Kabine, wo ich das Köfferchen unterbringen konnte. Aber der Radscha hatte den ganzen Raum für sein Gepäck mit Beschlag belegt.

„Gebt mir das Ding, ich werde es hier als Kissen auf dem Diwan benutzen und selbst bewachen!" Gutmütig nickte der kleine, dicke Herr mir zu.

Mit einem Galgenhumor reichte ich ihm den kleinen Lederkoffer, und er stellte ihn auf das Sofa und legte seinen dicken Buckel daran. Mißtrauisch sah ich mir die Sache an. „Wenn das nur gut geht," dachte ich seufzend. Na, meinetwegen! Ich hustete vor Hitze und Rauch und machte, daß ich hinauskam. Draußen atmete ich auf und stieg wieder die Kommandobrücke hinauf.

Wir fuhren jetzt langsam an einer Sandbank vorüber und erblickten mehrere Boote, die dort angelegt hatten. Die Bemannung der Boote, acht bis zehn nackte Malaien, suchten eifrig mit Spaten und Harken die kleine Sandinsel ab. „Ihr da! Ihr Leute!" rief ich.

Die Malaien horchten auf: „Saya, Touwan-besar?"

„Was macht Ihr da?"

„Wir suchen ein rotes Kästchen, Touwan-besar! Tounkoe Ristra hat befohlen! Schon drei Tage suchen wir!" schrien sie verzweifelt zurück. Die letzten Worte kamen schon aus weiter Ferne, denn wir fuhren wieder schneller und mit Volldampf.

140

„Arme Kerle," dachte ich, „da könnt ihr lange suchen!" Ich wurde ärgerlich, und wütend packte ich die Speichen die Steuerrades. „Kreuzbombenelement, der verfluchte Kasten! Überall grinst das Luder mir entgegen!" Ich faßte böse nach meinem Gewehr und feuerte in ein Nest von Krokodilen hinein, die darauf flink ins Wasser rollten und in der Flut verschwanden.

„Ah! Ah!" schrien die Leute erfreut unter mir, die die Wirkung verfolgt hatten.

Ich aber kehrte mich nicht an das Lob der Leute, packte wieder das Steuer und blickte nach vorne. Da wurde es wieder unruhig unter mir. Der Fürst, Tjitro und Soko stürzten entsetzt aus der Kabine. Mir ahnte nichts Gutes und ich seufzte verzweifelt.

„Touwan Kommandant! Touwan Kommandant!" schrien die Herren außer sich. „Kommt schnell, kommt schnell!"

Na, und ich kletterte sehr schnell von der Kommandobrücke herunter. „Was ist denn los, Tounkoe?"

Der Fürst atmete erregt und asthmatisch: „Touwan=besar! Touwan Kommandant! Der — böse — Geist ist in — der Kabine!"

„Saya, saya, der böse Geist!" sekundierten seine Begleiter.

„Ach Unsinn!" erwiderte ich grob und ging mit den Herren in die Kabine zurück. „Wo denn?"

„Saya, — dort im Koffer! Es kratzte, klingelte und wollte heraus!" Ich nahm den Koffer. Nichts rührte sich!

„Vorhin! — Vorhin!" nickte Soko, als der Tounkoe sich anlehnte.

Ich faßte dem Fürsten auf den Rücken und entdeckte einen Dolch am Hosengurt. „Ja!" sagte ich lachend, „wenn der Stahl an die Spieluhr kommt, dann spielt sie!"

Die Herren sahen mich ganz dumm an: „Ja! dann spielt sie!"

„Und weil sie zerbrochen ist, kratzt und knurrt sie!" fuhr ich fort.

„Saya, saya!" lachte der Fürst. „Soko und Tjitro sind zu dumm! Sie kratzt und knurrt, weil sie zerbrochen ist! Tjitro und Soko sind dumm und quaken wie Frösche!"

„Wird wohl so sein!" erwiderte ich ärgerlich und schob den Koffer unter das Sofa. Nun, und dort fand er während der Reise seine Ruhe, und ich gottlob auch. Jetzt aber stand es für mich fest: der Kasten mußte auch ohne Vorwissen des Fürsten unschädlich gemacht werden.

Beruhigt setzten sich die Herren wieder auf ihre Plätze, und ich beeilte mich, aus der Stinkbude zu kommen.

So verflossen die Stunden, und das brave Schiff jagte den Strom hinab. Bald hatten wir Djawi-Djawi erreicht, die Launch juchzte und heulte einen gellenden Gruß hinüber. An der Landungsbrücke sammelten sich die Bewohner, in der Hoffnung, uns landen zu sehen, aber wir fuhren mit Volldampf vorüber, der offenen See zu, wo mit dröhnendem Baß uns die „Lady Longden" begrüßte. Bald lagen wir ihr zur Seite, und ich kletterte mit meinem Köfferchen, dem Fürsten und Gefolge an Bord des Riesenschiffes.

Am Fallreep empfing uns der Kapitän und seine Offiziere, während einige dunkelfarbige Matrosen uns behilflich waren. Nach einer freundlichen Begrüßung begaben wir uns zunächst in unsere Kabinen, um den äußeren Menschen wieder herzustellen. Unser Gepäck und unsere Diener waren an Bord, und meine Steamlaunch juchzte und heulte einen minutenlangen Abschiedsgruß, dann setzte sie sich in Bewegung und schaukelte Djawi-Djawi entgegen. Ich befahl meinem Kapitän, den Kurs direkt Singapore zu nehmen und keine Zwischenstation anzulaufen, deshalb steuerte er auch sofort in den südlichen Teil der Malakkastraße.

Die malaiischen Gewässer gehören zu den gefährlichsten für die Schiffahrt, weil nicht nur viele sichtbare, sondern auch sehr viele unsichtbare Riffe die Fahrt bedrohen. Die Kapitäne dürfen nur die genau erprobte Straße steuern und müssen jede Abschweifung, auch die kleinste, unterlassen. Man fährt deshalb nur mit halber Geschwindigkeit, und der Kapitän übernimmt, abwechselnd mit dem ersten Offizier, neben dem Steuermann selbst den Dienst am Steuer. Das Schiff war ein mittlerer Personen= und Frachtdampfer und wurde nicht oft von Passagieren gewählt. Der Haupttransport bestand in Waren, Arbeitern und in der Postverbindung mit dem Welthafen Singapore. Großer Luxus, wie auf anderen Schiffen, wurde den Passagieren nicht geboten. Wohl waren geräumige Kabinen vorhanden, die auch sauber und einladend gehalten waren, und auch die Speise= und Gesellschafts=salons genügten bei bescheidenen Ansprüchen, aber es sah alles so alt und verbraucht aus, wie das Schiff selbst. Für die Verbindung zwischen Singapore und der Ostküste, die nur 14 Stunden währte, verzichtete man auch schließlich gerne auf eine luxuriöse Bequemlichkeit. Man war ja bald da, und es war ganz gleichgültig, ob ein paar Stühle mehr oder weniger zur Verfügung standen.

Meine Diener hatten gleich zwei nebeneinanderliegende Kabinen mit Beschlag belegt und das Notwendigste für die Nacht und Toilette ausgepackt. So fand ich denn, als ich ein Bad nehmen und mich um=kleiden wollte, alles zu meiner Zufriedenheit vor. Die chinesischen Aufseher und meine Polizeisoldaten waren im Zwischendeck untergebracht, während der Tändel=besar (chinesischer Oberaufseher) und meine Leib=diener in meiner nächsten Nähe Kabinen erhielten. Doch hatte ich an=geordnet, daß auf der Rückfahrt von Singapore unsere gesamte Be=gleitung auf Oberdeck einquartiert werden sollte, damit das Zwischen= und Unterdeck für den Kulitransport freibleibe.

Für den Malaienfürsten und seine Gefolgschaft waren auf Oberdeck die besten Kabinen vergeben, und Seine Hoheit und die Herren Wür=denträger schienen sich sehr behaglich zu fühlen. So war alles in bester Ordnung, und wir konnten dem Kommenden mit Ruhe ent=gegensehen.

Schon als wir die offene See und die Fahrstraße erreicht hatten, war die Dunkelheit angebrochen, die rapide sich in eine sternhelle Nacht verwandelte. Wir lagen auf dem Oberdeck in bequemen Schiffsstühlen lang ausgestreckt, rauchten Zigarren und ließen von unseren Dienern den Tee, Kaffee oder andere Erfrischungen auftragen. Die See war ruhig und glatt, obgleich sonst die Stürme in den malaiischen Meeren zum täglichen Brot gehören. Es war ein behagliches Ausruhen und süßes Nichtstun nach den vielen Aufregungen der letzten Tage und Stunden, und ich konnte in Ruhe meine Pläne für meine Geschäfte in Singapore überdenken.

Auch der Radscha war schweigsam, doch ein öfteres behagliches Grunzen gab mir Kunde von seiner guten Laune. So dösten wir hin und freuten uns, nicht sprechen zu müssen. Der Mond stand klar und hell am Sternenhimmel und warf seine Lichtkegel über die flüsternden Wellen des Tropenmeeres. Taktmäßig arbeiteten die Maschinen, der Bug schnitt wie ein scharfes Messer in die leuchtende See, silberhelle Wogen wehrten sich und zwangen das Schiff in schwankende Bewegung.

Der Kapitän erschien, erkundigte sich nach unserem Befinden und Wünschen, auch brachte er uns die Nachricht, daß wir ein gutes Wetter behalten und eine ruhige Überfahrt haben würden. Das war uns natürlich erfreulich zu hören, und ich benutzte außerdem gleich die Gelegenheit, dem Herrn meine Anordnungen für den Kulitransport ausführlich mitzuteilen, bezw. mit ihm das Für und Wider zu erwägen. Mr. Brown war ein Engländer und stand auf dem Standpunkt, die ganze Welt müsse seine Sprache verstehen und mit ihm englisch sprechen. Dieselbe Meinung nahm ich aber als guter Deutscher auch für mich in Anspruch. Da wir gegenseitig nicht nachgaben, unterhielten wir uns jeder in seiner Heimatsprache. Er sprach englisch, ich antwortete deutsch — und wir verstanden uns ausgezeichnet. Ich mochte den Mann aber nicht, er hatte etwas Verstecktes, Falsches und er konnte einen prüfenden Blick nicht vertragen; verlegen und unruhig gingen seine Augen dann im Kreise herum. Auch sonst gefiel mir vieles nicht an ihm. Die süßliche, verbindliche und oft unterwürfige Art war durchaus nicht englische Manier und erinnerte eher an einen Verbrecher, der viel auf dem Kerbholz hatte. Wir kannten uns amtlich schon lange, und er wußte, daß ich ihm, wenn es mir möglich war, mächtig auf die Finger sah, deshalb mied er mich im Hafen, auch bei gesellschaftlichen Zusammenkünften. Er fürchtete mich, weil er kein reines Gewissen hatte. Der Steamer des Mr. Brown hatte mit meiner kleinen Steamlaunch etwas gemein, und zwar hatten beide Schiffe dieselbe Dampfpfeife, eine Sirene. War ich im Hafen dienstlich anwesend und hörte das Juchzen seines in den Hafen fahrenden Steamers, so übernahm ich die Polizeikontrolle auf seinem Dampfer selbst und begleitete die an Bord gehenden Zollbeamten. Und das war dem Herrn aus vielen Gründen äußerst unangenehm, besonders weil ich mir in bezug auf Ladung und Passagiere kein X für ein U vormachen ließ. Seine Passagiere waren oft recht zweifelhafte Persönlichkeiten, die kein anderes Schiff an die Ostküste mitnehmen mochte, die er aber, natürlich nach tüchtigem pekuniärem Aderlaß, versuchte einzuschmuggeln. Oft ist es deshalb vorgekommen, daß ich das Landen dieser Elemente nicht erlaubte, und der verehrte Kapitän seine Schiffsgäste wieder nach Penang oder Singapore zurückfahren mußte. — Um mich nun nicht aufmerksam zu machen, hatte sich Mr. Brown neben seiner juchzenden Schiffssirene noch eine dröhnende Pfeife zugelegt, die ihn von anderen Schiffen nicht unterschied. Auch heute hatte er, als ich sein Schiff bestieg, die dröhnende Dampfpfeife in Tätigkeit gesetzt, die er aber heute nur als eine Neckerei gegen mich ertönen ließ. Seine beiden Offiziere, der Obersteward und der Oberkoch waren Europäer, aber die Kajütenstewards und die andere dreißig Mann starke Besatzung bestand aus Farbigen der verschiedensten Nationen, meistens Javanen und Chinesen.

Wir hatten Medang passiert, und das klare Mondlicht beleuchtete jetzt die britische Festung Malakka. Oft hatten hier die Herren gewechselt, bald herrschten die Portugiesen, dann die Holländer, darauf die Briten, wieder die Holländer, bis endlich seit 1824 die Briten die Herren blieben. Die Stadt Malakka zählt etwa 20000 Einwohner, und dort residiert auch ein britischer Gouverneur, der den Schlüssel der Malakkastraße fest in Händen hält.

Der Gong tönte und rief zum Diner. Wir erhoben uns, schritten in den Speisesalon und begrüßten dort wieder den Kapitän und den ersten Offizier, welche die Honneurs machten. An der Spitze der hübsch gedeckten Tafel saß der Kapitän, ihm zur Rechten der Radscha und seine Minister Tjitro und Soko, links hatten ich und der erste Offizier unsere Plätze, und am Ende der Tafel, weit von uns entfernt, saß und speiste einsam mein chinesischer Oberaufseher. Der Obersteward stand mit seinem Stabe von Stewards wie ein Feldherr in der Mitte des Saales und bewachte die Bedienung und sorgte für jede Bequemlich= keit der Gäste. Es wurde ein lukullisches Mahl geboten, in der Haupt= sache bestand es aber in gebackenem Geflügel und gedämpftem Reis. Schweinefleisch oder Spanferkel, Speisen, die sehr gerne auf Schiffen gereicht werden, wurden aus Rücksicht auf den mohammedanischen Radscha, dem die Religion den Genuß des unreinen Tieres verbot, nicht vorgesetzt. Der Fürst und seine Begleiter speisten nicht mit Messer und Gabel, sondern bedienten sich des Löffels. Meistens aber gebrauch= ten sie nur die Finger, die sie nach jedem Bissen, den sie in den Mund steckten, im Fingerglas, das zur Seite stand, abspülten und an der Serviette trockneten. Dabei schmatzten sie laut, rülpsten oder stießen auf, ein Zeichen, wie vortrefflich es ihnen schmeckte. Ländlich, sittlich — eine häßliche Sitte, bei der man den Appetit verlieren konnte. Die Mohammedaner tranken Kokosmilch, Selterswasser und Limonade, während wir sehr eifrig den Spirituosen, vor allem dem Wein und Sekt, zusprachen. Nach dem Diner wurde der Kaffee auf Deck ge= reicht. Wir lagen dort wieder in unseren langen Stühlen, tranken, rauchten und plauderten.

Ich dachte an meinen Teufelskasten und hielt jetzt die Zeit für ge= geben, ihn heimlich aus meiner Kabine zu holen und in das Meer zu werfen. Leise, mich reckend und dehnend, erhob ich mich gähnend, ging einige Schritte hin und her und kletterte schließlich ungesehen und un= bemerkt in meine Kajüte hinunter. Bald kehrte ich zurück, die Höllen= maschine in der Tasche und begab mich an das Heck des Schiffes.

Lange stand ich dort, starrte auf die leuchtenden, von der Schiffsschraube aufgewühlten, empörten Wogen, um dann endlich in meiner Tasche das Kästchen zu erfassen. Im Begriff es hervorzuziehen, berührte mich eine Hand. Erschrocken wandte ich mich und blickte dem Radscha in das dicke Gesicht.

„Tounkoe? Apa — ma — u?" fragte ich ärgerlich.

„Auch ich bin gegangen — einige Schritte und habe dann Euch, Touwan Kommandant — verfolgt."

„Warum verfolgt Ihr mich, Tounkoe?"

Er schüttelte verlegen den Kopf. „Ich weiß es nicht! — Tida tau! — Es war mir, als ob Ihr mich riefet! Doch — ich weiß jetzt, Ihr habt mich nicht gerufen!"

„Tida! — Nein!" erwiderte ich kurz.

Wieder schüttelte er den Kopf und sagte sinnend: „Sonderbar! Ihr habt mich nicht gerufen, ich weiß, Ihr habt mich nicht gerufen, dennoch hörte ich mich rufen! Und als ich deshalb aufstand und einige Schritte machte, hatte ich plötzlich das Gefühl, als ob mich eine Hand zu Euch führe. — Sonderbar! — Vielleicht habt Ihr mich doch gerufen?"

Ich sah ihn staunend an. Von rätselhaften Geheimnissen fühlte ich mich wie umstrickt; als ob der Radscha bestimmt wäre, seine Erbe zurückzuverlangen — oder es selber — zu vernichten. Beschäftigt mit diesen mich befreienden Gedanken, sagte ich endlich langsam, jedes Wort betonend: „Ihr hattet das Gefühl, Tounkoe Buso?" Fest sah ich ihm in die dunklen Augen.

„Saya, das Gefühl!"

„Vielleicht," sagte ich hoffend, „vielleicht habt Ihr an den Mufti Kanaro gedacht, vielleicht auch an das rote Kästchen, an Tounkoe Ristra, an all die Aufregungen der letzten Tage?"

„Saya!" nickte der Radscha. „Ich habe an das alles gedacht! — Ich bin erregt!"

„So sagt mir Tounkoe? Wenn Mufti Kanaro noch einmal käme

und Euch das Erbe des toten Fürsten, das — — rote Kästchen, reichen würde, würdet Ihr es — von Euch weisen?"

Die kleine, dicke Gestalt des Fürsten reckte sich. „Saya, Herr, ich würde es heute nur nehmen, um es zu — — vernichten! Ihr seid ein Europäer, Herr, und könnt nicht begreifen die Naturgewalten, aus denen wir Indier den Zauber gewinnen. Ich glaube deshalb an einen Zauber, aber ich weiß auch, daß es einen guten Zauber nicht gibt. Viele Magier haben sich bei uns gerühmt, auch das Gute hervorbringen zu können, aber es ist nicht gelungen, nur Böses ist geschehen! Ich glaube an die Macht des Kästchens, weil mein Vater ein böser Mann war, der sein Volk bedrückte und unglücklich machte. Ich will gerecht sein, nicht Unglück bringen. Deshalb hasse ich das Erbe, welches mir Kanaro gebracht hat!"

„Und wenn Ihr deshalb die Herrschaft verliert? Aufhört, ein Rad= scha zu sein?"

Er seufzte: „Es würde mich tief treffen, Herr! Aber dennoch, — ich kann mein — Volk nicht weinen sehen!"

Ich riß das Kästchen aus der Tasche. „Tounkoe!" schrie ich erregt, „seht hier! In dieses Papier ist ein Kästchen eingewickelt, die Spiel= uhr, die ich in Singapore reparieren lassen will und die Euch heute mit Knurren, Scharren und Klingen erschreckt hat. Denket, es wäre das rote Kästchen! Denket, es wäre das Erbe Eures Vaters! Denket, ich — hätte das — rote Kästchen gefunden, — und ich gäbe es Euch zurück! Was würdet Ihr tun?"

Der Fürst nahm es mir schweigend aus der Hand und starrte auf den Umschlag. Dann nach langer Weile richtete er sich auf und sagte weich: „Herr! Ich kann mein Volk nicht weinen sehen!"

„Und? Was würdet Ihr mit dem Erbe tun, das Ihr jetzt in der Hand haltet?"

Der Fürst zitterte heftig, die Zähne schlugen wie im Fieber aufeinan= der, dann bezwang er sich und erwiderte hart: „Ich würde ein Held sein und den bösen Zauber — — vernichten!" Wie ein Schrei stürz=

ten die letzten Worte aus seinem Munde, und — hoch im Bogen flog das Käſtchen über Bord in die ſilberhellen Wogen.

Im Rauſchen der See hörten wir ein Klingen, einen Schuß, kerzengerade ſtieg eine feine Waſſerſäule in die Höhe! Staunend ſahen wir das Wunder, aber rauſchend floh das Schiff vorüber, — doch immer noch hörten wir — ein Klingen.

„Herr!" ſchrie der Fürſt und drohte umzuſinken. „Herr! Es war mein Erbe?"

Ich umfaßte ihn: „Ja, Tounkoe Buſo! Ich habe es für Euch, für Euer glückliches Volk — ſtehlen laſſen!"

Der Radſcha ſtürzte mir zu Füßen, umklammerte meine Knie: „Oh, oh, — Ihr großer, Ihr mächtiger Mann!"

„Tounkoe!" rief ich beſtürzt. „Ihr dürft nicht vor mir knien! Ihr ſeid ein Fürſt!".

Er ſtand ſofort auf, faßte meine Hand, die er feſt umklammert hielt, dann ſagte er leiſe: „Ich möchte Euer Diener ſein!" — Er hob das Haupt, blickte verwirrt um ſich und ſchließlich auf die klare Mondſcheibe: „Und der Mond, das Zeichen des Propheten, verdunkelt nicht! Ich habe nicht geſündigt, Allah wird mich ſchützen — und Euch, Herr, möge er ſegnen!"

„Möget Ihr jetzt glücklich werden, Tounkoe Buſo, Ihr habt nur das Gute gewollt!"

Ich umfaßte ihn und führte ihn wie einen Kranken. Schweigend ſchritten wir und gingen mit unſeren Gedanken. Taktmäßig arbeiteten die Maſchinen, ein leiſer Ölgeruch ſtieg aus den Luken, und rauſchend warfen die Schrauben empörte Wellen auf, die ſilberhell im klaren Mondlicht ſchäumten. Ferne ragten rieſige Riffe, an denen ſich die Wogen brachen. Sonſt nichts, als ein Himmel mit funkelnden Sternen — und Waſſer, ſo weit der Blick reichte. — Tropennacht auf dem Meere!

Brütende Hitze war in meinen Kabinen, ich konnte nicht schlafen, stieg auf Deck, rollte mich in ein Moskitonetz und ließ mich wiegen, die Wellen sangen ein Schlummerlied. Plötzlich stoppten die Maschinen, das gleichmäßige Ticken, Pumpen hörte auf, und lautlos ließen wir uns treiben. — Ich erwachte, mir fehlten die Geräusche, die mich im Schlummer hielten. Noch war es dunkel, aber ich fühlte den Morgen, den anbrechenden Tag. Gähnend, mich reckend, erhob ich mich. Rechts und links von meinem Stuhl, auf dem ich gelegen, schliefen in Decken eingewickelt meine Diener, und zwei Polizeisoldaten hielten Wache und hüteten den Schlaf ihres Herrn. Sofort sprangen die Leute auf.

„Apa itu?" fragte ich die Soldaten.

„Touwan Lotse ist an Bord gestiegen, Touwan Kommandant!" erwiderten sie.

„Aha!" Ich wußte nun, daß unser Schiff den letzten, aber gefährlichsten Teil seiner Reise vor sich hatte und zwischen Riffen und Klippen lavieren mußte. Ich winkte den Dienern und begab mich hinunter in den Baderaum, nahm ein Bad und schritt dann in meine Kabine, um dort noch weitere Maßnahmen zu treffen.

Der chinesische Oberaufseher erschien mit einigen Aufsehern und holte sich die Anordnungen über den Besuch der Kuli=Agenten und besprach mit mir noch einmal die Anzahl der Kulis und deren Transport auf dem Schiff. Bei der Besichtigung der Kulis wollte ich selbst mit einem Arzt dabei sein; den Transport der gewonnenen Leute konnte ich mit Ruhe dem außerordentlichen tüchtigen Oberaufseher überlassen. Nachdem wir alles besprochen und angeordnet hatten, gingen die Leute, um unter sich den erforderlichen Aufsichtsdienst zu verteilen.

Es war Tag geworden, und blutrot stieg die Sonne aus dem Meer. Ich machte Toilette und legte die große Uniform an, weil ich die englischen Polizeioffiziere am Hafen begrüßen wollte und deshalb auf das Äußere etwas geben mußte. Der Gong ertönte und rief die Passagiere heute früher als sonst zum Frühstück, denn in einer Stunde waren wir

in Singapore und wollten vorher in Ruhe den Morgenimbiß ein=
nehmen. Bald saßen wir im Speisesaal beisammen und ließen uns
mit würzigen Reden die Leckerbissen gut schmecken. Der Radscha sah
müde und abgespannt aus, und ich merkte, daß er eine schlaflose Nacht
verbracht hatte. Tjitro und Soko und auch ich versuchten ihn auf=
zuheitern, was uns aber nur schwer gelang, er blieb auffallend schweig=
sam. Die malaiischen Herren hatten sich alle in Gala gekleidet, weil
dem Radscha (er wurde auch oft Sultan genannt) der Empfang der
malaiischen Notabeln bei der Ankunft auf dem Schiffe bevorstand. Ich
hatte etwas Sorge in dieser Beziehung und fürchtete, daß Kanaro
durch seine Boten und Helfershelfer für ein Fiasko sorgen würde, und
sah deshalb den Empfang mit etwas ängstlicher Spannung und
recht gemischten Gefühlen entgegen.

Hastiges Laufen, werfen von Tauen und anderen Gegenständen zeigte
an, daß wir uns dem Hafen näherten, und wir erhoben uns und be=
gaben uns auf Deck. Der Anblick, der sich hier bot, war überwälti=
gend. Der große Hafen war angefüllt mit großen, kleinen und klein=
sten Schiffen aller Nationen, dahinter in malerischer Pracht lag die
tropische Großstadt. Vorn leuchtete der Sportplatz an der Esplanade
und dahinter grüßten in einladender Aufmachung die Hotels mit ihren
Gärten. Dicker Qualm und Rauch entströmte den zahllosen Schloten
der Dampferkolosse und versuchte die brennende Sonne zu verdunkeln
— das Bild zu verschleiern; aber siegreich spiegelte die Sonne sich wie=
der in den aufgewühlten, schaumbedeckten Wogen des Hafens, in der
fensterreichen Stadt, in der taubehangenen prächtigen Vegetation und
in den dunklen Augen der hastenden Menschen.

Grell, unheimlich heulend, juchzte die Sirene unseres Schiffes, ver=
kündete die Einfahrt und grüßte die Farben Englands. Unzählige
Boote schwirrten uns entgegen, begleiteten das langsam einfahrende
Schiff, und die vielen Händler darin priesen, sich im Schreien über=
bietend, ihre Waren an. Ein Durcheinander von Sprachen, von
Stimmen, ein Hasten, ein Treiben, eine Sucht, ein Kampf nach Geld,

Verdienst. Tausende von Menschen in allen Farben, nackte, schlecht und reich gekleidete, jagten und rasten hinter der rollenden Kugel des — Glücks.

Meine Polizeisoldaten in blitzsauberer Montur standen in einer Reihe aufmarschiert am Fallreep, um unwillkommene Besucher und Händler abzuweisen und anderen beim Auf- oder Abstieg behilflich zu sein. Der Radscha mit seinem Gefolge befand sich in der Mitte des Steuerbords schweigsam, abwartend. Ihre suchenden Augen entdeckten einige Boote, die dunkle Männer in reicher, indischer Tracht trugen und auf unser Schiff zusteuerten. Der Radscha nickte befriedigt, und auch ich freute mich, daß jene dort kamen, um dem Fürsten den Willkommen zu bieten. Kanaros giftige Botschaft hatte sie also nicht erreicht, und Tounkoe Buso war Sieger geblieben. Ich nickte ihm zu, und er dankte freundlich und legte die Hand auf das Herz.

Jetzt stand das Schiff, und die schweren Ankerketten rasselten in die Tiefe. Meine Soldaten und die Matrosen wehrten die Händler ab, die hastig die Treppe erklimmen wollten, und sorgten für Platz für die an Bord kommenden Hafenpolizisten. Ich schritt ihnen entgegen, salutierte den diensttuenden Offizier und schüttelte ihm kameradschaftlich die Hand. Nach einigen dienstlichen Worten an den Kapitän und freundlichem Wortwechsel mit mir stiegen die Briten wieder in ihre Boote und fuhren in den Hafen zurück.

Jetzt waren die malaiischen Notabeln angelangt und stiegen an Bord. Tjitro und Soko begrüßten sie schweigend und führten den Zug der fünfzehn Herren zum Fürsten. Feierlich näherten sie sich dem Radscha und verneigten sich tief und unterwürfig. Dann traten sie einzeln an ihn heran und küßten seine Hand und neigten wieder, einige Worte murmelnd, tief das Haupt. Der Fürst dankte freundlich und schritt in ihrer Mitte langsam die Treppe hinab zu den Booten. Im vornehmsten Fahrzeug war ihm ein Ehrensitz bereitet, sein Gefolge schwirrte hinterher und kletterte in die anderen Kähne. Bald ruderten alle dem Land zu, und der feierliche Akt war vorüber.

Einige Boote wurden von der Back= und Steuerseite ins Waffer ge=
laffen, von Matrofen bemannt, und ich mit fünf Soldaten, zwei Die=
nern und den chinefifchen Auffehern fuhren an Land. Dort befuchte ich
zuerft die Polizeiftation, begrüßte die anwefenden britifchen Offiziere
und erhielt die Erlaubnis, auch in amtlicher Eigenfchaft hier tätig
fein zu dürfen. Dann begab ich mich mit meinem zahlreichen Gefolge
in das Hotel de la Paix, deffen Befitzer ein Deutfcher, mit mir fchon
lange Jahre befreundet war.

Viele Jinrikfchas (zweirädrige Stuhlwagen, die von Kulis gezogen
werden) ftanden vor dem Hotel und verfperrten den Eingang. Man
mußte fchon grob werden, wenn man Platz haben wollte. Nachdem
ich mich nur kurze Zeit im Hotel aufgehalten und für mich Quartier
beftellt hatte, beftieg ich mit dem Oberauffeher und zwei Auffehern fo=
wie zwei Soldaten eine entfprechende Anzahl folcher Stuhlwagen und
befahl den fchnatternden Kulis, uns in das Chinefenviertel zu fahren.
Auf dem Wege, der uns auch durch die europäifchen Gefchäftsftraßen
führte, nahmen wir kurzen Aufenthalt, um einige Bankgefchäfte zu
erledigen, und um einen Arzt mitzunehmen. Dann ging die Reife
fchnell in die Chinefenftadt, durch unreinliche Straßen, vorbei an
fchmutzigen gelben und blauen Häufern, die mit ihren überwölbten
Oberftöcken den beängftigenden Eindruck machten, als wollten fie jeden
Augenblick zufammenbrechen, bis wir endlich vor einem größeren ftatt=
licheren Haufe haltmachten. Hier waren die Kanzleien des chinefifchen
Sklavenhändlers oder, wie er fich lieber nennen hörte, des General=
agenten für überfeeifche Engagements. Me=Te=Tfe & Co., fo ftand es
auch in englifcher Sprache und in chinefifchen Lettern, recht auffallend
groß, am Eingang angefchrieben. Natürlich waren wir von hundert
Augen fchon beobachtet worden, und Nachbarn und Neider fteckten die
Nafen aus ihren Löchern heraus. Befonders aber die Polizeiuniformen
erregten Neugierde und Furcht.

Ich trat in die Hauptkanzlei, gefolgt von meinen Leuten. Es war ein
großes, geräumiges Zimmer, angefüllt mit Schreibtifchen, Pulten,

Schränken und riesigen Schiffsplakaten und Landkarten. Vielleicht zehn bis zwölf junge Chinesen saßen eifrig über Schreibarbeiten gebeugt, oder schnatterten und grinsten in einer Ecke. Ein älterer Buchhalter kam unterwürfig auf uns zu und fragte nach unserem Begehr. Ich erwiderte, daß ich Mr. Te-Tse sprechen wolle.

Scheu blickte er auf meine Uniform und meinte vorsichtig: „Mister Tse wird jetzt nicht anwesend sein. Mister Tse ist viel am Hafen — und — wo anders beschäftigt.‟

„Ich komme nicht in amtlicher Eigenschaft,‟ lachte ich, denn ich merkte, daß dem Mann vor Angst der Atem ausging. „Vielleicht ist Mister Tse plötzlich zurückgekehrt. wenn ich Ihnen anvertraue, daß ich ein großes Geschäft mit ihm vorhabe.‟

Der Chinese schielte mich an: „Ein großes Geschäft? Ein großes Geschäft? Die Polizei macht mit uns nicht große Geschäfte! Die Polizei verlangt vieles von uns, was wir nicht erfüllen können!‟

Der Arzt, ein Mischling, legte sich ins Mittel. „Aber Mister Pal, kennen Sie mich denn nicht? Wenn ich dabei bin, gibt es immer nur Kulilieferungen!‟

„Ah, ah! Kulilieferung?‟ — Der Buchhalter wurde lebhaft. „Aber natürlich, Mister Byce, ich sehe Sie jetzt erst. Natürlich, natürlich! — Für welche Plantagen wünschen Sie Kulilieferung, Mister Kommandant?‟

„Zunächst für meine Pflanzung Tenang!‟

„Ah, ah!‟ schrie der Buchhalter, „jetzt erkenne ich erst den großen Touwan Hartenau! Ah, ah! — Aber ich werde alt, Touwan Hartenau! Die Augen wollen nicht! Nein, die wollen nicht! Wie wird sich Mister Tse freuen! Ich werde ihn gleich rufen. Ah, er ist gerne der untertänigste Diener des großen Touwan!‟ Damit rief er einem jüngeren Angestellten einige Worte zu, der darauf eiligst in die hinteren Regionen verschwand.

Ich lachte. „Ich denke, Mister Tse ist nicht anwesend, — am Hafen — oder irgendwo anders?‟

Strand von Singapore zur Zeit des Aufenthaltes des Verfassers auf Sumatra

Zweikampf zwischen Eingeborenen

Der Verfasser auf der Krokodiljagd

„Sehen Sie, Touwan Kommandant, sehen Sie! Man wird alt, man wird alt. Das Gedächtnis läßt nach, ich habe vergessen, daß Mister Tse vorhin zurückgekehrt ist! Und er — er kommt so gerne zurück für den großen Kommandanten, — für den großen Touwan Hartenau!" Ganz verzweifelt und jämmerlich sah der Mann aus, man hätte den Lumpen aus Mitleid streicheln können.

Ein großer, dicker, breitschultriger Chinese kam jetzt auf dicken Filzschuhen angewackelt, den langen, gepflegten Zopf hatte er sich um den Hals gelegt, das schwarze Käppchen mit der roten Quaste war ihm nach hinten gerutscht, und die mächtige Hornbrille in dem feisten Gesicht sah aus, als ob sie aus Versehen dahin geraten sei. Aber die listigen, schiefen Augen dahinter, die warnten und mahnten zur Vorsicht. „Ah, ah!" rief er mir schon entgegen: „Der Touwan Kommandant von Bila, der große Touwan-besar von Tenang! — Tabé! — Tabé! — Tabé!" Dreimal neigte er den Kopf zur Erde. „Oh, oh! Welche Freude!" — Ich nickte ihm lachend zu.

„Nun, gut! Mister Tse, ich brauche Kulis! Habt Ihr welche auf Lager?"

„Sicher, Touwan! Wieviel brauchen der Touwan Kommandant?"

„Tenang, wartet mal!" Ich holte mein Notizbuch hervor und blätterte nach. „Also, hier, — Tenang braucht 250 Mann, Kaloendang 200 und Soeka-Radja 200 Mann!"

„Das sind genau 650 Kulis!" nickte der Chinese.

„Ja! Habt Ihr soviel Kulis vorrätig?"

„Gestern nicht! Doch heute nacht kam eine neue Sendung. Ein großes Schiff voll, direkt von Shang-hai! Dreitausend Kulis! Ich habe ausgesucht nur die Gesunden, Kräftigen, mit Beinen und Armen wie Stahl, Brust gesund, Bauch gesund und Geschlecht gesund! Sand 1000 Mann, aber — schöne Kulis! — Groß wie Riesen!"

„Was kosten die Leute?"

„Nun! Wir werden einig werden, Touwan-besar! Ich verlange den billigsten Preis! Touwan-besar zahlen für jeden Mann 100 Dollar! Aber unausgesucht!"

„Erst will ich die Leute sehen! Und kranke Kulis kaufe ich nicht, deshalb werde ich sie mir aussuchen!"

„Dann — Touwan=besar kostet der Mann 150 Dollar. Aber ich selbst werde den Herren die Ware zeigen, und die Herren werden staunen, wie vorsichtig ich in der Auswahl meiner Ware bin. Me=Te=Tse lie= fert nur gute Ware!"

Unter Vorantritt einiger Schreiber, die uns die Türen öffneten, gingen wir über einen Hof in ein Hintergebäude. Dort brauste uns schon ein ohrenbetäubender Lärm entgegen. Wüstes Lachen, Schreien, Heulen und Streiten waren herauszuhören; besonders hohe Quietsch= töne konnten auf die Nerven gehen.

Mr. Tse holte aus der Tasche einen großen Schlüsselbund und öffnete das Vorhängeschloß einer eisenbeschlagenen Tür, und mit einem kräf= tigen Ruck riß er dann die Türflügel auf und stellte sich drohend in den Rahmen. Sofort verstummte der Lärm, und viele Köpfe drehten sich nach uns. Wir traten ein und befanden uns in einer Riesenhalle, in der vielleicht fünf= bis sechshundert Kulis sich aufhielten, Karten oder Würfel spielten, auf Pritschen lagen und sich stritten oder zu= sammengekauert schliefen. Eine Seitentür der Halle führte in einen ähnlichen Riesenraum, und durch diesen gelangte man in einen großen Garten, der mit hohen glatten Zäunen umgeben war. In allen Räu= men befanden sich Kulis, aber alle Türen waren mit Sicherungen ver= sehen, die eine Flucht erschwerten. Die Leute wurden als Gefangene behandelt, und nur deshalb, weil sie für den Unterhalt dem Agenten eine große täglich wachsende Summe schuldig waren, für diesen also ein riesiges Kapital bedeuteten. Die Flucht aller dieser Kulis konnte unter Umständen der Ruin des Mr. Tse sein.

Die hundert Dollar, die ich für den Mann an den Agenten zahlte, erhielt durch Verträge, die mit jedem Kuli der Form nach abge= schlossen wurden, eigentlich der Kuli selbst, und er quittierte auch den Empfang durch Unterschrift oder durch drei beglaubigte Kreuze, die für seinen Namen galten. Gesetzlich hatte er dieses Geld als Vorschuß

162

für zu leistende Arbeit erhalten. Gezahlt aber wurde der Vorschuß an den Agenten, der die Kosten seiner Bemühungen, den Unterhalt des Mannes und noch eine Provision für sich in Abzug brachte, den Rest aber dem Kuli aushändigen mußte. Natürlich sind die Kerle alle große Gauner, betrügen den Kuli durch ganz verrückt hohe Forderungen, so daß der arme Mann höchstens zehn bis fünfzehn Dollar bar erhält.

Auf einen Befehl des Agenten sammelten sich die Leute in den Hallen, entfernten Kleidung oder Schamtuch und stellten sich in langen Reihen auf. In Begleitung meiner Aufseher und des Arztes trat ich an jeden einzelnen heran, fühlte den Körper ab, prüfte die Hand- und Fußfesseln, während die Untersuchung des Arztes sich hauptsächlich auf Krankheiten erstreckte. Viele kräftige, schöne Leute mußte ich auf Grund des ärztlichen Befundes zurückweisen, worauf der Agent sie wütend mit einer Flut chinesischer Schimpfworte belegte. Die auserwählten Kulis wurden unter die Aufsicht meiner Polizeisoldaten gestellt, damit Mr. Tse nicht auf den Gedanken kommen konnte, mir einige kranke Leute einzuschmuggeln. Und so hatte ich tatsächlich in zwei Stunden die nötige Zahl Kulis beisammen. Ich ließ gleich die Arbeiter mit ihren Siebensachen auf den Hof hinaustreten und von den Zurückbleibenden absondern. Nachdem mein Befehl ausgeführt war, wandte ich mich an den Agenten.

„Mister Tse!" sagte ich bestimmt. „Ich werde diese Leute nehmen und Euch, vorausgesetzt, daß die Pässe der Sinkes (Neuling) in Ordnung sind, für jeden Mann achtzig Dollar zahlen!"

Mr. Tse wurde vor Schreck fast ohnmächtig. „Was?" stammelte er „Touwan-besar wollen mich ruinieren! Die besten Leute haben Touwan-besar ausgesucht, Perlen für jede Pflanzung, und dann nur — achtzig Dollar? Ich bin dem großen Touwan Kommandanten ein treuer Diener, aber ich kann dem Touwan nicht dienen, wenn ich verhungert bin!"

„Machen Sie keine Redensarten, Mister Tse!" erwiderte ich und zog die Uhr aus der Tasche. „Noch gebe ich Euch achtzig Dollar, willigt Ihr aber nicht ein, so zahle ich Euch nach fünf Minuten nur noch fünfundsiebzig Dollar, nach weiteren fünf Minuten siebzig Dollar und so weiter! Alle fünf Minuten ziehe ich Euch fünf Dollar ab! Also beginnen wir!"

Der Chinese krümmte sich förmlich vor Entsetzen. „Großer, mächtiger Touwan Kommandant! Buddha möge den herrlichen Offizier schützen und segnen, aber — aber — unter hundert Dollar kann ich nicht verkaufen!"

Ich blickte auf die Uhr in meiner Hand und zählte: „Satu! — Dua! — —"

„Touwan-besar, Erbarmen! — Neunzig Dollar!"

„Tiga! — — — Ampat!"

„Touwan-besar!" Der Mann wand sich. „Zahlt der große Touwan gleich bar?"

Ich nickte. „Scheck auf Chartered-Bank!"

„Fünfundachtzig Dollar!" schrie der Agent.

Ich blickte unentwegt auf die Uhr. „L—i —i —."

„Saya! — Saya! — Achtzig Dollar!" Ganz erschöpft lehnte er sich an die Tür.

Ruhig steckte ich die Uhr in die Tasche, befahl den Soldaten und Aufsehern, die Kulis in geschlossene Reihen zu formieren, dann wandte ich mich wieder an den Agenten. „Kommt schnell, Mister Tse, ich will Euch den Scheck schreiben. Gebt mir die Pässe und Verträge und zahlt jedem der Leute den Rest aus."

„Zehn Dollar erhält noch jeder, Touwan-besar!" Ganz krank ächzte das der Chinese heraus.

„Zahlt Ihr den Leuten nicht wenigstens dreißig Dollar, so werde ich mich mit den Kameraden von der Polizei über Euch unterhalten!"

Erschreckt wehrte er ab. „Nein! — Tida! Ich werde zahlen, ich werde geben dreißig Dollar! Herr, großmächtiger Herr, und ich habe dann nichts verdient!"

164

Ich wehrte ab. „Immer noch so viel, daß Ihr in einem Jahre der reichste Mann in Singapore werden könnt! Ich wette, daß ich Euch noch in China treffe und besuche. Und Ihr werdet dann einen herrlichen Palast haben, fünfzig Frauen werdet Ihr besitzen, goldene und silberne Gewänder tragen, junge Mäuse in Honig essen (ein kostspieliger, chinesischer Leckerbissen) und tausend Diener werden Euren Befehlen lauschen."

„Oh, wenn der große Touwan recht hätte? Ich will dann auch diesen schweren Verlust heute tragen. Ach, ich will ja nur viel Gutes tun!" sagte er mit weinerlicher Stimme.

„Tändel-besar!" rief ich meinen Oberaufseher. „Sagt den Leuten, daß sie auf den Plantagen sofort dreißig Dollar bar erhalten!"

„Saya, Touwan-besar!" erwiderte der Oberaufseher, dann teilte er den Kulis die Botschaft in chinesischer Sprache mit, worauf eine Bewegung der Freude durch deren Reihen ging.

„Und Euch, Mister Tse, werde ich diese dreißig Dollar für jeden Mann in Abzug bringen! Ich schreibe Euch jetzt einen Scheck über 32 500 Dollar. Kommt, laßt uns in die Kanzlei gehen."

Der dicke Gauner schwitzte wie ein Braten, aber kleinlaut folgte er mir, lieferte die Pässe und Verträge aus, und ich händigte ihm dafür den Scheck aus. Als er aber das wertvolle Papier in Händen hielt, steckte er es eilig nach Besichtigung fort, schmunzelte vergnügt und dienerte unaufhörlich: „Wenn der große Touwan wieder ein Geschäft haben, Te-Tse ist immer Euer Diener und sehr, sehr billig!"

Als ich darauf in sein lachendes Gesicht sah, merkte ich, daß der Lump mich reingelegt hatte. Ärgerlich wandte ich mich ab, schritt hinaus und gab den Soldaten und Aufsehern den Befehl, mit den Leuten nach dem Hafen abzurücken. Bald waren die Kulis aus meinem Gesichtskreis verschwunden, und der Arzt und ich stiegen in die Rikschas und fuhren den Leuten nach. Vor seinem Hause aber dienerte der verfluchte Gauner immerfort, lachte so laut, daß sein Personal zusammenlief und schrie blutrot vor Freude: „Ah! — Ah! — Der große

Touwan! Der mächtige Kommandant ist klug, sehr klug! Ha, ha, ha! Aber Te=Tse, der große Chinese, ist viel klüger! Ha, ha, ha, ha!"

Und das Chor der Rache kugelte sich vor Lachen.

Ich kehrte in mein Hotel zurück und beorderte sofort die dort zurück= gelassenen Soldaten und Aufseher nach dem Hafen, um die angewor= benen Kulis an Bord des Dampfers zu begleiten. Dann nahm ich ein Bad, kleidete mich um und ließ mich dabei von Bakar bedienen. Bakar legte die Uniform wieder säuberlich zusammen, ordnete die Waffen in den Lederfutteralen und reichte mir einen blütenweißen Pflanzeranzug. Ganz melancholisch sah mich der Bursche an und seufzte schwer. Endlich stand er vor mir und neigte den Kopf.

Ich lachte. „Bakar?" fragte ich, „warum bist du so traurig? Bist du krank?"

Er schüttelte den Kopf. „Tida, Touwan=besar! Ich bin nicht krank, aber ich bin traurig!"

„Das sehe ich! Warum bist du traurig?"

Wieder seufzte der Bursche. „Ach, Herr, ich habe Sorge um den Touwan=besar!"

„Nun rede doch endlich, Bakar! Ich merke schon lange, daß du etwas auf dem Herzen hast. Du gehst aber immer darum herum, wie unser Cäsar zu Hause, wenn seine Freßschüssel dampft. Also los!"

Der Diener nickte, sah sich vorsichtig um, horchte an der Tür und kehrte dann wieder zu mir zurück. „Touwan=besar," flüsterte er ein= dringlich, „ich habe Sorge um den großen Touwan. Vorhin, als der Touwan=besar fort war, standen wir unten auf der Straße, am Ein= gang. Saya, da standen wir. Dann kamen Fakire mit Schlangen und Zauberstäben und kleinen Körben. Es waren vier schmutzige Män= ner und hatten einen Teppich ausgebreitet und sich darauf gesetzt, blie= sen und machten Musik. Und die Schlangen haben sich geschaukelt und haben gefaucht. — Ja!"

„Erzähle nicht so umständlich, Bakar, sondern schneller, komm zur Hauptsache. Was wollten die Kerle sonst noch?"

166

„Saya! Und der eine schmutzige Mann mit wildem Bart, der stand auf, nahm einen Holzteller und hat Geld gesammelt. Er kam auch zu mir, und ich gab fünf Cent. Da sagte er: ‚Gib mehr!‘ — Ich aber wollte nicht. Da sagte er wieder: ‚Gib mehr, dann will ich dir ein Geheimnis verraten!‘ — ‚Du kennst mich nicht!‘ habe ich geantwortet. Er lachte. — ‚Du bist ein Diener, und im Hause deines Herrn — war — Kanaro!‘ — —"

„Kanaro? — Ah! — Das sagte der Mann?"

„Saya, Touwan-besar! Das sagte der Fakir! Und da habe ich schnell einen Dollar gegeben, um mehr zu hören! ‚Was weißt du mehr?‘ fragte ich den Mann. Er nickte voll Freude, als er den Dollar sah, den ich gegeben, und flüsterte: ‚Hüte deinen Herrn! — Er wird verfolgt!‘ Dann setzte er sich wieder zu den anderen und machte Musik, als ob nichts geschehen wäre."

Die Geschichte war mir fatal. Nicht, daß ich für mein Leben besorgt war, sondern, daß es hier schon Menschen gab, die von den Begebenheiten Kenntnis hatten.

„Touwan-besar," bat Bakar, „tragt Waffen! Geht nicht ohne Waffen fort!" Er reichte mir einen Dolch und einen Revolver, den ich zurücklassen wollte.

Ich nickte in Gedanken und steckte die Waffen in den Gürtel. „Bakar," sagte ich nach einer Weile, „Bakar? Weißt du, wo der Tounkoe-besar ist?"

„Saya, Herr! Er sitzt im Hause bei großen, reichen Herren! Es ist nicht weit, kaum tausend Schritte."

„So bringe ihm sofort einen Brief!"

„Saya, Touwan-besar!"

Ich setzte mich an den Schreibtisch und schrieb: „Tounkoe-besar! Kanaro verfolgt Euch. Begebt Euch an Bord!" Dann faltete ich das Schreiben und versah es mit meinem Siegel. „Hier, Bakar!" rief ich: „Angkat soerat sama Tounkoe Buso! (trage den Brief zum Fürsten Buso!)"

Bakar verneigte sich, „Saya, Touwan-besar!"

„Nur der Tounkoe darf den Brief erhalten. Du gibst niemanden sonst das Schreiben. Zeigst es auch niemanden. Hast du mich verstanden, Bakar?"

„Saya, Touwan-besar! Ich sterbe eher!"

„Und hier hast du den Dollar wieder, den du dem Fakir gegeben hast, und fünf Dollar für die Nachricht und für deine Treue!"

Er verneigte sich tief und küßte mir die Hand. „Und Herr? Ihr werdet die Waffen bei Euch tragen?"

Ich fuhr gerührt mit der Hand über sein besorgtes Gesicht. „Ja! Du treue Seele! Nun lauf!"

Unhörbar glitt er hinaus.

Ach, es war so wohltuend, auch für mich einmal jemand besorgt zu wissen, selbst wenn es nur eine arme Dienerseele war. Ich mußte immer nur andere schützen, für andere denken, sorgen. — — — — Meine drei anderen Diener erschienen. Sie ordneten schnell das Zimmer und meldeten, daß der Gong zum Mittagessen (Breakfest) rief. Ich wehrte ab, setzte mir den großen Korkhut auf und schritt hinaus.

Bald hatte ich den Hafen erreicht und fand die Aufseher mit den Kulis vor, die den Transport in Booten beaufsichtigten. Der Tändelbesar sorgte für Ordnung und Gehorsam, so daß der Transport prachtvoll vonstatten ging. Die Polizeisoldaten hatten sich geteilt, fünf Mann waren zurück an Bord gegangen, um dort das Anbordgehen der Leute zu überwachen, die anderen erfüllten ihren Dienst in ähnlicher Weise im Hafen. Nachdem ich durch einige Anordnungen persönlich noch eingegriffen hatte, erledigte ich den amtlichen Teil, die polizeiliche Stempelung der Kulipässe und Verträge und begab mich wieder in mein Hotel, um meine bescheidene Mahlzeit, Curry-Reis mit allen möglichen Zutaten, zu verzehren und in dem komfortablen Lesezimmer des Hotels behaglich ausgestreckt auf einem bequemen Faulenzer deutsche Zeitungen zu lesen, zu schlafen oder auch im kühlen Billardzimmer eine Partie Karambolage zu spielen.

Bis vier Uhr nachmittags konnte man sonst nichts unternehmen. Die Hitze von zwölf Uhr ab war so drückend, daß man am besten tat, sich in kühle Räume zu verkriechen, zu dösen oder zu schlafen. Und deshalb fühlte ich mich in dem stillen Lesezimmer auch äußerst wohl und studierte die zwei Monate alten Zeitungen der Heimat. Große Neuigkeiten brachten die Blätter nicht, und die Begebenheiten waren durch unseren Deli=Courant bereits überholt, aber ich las doch wieder einmal deutsche Berichte über Dresden, Berlin, München oder andere Großstädte und das führte mich in Gedanken nach Hause. Im Lesezimmer erblickte ich einige Engländer und Damen, die ähnlich wie ich sich der Lektüre hingaben und still und behaglich ihren Mokka schlürften. Allmählich überwältigte mich aber doch die Müdigkeit, und ich schlief.

Plötzlich berührte mich eine Hand, ich erwachte und richtete mich erschrocken auf. Ich erblickte niemanden. Wie vorher saßen dort die englischen Herren und Damen, aber die schliefen fest und ruhig und konnten mich nicht gestört oder gar geweckt haben. Kein Mensch war sonst in meiner Nähe. Der Boy kam angelaufen und verneigte sich: „Haben der Touwan gerufen?" fragte er.

Ich schüttelte den Kopf, „aber ich bin geweckt worden; wer war es?"

Der Boy sah mich verwundert an. „Hier war niemand, Herr!"

„So? — Niemand? — Sonderbar!"

„Dort kommt aber der Diener des Touwan," sagte der Boy und zeigte nach der Tür.

„Rufe ihn!"

Der Boy eilte nach der Tür und erschien bald in Begleitung des Bakar. — Dieser verneigte sich, während der Boy sich wieder entfernte.

„Nun Bakar? Was willst du? Was hast du mir zu berichten?"

„Ich habe dem großen Tounkoe den Brief gebracht, Touwan=besar. — Der große Tounkoe hat den Brief gelesen und sendet dem Touwan=besar Gruß und Dank!"

„Hat er mir sonst nichts sagen lassen?"

169

„Tida, Touwan-besar! Ich habe aber den Tounkoe-besar gehen sehen, nach dem Hafen, und viele Herren und Männer sind mit ihm gegangen. Sie sind in Boote gestiegen und nach dem Kapal (Schiff) gefahren."

„Gut," nickte ich und atmete wie befreit auf. „Also der Tounkoe ist in Sicherheit," dachte ich und war froh darüber. Mir wurde die Sache hier aber ungemütlich. Ich fühlte einen Verfolger, wußte aber nicht, von welcher Seite die Gefahr kam. Schon wollte ich befehlen, den Koffer zu packen und an Bord zu gehen, aber ich verschluckte den Befehl, mich reizte plötzlich das Geheimnisvolle. „Hast du wieder den Fakir gesehen?"

„Tida, Touwan-besar!"

„So suche ihn, Bakar! Und wenn du ihn gefunden hast, so sage ihm, er möchte sofort zu mir kommen. Ich will ihn reich belohnen! Hast du mich verstanden, Bakar?"

„Saya, Touwan-besar!"

„Du findest ihn vor den Hotels. Die Zauberer ziehen umher, von Haus zu Haus! Ich bleibe hier in diesem Zimmer!"

„Saya, Touwan-besar!" Der Diener verneigte sich und lief eiligst durch den Ausgang davon.

Ich streckte mich wieder und vertiefte mich in die Zeitungen. Nach einer Weile legte ich die Zeitung fort und griff nach einem anderen Blatt, das neben meinem Sessel auf einem Tischchen lag. Dabei fiel mir ein kleiner weißer Zettel in die Hand, der schon lange dort gelegen haben mußte, aber meinen Blicken entgangen war. Verwundert faltete ich ihn auseinander und las:

„Touwan! Ihr kämpft umsonst gegen Macht und Zauber! Hütet Euch!"

Ich lachte laut auf. Der Inhalt war mystisch, aber schließlich konnte ich mir einen Vers draus machen. Aber imponieren konnte mir der faule Witz gar nicht. Dieses „Hütet Euch!" mit den drei furchtbaren roten Kreuzen war zwar schauerlich, erregte bei mir jedoch nicht im geringsten Furchtgefühle. Im Gegenteil, ich mußte lachen über die kindliche Wichtigtuerei. Wer aber hat den Zettel hier hingelegt? Wie suchend blickte ich im Zimmer umher. Dabei fing ich einen scheuen Blick des an der Tür kauernden Boys auf. „Aha!" dachte ich, „na warte mal, mein Sohn!" — Ich winkte ihm: „Mari sama saya!"

Der Boy kam angelaufen: „Saya, Touwan?"

„Hast du mir den Zettel hier hingelegt?"

„Tida, Touwan!" Ganz verängstigt sah er mich an.

Ich stand auf. „Wenn du jetzt nicht die Wahrheit sagst, nehme ich dich an den Ohren und lasse dich von deinem Herrn verprügeln!"

„Tida tau, Touwan! Ich hab' den — Zettel — gefunden." Der Bengel zitterte wie Espenlaub.

„Das will ich nicht wissen," wehrte ich ab. „Ich will wissen, wer dir den Zettel gegeben hat! — Nun schnell, schnell, gestehe!"

„Ein fremder Mann hat — ihn mir gegeben!" weinte der Junge jetzt. „Er hat gedroht mit einem Kris, wenn ich ihn verraten würde."

„So, war der fremde Mann ein Mufti?"

„Der Touwan weiß alles! — Saya, ein Mufti!"

„Also eine Botschaft von Kanaro," dachte ich, „ein ganz kindischer Schreckschuß."

„Danke deinem Allah, daß er dir den Mund geöffnet hat!" schrie ich den Jungen an. „Pigi, Binatang!"

Der verängstigte Bengel lief wie der Blitz zurück auf seinen Posten.

Ich wußte genug und merkte, daß der Oberpriester sein Gift hierher verspritzt hatte. Seine Helfershelfer, die kleinen und größeren Muftis, waren ihm untertan und mußten ihm gehorchen. Eine wirkliche Gefahr für mein Leben war sicher nicht vorhanden, und alle Drohungen hatten nur den Zweck, mich seine Macht fühlen zu lassen, aber immerhin mußte ich vorsichtig sein. Unter den islamitischen Geistlichen gab es ganz verdammt fanatische Hunde.

Mr. Brown, der Kapitän der Lady Longden erschien und meldete mir, daß alles an Bord sei und fragte, ob wir nicht in See stechen wollten? Auf meine Erwiderung, ich habe beabsichtigt, bis morgen zu bleiben, weil ich vormittags noch mit einigen deutschen Handelshäusern Konferenzen hätte, wiegte er bedächtig den Kopf und meinte, es wäre besser, wenn wir heute reisen, das Wetter würde umschlagen, und wir kämen dann auch morgen nicht fort. Übermorgen müßte er mit dem Schiff in Tandjong-Balei sein. Reisten wir heute, dann hätten wir noch gute Fahrt, kämen bei der ruhigen See glatt durch das Rifflabyrinth und könnten, wenn der Sturm losbräche, zu Hause sein. — Das hatte natürlich viel für sich, und ich gab deshalb zögernd meine Einwilligung, daß wir am Abend um acht Uhr abdampften. Ich versprach, um sieben Uhr an Bord zu sein, und der Kapitän solle ein Boot am Hafen auf mich warten lassen.

Nachdem wir noch einige Drinks zusammen genommen hatten, und der Kapitän sich eine frische Zigarre unter die Nase gesteckt hatte, schaukelte der alte Seebär bedächtig ab.

Ich war ihm bis zu der großen Eingangsveranda des Hotels langsam nachgegangen und blickte jetzt interessiert auf das Leben und Treiben, das eingesetzt hatte. Am Tage sah man nur ein Hasten nach Arbeit auf den Straßen und Plätzen, in denen vorzugsweise die Chinesen und farbigen Arbeiter sich breit machten, jetzt aber nach Schluß der Bureaus und Handelshäuser zeigte sich das vornehme Großstadtleben, und die vielen eleganten Wagen der reichen Kaufherren und indischen Nabobs wollten kein Ende nehmen. Aber auch die reichen Chinesen, bewaffnet mit riesigen Hornbrillen, saßen mit ihren Familien in golddurchwirkten Kleidern in ihren fürstlichen Equipagen, ließen sich von den hinter ihnen stehenden Dienern mit Schirmen beschatten und rollten vornehm vorüber. Viel kostbaren Schmuck zeigten die reichen Araber und Inder, deren Töchter besonders durch ihre klassische Schönheit auffielen. Es war ein Wogen und Fluten, auf und nieder, die herrliche Esplanade war überschwemmt von Menschen in allen Farben, und ein Stimmengewirr von allen Sprachen der Welt schwirrte durch die Luft. Das Auge konnte das Schöne, das hier geboten wurde, nicht faffen, und wie ein schnell gezogener Film schwand das kaum Erschaute dahin. Auch ich hatte mir eine Rikscha genommen und schloß mich dem vornehmen Wagenkorso an. Natürlich war mein kleiner zweirädriger Wagen, den ein Kuli im Laufschritt zog, nur geduldet unter der Pracht seiner Vettern, aber er erfüllte genau wie die anderen seinen Zweck, ich konnte all das Märchenhafte aus nächster Nähe schauen und mitmachen. Übrigens war ich durchaus nicht der Einzige, der in solchem Gefährt saß. Viele Europäer taten ein Gleiches, und man fühlte sich wohl in dem leichten Ding.

So war ich auf der Esplanade schon einigemal hin und her gegondelt, als bei einer Wagenstauung, derzufolge mein Kuli langsamer fahren mußte, mich ein Inder mit einem schwarzen Satansgesicht anstierte. Der Kerl hatte etwas Widerliches, und seine schmutzigweiße Kleidung, der unordentlich geflochtene Turban, und die in allem möglichen Schmutz starrende Schärpe gaben dem Kerl auch äußerlich nicht das Recht, sich hier blicken zu laffen. Jetzt war wieder freie Bahn, und mein Kuli lief schneller. Da merkte ich, daß dieser Inder keuchend meinem Wagen nachlief und sich dabei bemühte, mir einen Brief zu reichen. Ich konnte mir nach den Erfahrungen schon denken, welchen Inhalt der Brief hatte, und ich vermutete mit Recht, daß der Kerl irgendein Mufti, also Helfershelfer Kanaros war, der mich mit lieblichen Drohungen beglücken wollte. Natürlich fiel es mir nicht ein, den schmutzigen Brief aus seiner noch schmutzigeren Hand zu nehmen, trotzdem der Kerl immer wieder versuchte, durch Zurufen mich zur Annahme zu bewegen. Als für die Dauer mir die Geschichte zu dumm wurde und ich keinen Ausweg sah, den Lumpen loszuwerden, schlug ich mit meinem Rottanstock ihm dermaßen auf die schmutzige Hand, daß der Kerl mit einem Schmerzensschrei zurückprallte, zu Boden fiel und beinahe von dem folgenden Gefährt überfahren worden wäre. Natürlich war mir durch den Zwischenfall die Freude an der Weiterfahrt verdorben, und ich befahl dem Kuli in das Hotel zurückzufahren.

Von dem Mufti habe ich nichts wieder gesehen, er verschwand, wie er aufgetaucht war und hat sich den Denkzettel wohl als Lehre dienen lassen.

Im Hotel zahlte ich meine Rechnung, ließ mein Köfferchen packen und begab mich mit meinen Dienern nach dem Strande, wo unser Boot mich erwartete. Bakar kam fast ohne Atem nachgelaufen und berichtete, daß er den Schlangenbeschwörer vergeblich gesucht habe, er sei deshalb ohne ihn zurückgekommen. Wir stiegen darauf alle in das Boot und ließen uns zu unserem Schiff hinüberschaukeln.

Ich stieg das Fallreep hinauf und wurde oben von meinen Soldaten empfangen. Ausgerichtet und in strammer Haltung standen die Leute da und salutierten genau so exakt, als wenn sie zu Hause auf dem Exerzierplatz wären. Auch der Kapitän und die Offiziere kamen angeschaukelt und waren heilsfroh, daß ich mich schon an Bord befand. Ich gab denn auch das Zeichen, daß die Reise losgehen könne. Da auch der Lotse schon an Bord stieg, gab der Kapitän erfreut den Befehl, die Anker hochzuholen. Die Winden arbeiteten knirschend, die schweren Ketten streckten sich, und langsam kam der Koloß, das Symbol der Hoffnung, aus dem Meer gestiegen. Der Steamer zitterte und ächzte in leichten Schwingungen, und Pumpen und Maschinen begannen ihr taktmäßiges Arbeiten. Heulend und grell aufjuchzend hallte der Sirenenruf im Freihafen wieder, und dröhnend antworteten einige Schiffe im Tenor, im Baß. Ungeheure Dampfwolken verdunkelten den Sternenhimmel, und stöhnend setzte das Schiff sich in Bewegung. Vom Hafen und der Stadt strahlten jetzt viele tausend Lichter, kämpften gegen die anbrechende Dunkelheit und sandten uns Grüße für die Reise.

Die aufgewühlten Wogen schäumten und warfen ihre Spitzen klatschend gegen die Breitseiten bis auf das Deck. Prustend wichen wir zurück, aber das bezaubernde Bild des illuminierten Hafens begeisterte uns so, daß wir immer wieder dicht an die Bordkante traten und einen neuen Anspritzer riskierten. Langsam, dann mit halber Geschwindig=

keit verließen wir den Hafen. Noch ein schauerlicher, heulender Auf=
schrei, ein juchzendes Dröhnen der Sirenen, und Singapore, die Perle
der Tropenstädte, versank, verschwand hinter mächtigen Felsen und
Riffen. Schaumwolken verschleierten die Durchfahrt, und die Bran=
dung sang Totenlieder! —

Ich wandte mich ab, erschüttert und dankbar zu Gott, daß er meine
Augen segnete, so Herrliches zu schauen, so Schönes zu erleben, und
in mich gekehrt bestieg ich, die Bilder im Herzen, wie ein kostbares
Geschenk festhaltend, das Oberdeck. Dort kam mir der Radscha mit
Tjitro und Soko entgegen. Fest drückten wir uns gegenseitig die
Hände, und in dem warmen Blick seiner dunklen Augen lag tiefster
Dank, innigste Zuneigung und Freude. Den verweichlichten, oberfläch=
lichen und verwöhnten Mann hatte die Not, die Gefahr verwandelt
und charakterfester gemacht. Nun ließ sich leicht das Gute heben, die
Energie beleben und auch solchen Mann zum Fürsten formen. Vielleicht
half auch ich damit, sein Volk vor Tränen zu bewahren, und war
nichts anderes, als ein Werkzeug des gewaltigen Gottes. —

Der Tändel=besar und die chinesischen Aufseher erschienen und berich=
teten, daß die Ladung der Kulis glatt vonstatten gegangen sei. Die
Leute hätten sich auf dem Unter= und Zwischendeck zur Ruhe gelegt,
nachdem sie reichliche Portionen Reis und Fische als Mahlzeit erhalten
hätten. Ich befahl, auch ebenso reichlich für Trinkwasser zu sorgen und
den sprachunkundigen Leuten möglichst als Dolmetsch ihrer Wünsche
zu dienen. Die Aufseher verneigten sich tief und versprachen über die
Leute zu wachen. Dann begaben sie sich wieder auf ihre Posten. So
schien also alles in bester Ordnung.

Arm in Arm schritt ich mit dem Radscha am Back und Heck auf und
nieder. Getreulich berichtete ich ihm von den kleinen Widerwärtig=
keiten, die Kanaro sich ausgedacht hatte, um uns Furcht und Sorge
einzuflößen, und daß ich es deshalb für geraten gehalten hätte, ihn zu
bestimmen, an Bord zu gehen. Er nickte trübe und erzählte, daß auch
er bei allem Respekt, den die Notabeln seiner Person entgegengebracht

hätten, gemerkt habe, wie sehr sie in vielen Dingen zurückhaltend gegen ihn gewesen wären. Es war keine reine Freude und ihm daher willkommen, daß er wieder an Bord gehen und nach Negri-Lama zurückreisen durfte.

„Tounkoe! Glaubt mir, Zeit heilt das Schwerste, auch Meinungen. Zeit bringt ein Vergessen! Wie lange noch, und über Euer Erbe wird kein Mensch mehr reden."

„Oh, oh, — ich bete zu Allah, daß Ihr recht habt!"

„Und Tounkoe, heute, nach soviel Anfeindungen, frage ich Euch noch einmal: ,Würdet Ihr heute anders handeln? Würdet Ihr heute das Erbe unter Euren Schutz nehmen?'"

„Ich würde Euch dasselbe wie gestern erwidern! Beim Verlust meines Ranges, meiner Würden, ich kann nicht anders!" Er beschattete für Augenblicke sein Gesicht, dann fuhr er leise fort: „Wenn aber Ristra glaubt, dem Volke das Glück, das Lachen bringen zu können, dann Herr, — beim Barte des Propheten, ich spreche die Wahrheit, dann will ich zurücktreten und ihm die Macht lassen!"

Ich drückte heftig seine Hand. „Niemals, Tounkoe. Ihr trefft die Seele Eures Volkes besser als Ristra! Ihr, nur Ihr seid der berufene Fürst Eures schönen Landes! Und was ich mit meinen schwachen Kräften tun kann, um Euch zu schützen, das werde ich tun, nicht nur aus Pflicht, sondern aus dem Herzen heraus!"

Er neigte wie dankend das Haupt, und sinnend spielten seine Finger mit den Waffen im Gürtel. Dann, nach einer Weile, blickte er auf und suchte meine Augen: „Touwan Kommandant, Eure Taten, Worte, Euer Denken ist stark, Euer Gott ist die Kraft, und doch ist die Lehre Eures Propheten weich, voll Menschenliebe. Wie ein Riff in der Brandung steht Ihr Männer des Westens in der tobenden Welt und achtet kaum der schäumenden Wellen, die Euch erdrücken, überfluten möchten. Und doch habt Ihr Augen und Herzen und — schützt das Zarte und Schwache! Oh, oh, Ihr zwingt uns, Euch zu achten, zu bewundern!"

Der Gong tönte und rief zum Diner. Wir drückten uns fest die Hand und schritten gemeinsam zu Tisch. Und so wie gestern, saßen wir wieder an der Tafel beisammen. In freundlichen Reden tauschten wir Eindrücke, Erlebnisse aus und würzten das Mahl mit lustigen Scherzen. Nur der Kapitän war still, gedrückt, versonnen, und oft wechselte er besorgte Blicke mit seinem ersten Offizier, der stumm mir zur Seite saß. Natürlich fiel das veränderte Benehmen der Herren auf, und nach meinem wiederholten Fragen erklärte endlich der Kapitän, daß schwere Wetter im Anzuge seien. Der Lotse, der vorhin das Schiff verlassen, hoffte, wir würden die Fahrt noch ohne Sturm bestehen, aber es sei leicht möglich, daß er uns kurz vor dem Ziel erfassen könne. „Mein Schiff ist alt, und es ächzt vor Krankheit," vollendete der Kapitän, „und deshalb, meine Herren, machen Sie sich auf das Schlimmste gefaßt! —"

Wie eine Bombe schlug die Botschaft unter uns ein, es wurde still, wir legten die Servietten fort und erhoben uns. Jeder dachte zuerst an sich und wie er den Kampf mit den Elementen bestehen würde oder machte andächtige Vorkehrungen für seinen Tod. Am Ende der Tafel saß der Tändel-besar und blickte besorgt auf mich. Ich wußte, daß ihn die Sorge um die Kulis gepackt hatte, aber auch ich stöhnte unter der Last der Verantwortung. Erregt trat er zu mir.

„Touwan-besar, was soll werden?"

„Alle Aufseher gehen zu den Leuten! Beruhigt sie durch Worte, durch Beispiele an Euch selbst. Sagt ihnen, daß Männer nicht klagen, nur tragen dürfen! Vielleicht erreichen wir unter Gottes Schutz den sichern Hafen! Gebt den Leuten die Hoffnung!"

„Saya, Touwan-besar!" Er verneigte sich und schritt hinaus.

Auch wir folgten und stiegen auf Deck. Dort war wie gestern der Mokka serviert, und wir streckten uns wie gestern auf langen Stühlen und tranken die weiche, warme Luft. Und doch war es heute nicht — wie — gestern!

In schnellerem Takte arbeiteten die Maschinen. Dicke Wolken und

Funken stiegen aus dem Schlot und mit doppelter Geschwindigkeit durcheilte das Schiff die Wellen. Im silberhellen Mondschleier flog die Hoffnung voraus, winkte und rief und trieb das Schiff zu unerhörter Leistung. Es ächzte und knackte vor Altersschwäche in seinen Fugen und Masten.

Aber die Luft war mild, aus der See kam ein Flüstern, und nur schwache Wellen bewegten das Schiff. Im Zauberglanz strahlte der Mond, die Sterne funkelten in lieblicher Pracht, doch ferne dunkelten pechschwarze Wolken, die drohend sich schwefelgelb färbten. — Ruhe vor dem Sturm! —

Wir lagen still, geduldig, mit sorgenden Herzen, genossen den herrlichen Abend — vielleicht den letzten unseres Lebens. — Ruhe vor dem Sturm! — Ich erhob mich, schritt an die Balustrade des Oberdecks und blickte hinunter auf die auf dem Unterdeck schlafenden Chinesen. Sorglos lagen sie zusammengeballt und träumten von der Heimat, von Eltern, von Geschwistern und — von der Zukunft. Und schwarz stand sie dort hinten, weit, weit, ferne am Horizont, drohend! — grausam drohend!

Tjitro und Soko gesellten sich zu mir. „Wo ist der Fürst?" fragte ich.

„Der große Tounkoe ruht und schläft!"

Ich nickte: „Wohl ihm!"

„Der große Tounkoe sagte: ‚Der Touwan Kommandant ist stark, er wird dem Sturm befehlen, wird uns schützen!'"

„Noch einer mehr, der alle Sorge auf mich wirft," dachte ich. „Die alle dort unten, die Schläfer, die Soldaten, die Aufseher, die Diener — schüttelten die Sorge ab: ‚Der Touwan Kommandant ist stark, er wird uns schützen!' — Und ich bin ohnmächtig!"

„Touwan Kommandant!" hörte ich neben mir sagen, „Touwan Kommandant! — Werden wir den Sturm bekommen?"

„Ja! Wir werden ihn überstehen müssen!"

Ängstlich fragte Tjitro: „Werden wir den Sturm aushalten?"

„Betet zu Allah und dem Propheten!"

„Wir beten immer, wenn die Sonne aus dem Meere steigt und wenn sie untertaucht. Wir beten, wenn die Sichel am Himmel steht, und wenn der große Prophet sie sterben läßt. Immer beten wir zu Allah, dem Gewaltigen!"

„So hoffet auf seine Gnade!"

„Mohammed wird für uns bitten!"

Ich nickte: „Ja! Er wird für euch bitten! — Und seht die Schläfer dort, sie kommen aus einem fernen Land. Buddha bittet für sie!"

„Buddha? Saya, ein Prophet wie Mohammed?"

„Ja, wie Mohammed! Ich aber — verlasse mich auf meinen Herrn und Heiland!"

„Ah! Auf den Propheten der Christen?"

„Ja! Auf den Heiland!"

Soko wurde eifrig: „Wenn die drei Propheten Allah bitten, glaubt Ihr, Touwan Kommandant, daß wir vor dem Sturm geschützt sind?"

„Sicher, sicher!" nickte ich.

„Ah!" meinte Tjitro, „dann könnten wir doch zu allen drei Propheten beten, sie möchten für uns bitten?"

„Tjitro, Tjitro! Du darfst doch nicht zum Propheten der Ungl . . ., der Christen beten?"

Tjitro zuckte die Schulter. „Wieso nicht? — Wenn es hilft — und wir am Leben bleiben?"

„Oh, oh, — wir werden dann leben bleiben? Oh, — oh, dann will auch ich zu dem — Christus beten!" sagte Soko eifrig.

„Büffel!" mahnte Tjitro liebevoll. „Zu allen drei Propheten müssen wir beten! Touwan Kommandant, hilft das nicht besser, wenn wir zu allen drei Propheten beten?"

„Das wird euch beiden auch nichts nützen!" erwiderte ich ärgerlich. „Euch holt doch der Satan!"

„Ich glaube aber doch!" meinte Tjitro mit stoischer Ruhe. „Wenn wir zu drei Propheten beten, muß es helfen! Komm, Soko, laß uns beten gehen!" Damit wandten sich die Verräter und schlichen davon.

Ich atmete auf, die Kerle los zu sein, und verfolgte am Firmament die immer schneller vorrückenden Wolkenmassen. Langsam, aber doch in Sorge, trat ich an die Kommandobrücke. Oben stand der Kapitän und lugte aus. Die Offiziere waren im Schein der Lampen erkenntlich. Sie standen im Karten- oder Steuerhaus und sprachen mit dem Steuermann, der fest das Steuer in Händen hielt. „Kapitän!" rief ich hinauf: „Haben wir Hoffnung?"

„Nein!" schallte es zurück.

Und dieses furchtbare „Nein!" ging mir durch die Seele.

„Und wann wird das Wetter kommen?"

„Schneller, als wir berechnen können!"

„Können wir nicht anlaufen?"

„Wenn wir Malakka erreichen, vielleicht, sonst unmöglich!"

„Warum unmöglich?" — „Weil die See zu unruhig ist, wir zerschellen vor jedem anderen Hafen!"

„Also keine Hoffnung?" — „Ich sagte schon — keine!"

Ich wandte mich ab und schritt beobachtend die Steuerseite entlang. „Also keine Hoffnung!" murmelte ich besorgt. Der zweite Offizier kletterte von der Kommandobrücke herab und trat zu mir. „Herr Kommandant," sagte er höflich, „Sie haben wohl die Güte, zu befehlen, daß die Kulis vom Achterdeck in das Zwischendeck geführt werden?"

„Warum? Sollen die Kerle darin versaufen?"

„Das wird nicht geschehen! Die Gefahr hier aber ist größer, sie können über Bord geschwemmt werden! — Außerdem sind die Leute den Matrosen im Wege! — Wir müssen Bewegungsfreiheit haben!"

Das war einleuchtend. Ich setzte meine Pfeife an den Mund und ließ einen scharfen Pfiff ertönen. — Sofort ertönte der Gegenpfiff des Oberaufsehers, und gleich darauf kam er mit den Polizeisoldaten angelaufen.

„Tändel-besar!" rief ich den Leuten zu. „Die Kulis müssen vom Achterdeck fort. Weckt die Leute und führt sie in das Zwischendeck!"

„Saya, Touwan Kommandant!" Eilig liefen sie zurück.

Vom Oberdeck verfolgte ich die Ausführung meines Befehls. Bald war dort unten eine Bewegung. Die müden Kerle erhoben sich von ihren Freiluftlagern, und ein Stimmenbabel brach an. Hundert verschiedene Gurgellaute schwirrten durch die Luft und weckten das stille Schiff zum Leben. Aber die Aufseher und Soldaten hielten die Leute in Ordnung und führten sie truppweise die Treppen hinab. In knapp einer Stunde war das Deck leer. Wilde Rufe, erstickte Schreie tönten aus den Luken des Zwischendecks.

Der Himmel bezog sich mit rasender Schnelligkeit. Der Mond tauchte unter in bleigraue Wolken, die eine Finsternis brachten. Ein feines Sausen klirrte und sang mir um den Kopf, und das Schiff hob und senkte sich auf den gärenden Wogen. Blitz auf Blitz zuckte durch die schwarze Wolkenwand, und rollender Donner krachte in betäubender Stärke. Das Schiff schlingerte, stampfte, aber rastlos in rasender Schnelligkeit, wie verfolgt, jagte es voraus. Das alte Holz knatterte und knackte, die Maschinen arbeiteten wild, und dumpf kluckften die Pumpen. Vorwärts! — Vorwärts! Vielleicht jagten wir durch! Hoch bäumte sich der Bug. Turmhoch stand das Schiff auf schäumender Gischt, und tief in den Abgrund schleuderten es Wasserberge. Eine Flut ergoß sich über Bug und Achterdeck! Ein Sausen, ein Brausen, ein Orkan heulte auf die Außschale in den tobenden Elementen! Ahoi! — Ahoi! Das Schiff tanzte und schüttelte sich, ratternd drehten die Schrauben in den Lüften, aber tapfer, tapfer kämpfte es mit stöhnendem Atem! Ahoi! — Ahoi! — Wild heult der Sturm, der Donner kracht und grollt und rollt — Schläge erschüttern das Schiff! — Vorwärts! — Vorwärts! Herr Gott im Himmel — Erbarmen — nur vorwärts! Krachend brach der Mast, Splitter, Taue, Segel überschütten das Deck. — Aber rastlos arbeiten die Maschinen!

Eine Hand umklammerte meinen Arm. „Tounkoe!" brüllte ich in das Chaos der Elemente. „Bringt Euch in Sicherheit!" —

Krachend folgte Schlag auf Schlag. Schwefelgelb färbte sich der Himmel vom Zucken der Blitze, und ein Tosen und Krachen hob das

Schiff in schwindelnde Höhe! Stöhnend sank es in den Abgrund, fast begraben von Wogenbergen. Doch sich schüttelnd, steigt es auf, die Maschinen keuchen! Ahoi! Ahoi! Vorwärts! Vorwärts!

Da — eine Atempause — der Sturm sammelt Kraft, nur kleine Sturzwellen erreichen das Deck! Der Oberaufseher hat sich zu mir durchgerungen.

„Herr! Empörung! Wir können sie nicht halten! Sie ziehen die Messer, wollen Euch morden!"

„Ha! Folgt mir! Ich will zu ihnen!"

Das Schiff tanzt und ächzt, der Sturm wirft uns zu Boden. Aber ich will! Ich will! Ich muß! Mit bebenden Händen umklammere ich den Revolver, die Lippen halten das Messer. — Ich muß! — Ich will! — — — Ich schleudere mich die Treppe hinab, eine Woge über= schüttet mich, aber — ich will! — Ich muß! Vorwärts. Dort das Geländer, die Treppe! Hinab in den tosenden Aufruhr! —

Die Soldaten, die Aufseher mit blanken Waffen in blutenden Hän= den wehrten sich verzweifelt vor den rasenden, nackten Teufeln. „Diam!" brüllte ich und stürzte die Treppe hinunter. Die Meuterer stutzten, wichen, und eine Erschütterung des Schiffes warf sie zu Bo= den. „Diam!" brüllte ich mit der ganzen Kraft meiner Stimme. — Die Soldaten wichen zurück. Die Aufseher umklammerten die Treppen= geländer. Hinter mir polterte der Oberaufseher die Treppe hinab. Die Kulis erhoben sich vom Boden, wilde, gräßliche Rufe ausstoßend. Mit einem Schrei stürzten die Vordersten auf mich. Ein Schuß krachte — und der erste schlug zu Boden. Die anderen wichen erschrocken zurück. Wieder ein Aufrichten, eine Vorwärtsbewegung, aber wieder ein Zu= rück. Fünf Gewehre starrten ihnen entgegen, und ein fürchterlicher Stoß des Schiffes warf sie durcheinander. Wir hielten uns fest, um nicht umgerissen zu werden. — — —

Da hoben sie die Hände. — Unterwerfung! —

Ich trat über die am Boden liegenden Körper, und mir folgten die Aufseher und Soldaten und sammelten die Messer der Aufrührer. Der

Oberaufseher befahl ihnen in chinesischer Sprache, sich zu erheben. Gehorsam wie Kinder standen sie auf und starrten zu Boden. Dann wieder ein Heben der Hände. Furcht, Entsetzen in den Gesichtern.

Das Schlingern und Stampfen des Schiffes hatte nachgelassen. Damit kam auch die Beruhigung der Leute. Ich selbst stillte den Verwundeten das Blut und verband die zuckenden Wunden. Dann wandte ich mich, um hinaufzusteigen, als ich mit Staunen den Radscha erblickte.

„Tounkoe?" rief ich erschrocken, „Ihr hier?"

Der kleine dicke Herr wischte sich den Schweiß und nickte krampfhaft: „Ich mußte Euch folgen. Ich wollt Euch nicht allein — in Gefahr wissen! — Oh, oh, — ich — habe auch — Waffen — und wollte — Euch helfen!"

Gerührt umfaßte ich den kleinen Herrn, der mit seinem blanken Dolch hilflos und zitternd am Treppengeländer lehnte. „Mein Gott!" dachte ich, „welche Überwindung und welche Kämpfe hat dieser Entschluß dem ängstlichen Herrn gekostet?"

„Aber Tounkoe! Ihr dürft Euer Leben nicht aufs Spiel setzen!"

„Ihr tut es immer, Kommandant! Warum soll ich Euch nicht auch helfen? Ich — wollte — so — gerne — Euer Leben retten!"

„Das wolltet Ihr wirklich, Fürst?"

„Ja," nickte er ernst, „mir ist — nur — der Atem ausgegangen. Viermal — hat — mich der Sturm — umgeworfen, — ich — habe mir das — Knie verletzt — und — und — und eine Woge — hat mich aufgeweicht. Oh, oh! Aber ich — wollte Kraft — zeigen — wie Ihr! — Und ich bin doch auch ein — Offizier — in Niederland."

Ich unterstützte den kleinen, hilflosen Herrn und führte ihn nach oben. Er humpelte schrecklich, aber schlimm schien die Sache nicht zu sein. Ich tröstete ihn — und dankte ihm.

Der Sturm hatte nachgelassen. Wohl war die See noch unruhig, und grollend warf sie manche Woge an Bord, aber die Gefahr war vorüber, die Schrauben faßten, und das brave Schiff stürmte als Sieger vorwärts.

Als ich den Fürsten mit Mühe in feine Kabine gebracht hatte, sagte dieser geheimnisvoll: „Wißt Ihr auch, Kommandant, an welcher Stelle der Orkan begann? — Ihr kanntet die Stelle wohl nicht wieder?"

Ich sah ihn fragend an?

„Wo ich — den bösen Zauberkasten — ins — Meer warf! Der Sturm war die Rache! Der Zauber wollte mich — vernichten!"

Ich stutzte: „Wirklich? Ihr glaubt daran?"

„Ob, ob, — an einen bösen Zauber glaube ich!"

Die Diener des Fürsten erschienen, entkleideten ihren Herrn und legten ihn ins Bett. Ich untersuchte sein verletztes Knie, fand aber nur eine winzige Schramme und verordnete kühlende Umschläge.

„Ihr versteht auch alles, Kommandant, selbst mein dreimal gebrochenes und blutiges Bein könnt Ihr kurieren. Was wäret Ihr für ein großer Radscha geworden! Ach könnte ich doch werden — wie Ihr, — so stark — so — so — — — — —." Jetzt schnarchte er und sägt Äste!

Leise ging ich hinaus und begab mich zur Ruhe.

Die Schäden, die der Sturm angerichtet, erwiesen sich tags darauf als nicht schwer. Der eine Mast war zwar gebrochen und konnte nicht sogleich wieder ausgebessert werden, aber er wurde nicht gebraucht und konnte im Hafen ersetzt werden. Die Maschinen tackten wieder gleichmäßig und bewiesen dadurch, daß sie in tadelloser Ordnung waren. Der alte Kasten hatte sich merkwürdig brav gehalten. Durch Sturm und Wetter hatte er seinen Kurs behauptet. Der Kapitän strahlte vor Freude und fühlte sich als Held. Nun, das war er auch, er hatte seine Pflicht getan und seine Steuerkunst bewiesen. Deshalb — Hut ab!

Die beiden Minister Tjitro und Soko suchten mich schon am frühen Morgen auf, um mich über die Heldentaten des Radscha zu befragen. Als ich ihnen aber erklärte, daß der Fürst durch seinen unerschrockenen Mut mir das Leben gerettet habe, fand ihr Erstaunen keine Grenzen.

„Ich habe ja immer gesagt," meinte Soko, „daß unser großer Tounkoe ein fürchterlich mutiger Herr ist."

„Saya!" nickte Tjitro, „er ist ganz gräßlich tapfer! Wir sind sehr
stolz auf einen so starken, mächtigen Radscha. Allah erhalte ihn!"

„Allah erhalte ihn!" sekundierte Soko.

„Ja, meine Herren!" berichtete ich weiter. „Der große Tounkoe ist in
seinem Zorn und im Kampf nicht wiederzuerkennen. Denken Sie nur,
meine Herren, der Fürst packte den riesenstarken Kuli, schoß ihn mause-
tot und zerriß ihn in Stücke. Dann warf er die Fetzen ins Meer!"

„Oh, oh? — Selbst?"

„Ganz allein!"

Den beiden Kerlen blieb vor Staunen der Mund offenstehen. „Oh,
oh, — das müssen wir aber zu Hause allen und auch jedem erzählen.
Oh, oh, — diese Kraft! — dieser Mut?!"

„Wo aber habt ihr denn gesteckt, Touwan Soko und Tjitro? Warum habt ihr den Fürsten ohne Aufsicht gelassen?"

Sie sahen sich verlegen an, dann erwiderte Tjitro zögernd: „Wir?
— Oh, oh, — wir haben gebetet!"

Soko nickte: „Saya, gebetet zu — Mohammed, Buddha — und
dem — Christenpropheten! Und alle drei haben uns geholfen! Aber
schnell, Tjitro, wir müssen zu dem großen Tounkoe! Denke, er ist
furchtbar, wenn er zornig ist!"

„Oh, oh! — So furchtbar!" nickte Tjitro, und die beiden Kerle machten sich eiligst auf den Weg und verschwanden.

Strahlend war die Sonne aufgestiegen und verjagte die letzten Wolken. Nur leicht kräuselten sich noch die Wellen, und wie ein schreck-
licher Traum war die Sturmnacht vorübergezogen. Fast ohne Schwan-
kung durchschnitt das Schiff die Fluten, ächzte und stöhnte nicht
mehr, wie im Kampf mit dem Sturm.

Ohne jeden Zwischenfall erreichten wir Panei, und nun dicht am
Ziel sandte das Schiff ein juchzendes Sirengeheul als Botschaft seiner Ankunft nach Djawi-Djawi.

Wir waren alle an Bord, blickten unserer Heimat entgegen und freuten uns, als plötzlich vor der Mündung der Bila ein juchzendes Sirenensignal uns ankündete, daß meine Launch uns entgegenkam. Bald erschien sie qualmend und juchzend an der Biegung und schoß wie ein Pfeil auf uns zu. Der Schiffsführer und die Mannschaft meiner Launch hoben zum Zeichen der Freude die Arme hoch, winkten und schrien im Chor ihr „Tabé, Touwan=besar! — Tabé! — Tabé!", dann legte sich mein schmuckes Schiffchen an die Seite der großen Schwester.

Das Fallreep wurde herabgelassen, und ich stieg, nachdem ich mich vom Kapitän und den Offizieren verabschiedet hatte, Arm in Arm mit dem etwas lahmenden Radscha die Treppe hinab. Hinter uns folgte unser persönliches Gefolge, während die Begleitmannschaften der Kulis und diese selbst etwas später in großen Booten direkt nach den Pflanzungen fahren sollten.

An Bord meiner Launch angelangt, waren der Fürst und ich sehr überrascht, als plötzlich die Tür der Kajüte sich öffnete und — Prinz Ristra uns entgegentrat. Ich begrüßte den Thronfolger sehr herzlich, doch der Radscha drehte ihm den Rücken und zeigte mit Absicht, wie peinlich ihn die Begegnung berührte. Ich suchte zu vermitteln, bis denn endlich der Radscha nachgab und mit dem Prinzen allein, behufs einer persönlichen Aussprache, in der Kajüte verblieb. Bald kehrten beide Herren versöhnt wieder heraus und erklärten mir, daß der Fürst beabsichtige, noch einen Tag seinen Bruder zu besuchen und in Djawi=Djawi zu bleiben. Vergnügt darüber landete ich die Herren und deren Gefolge in Djawi=Djawi und juchzte mit meiner Launch herzensfroh, endlich allein zu sein, die Bila hinauf.

So schien sich der Zauber mit dem roten Kästchen in Wohlgefallen aufzulösen, und vereint mit den Fürsten hoffte ich auch, dem fana= tischen Oberpriester Kanaro und seinen Helfershelfern die Spitze bie= ten zu können. Aus Freude über die glückliche Lösung der fatalen Ge= schichte ließ ich die Sirene meiner Launch juchzen, tuten und heulen, daß die Affen in den Bäumen erschreckt aufschrien und quietschend in die tiefere Wildnis flüchteten.

Nur einige Fragen beschäftigten mich immer wieder: „Welchen Inhalt hatte das rote Kästchen? Woher kamen die Geräusche in ihm? Wodurch hatten Stahl und Wasser Einfluß auf die Tätigkeit der Höllenmaschine? Das Kästchen war aus so starkem Holz gearbeitet, daß auch ein gewaltsamer Versuch des Öffnens ausgeschlossen war. Schon das Berühren mit einem Stahlinstrument setzte die Höllenmaschine in Tätigkeit, und es wäre ein bodenloser Leichtsinn gewesen, mit meinem Laienverstand Gewalt anzuwenden, denn den, der das Kästchen öffnete, bedrohte die Sage mit dem Tode.

Nach all den Aufregungen und Anstrengungen der letzten Tage überfiel mich eine starke Müdigkeit. Ich kroch deshalb in meine Kajüte, streckte mich und war bald in tiefen Schlaf verfallen.

Das juchzende Heulen der Sirene weckte mich. Wir waren der Pflanzung nahe und bald zu Hause. Meine Diener erschienen, ich kleidete mich an und trat hinaus. Schon konnte ich die Landungsbrücke sehen, und bald erkannte ich auch van Traffen, die Polizeisoldaten und einige meiner Diener, die zu meinem Empfang herbeigeeilt waren. Noch ein gellendes Juchzen, noch einige Wolken von Qualm und Rauch, und die Maschine stoppte. Langsam glitten wir heran, die Pfeiler knackten, dann stand ich auf der Brücke und schüttelte van Traffen die Hand. Wie immer erwiesen die Soldaten die militärischen Ehrenbezeugungen, Loebi, mein Koch, und die Diener küßten mir die Hand, und auf dem Dach meines Hauses stiegen die deutschen Farben hoch. — Ich war daheim!

Nachdem ich ein Bad genommen und mich erfrischt und gestärkt in meinem Faulenzer streckte, erledigte ich mit van Traffen alle dienstlichen Angelegenheiten und erzählte ihm endlich meine Erlebnisse. Er horchte hoch auf, und besonders die Geschichte des roten Kästchens interessierte ihn lebhaft. Schließlich waren wir uns aber beide darüber klar, daß wir vor einem ganz eigenartigen Rätsel standen, dessen

Löfung wohl kaum einem Europäer gelingen wird. — Es gibt in Indien fo unendlich viele Naturgeheimniffe, von denen die weifeften Männer des Abendlandes fich nichts träumen laffen. Und fanatifche Priefter nutzen folche Dinge für ihre eigenen Zwecke aus.

Am fpäten Abend landeten die Auffeher und Soldaten mit den Kuli= booten, und wir mußten noch in der Nacht dafür forgen, daß die 250 Mann, die für Tenang beftimmt waren, unter Dach kamen.

So endete die ereignisreiche Reife mit dem Radfcha nach Singapore.